Ortwin Ramadan

T.R.O.J.A. Komplott

MIX
Papier aus verantwortungsvollen Quellen
FSC® C014496

5 4 3 2 1
ISBN: 978-3-649-61865-2

Hafenweg 30, 48155 Münster

Text: Ortwin Ramadan
Umschlaggestaltung: Eisele Grafik-Design, München
Lektorat: Dr. Rainer Schöttle, Sara Mehring
Satz: Sabine Conrad, Rosbach
Printed in Germany
www.coppenrath.de

Das @book erscheint unter der ISBN: 978-3-649-62025-9

ORTWIN RAMADAN

T.R.O.J.A.
KOMPLOTT

COPPENRATH

PROLOG

Etwas Kaltes kitzelte ihn im Gesicht. Nico öffnete verblüfft die Augen. Er lag auf dem Rücken, eine Wand aus Nadelbäumen umgab ihn von allen Seiten. Ihre verschneiten Kronen verengten den Himmel zu einem winzigen Fleck, und jedes Mal wenn eine Windböe über sie hinwegstrich, rieselten Eiskristalle auf ihn herab. Fasziniert beobachtete er das stumme Schauspiel. Die Stille um ihn herum war grandios, und während er sich noch fragte, wie er an diesen seltsam friedlichen Ort gelangt war, fuhr ihm plötzlich die Kälte wie ein Messer bis ins Mark. Sein Körper krümmte sich, alles an ihm begann zu zittern. Es war kalt. Furchtbar kalt.

Erst jetzt wurde ihm bewusst, dass er lediglich mit einem dünnen Hemd bekleidet im Schnee lag. Er versuchte aufzustehen, aber seine Beine knickten unter ihm weg. Sämtliche Muskeln schienen verrücktzuspielen, und er brauchte mehrere Anläufe, bis er auf seinen gefühllosen Füßen zum Stehen kam, ohne gleich wieder umzufallen. Er schlang die Arme um seinen schlotternden Körper und blickte sich um. Wie war er hierhergekommen?

Um ihn herum bogen sich die Äste unter ihrer weißen Last, und es schien, als sei er das einzige lebendige Wesen in dieser lautlosen Welt. Und dann entdeckte er den Jeep. Jemand hatte ihn zwischen zwei Tannen in einer Schneewehe festgefahren. Die Fahrertür stand weit offen und eine Fußspur führte quer über die Lichtung. Sie endete genau an der Stelle, an der er vor wenigen Augenblicken zu sich gekommen war. Verwirrt starrte Nico auf die Abdrücke, gleichzeitig regte sich sein Überlebenswille. Zitternd und mit unter die Achseln geklemmten Händen stapfte er los. Auch wenn er nicht die geringste Ahnung hatte, wem der Geländewagen gehörte – er konnte seine Rettung bedeuten. Die klirrende Luft biss in seine Lunge und bei jedem Schritt versanken seine Halbschuhe tief im Schnee. Seine Füße spürte er längst nicht mehr, ebenso wenig wie seine Finger. Verzweifelt versuchte er, sich darauf zu konzentrieren, was man ihm in seiner Ausbildung beigebracht hatte, aber auch sein Gehirn schien wie eingefroren. Das Einzige, woran er denken konnte, war die rettende Wärme.

Als Nico den Geländewagen endlich erreicht hatte, sank er erschöpft zu Boden. Sein Herz pumpte, zudem verhinderte das Zittern seiner Muskeln jede kontrollierte Bewegung. Der Impuls, einfach liegen zu bleiben und sich der Kälte widerstandslos zu ergeben, wurde beinahe übermächtig. Stöhnend vor Anstrengung, zog er sich an der offenen Autotür hoch, dann schob er sich Zentimeter für Zentimeter hinter das

Lenkrad. Als er den Schlüssel im Zündschloss entdeckte, hätte er beinahe laut gejubelt, aber ihm fehlte die Kraft dazu. Stattdessen griff er mit seinen gefühllosen Fingern nach dem Schlüssel, und als er ihn schließlich zu fassen bekam, drehte er ihn auf die Startposition. Nichts geschah. Nico versuchte es erneut. Vergeblich. Der Motor sprang nicht an. Ein Blick auf die Anzeige bestätigte seine Befürchtung. Der Tank war leer. Wer immer den Wagen hier zurückgelassen hatte, musste den Motor laufen gelassen haben. Nico sackte auf das Lenkrad. Eine Welle der Panik durchflutete seinen Körper, drohte ihn mit sich zu reißen. Er zwang sich, trotz der Schmerzen in seiner Lunge möglichst gleichmäßig zu atmen. Auf keinen Fall durfte er jetzt die Nerven verlieren. Vielleicht fand er im Kofferraum ja wenigstens eine Decke, mit der er sich warm halten konnte.

Vorsichtig ließ er sich durch die offene Fahrertür zurück in den Schnee gleiten. Dann umrundete er den festgefahrenen Wagen. Als er sein Heck erreichte, stutzte er. Zuerst nahm er an, seine benebelten Sinne würden ihm einen Streich spielen, aber die Erscheinung verschwand nicht. Sie war real. Der Mann lag mit dem Gesicht nach unten, eine dünne Eisschicht bedeckte seinen Rücken und sein Hinterkopf wies eine grauenhafte Verletzung auf. Nico kämpfte gegen die aufsteigende Übelkeit an, aber ihm blieb keine Wahl. Der Tote trug einen warmen Parka und pelzgefütterte Stiefel und im Gegensatz zu ihm würde der Mann die Sachen nicht mehr brauchen. Also ließ er sich neben der Leiche in den blutrot gefärbten Schnee sinken, wobei er mit dem Knie gegen etwas Hartes stieß. Ungläubig starrte er auf den freigelegten Gegenstand. Anhand der Perlmutteinlagen in der Griffschale erkannte er die Waffe sofort. Mit einem Mal überkam ihn eine unheilvolle Ahnung. Schieres Entsetzen verdrängte die bittere Kälte. Er packte den Toten an der steif gefrorenen Schulter und drehte ihn mit letzter Kraft auf den Rücken. Als er ihm in die leblosen Augen sah, spürte Nico, wie etwas tief in seinem Inneren zerbrach.

Er richtete sich auf und legte den Kopf in den Nacken. Dann schrie er wie ein waidwundes Tier seinen Schmerz in die Stille des verschneiten Waldes hinaus.

BUCH I
GEISTER

1

Marine Corps Base Quantico, Virginia.
Vier Wochen zuvor …

Die angehenden Special Agents waren spürbar nervös. Sie trugen Sportkleidung und ihre Reihe füllte den fensterlosen Gang bis zu den Aufzügen.

»Der Nächste, bitte!«

Nico löste sich aus der Schlange und betrat die Sicherheitsschleuse. Nachdem sich die automatische Tür mit einem kaum hörbaren Zischen hinter ihm geschlossen hatte, blickte er sich um. Die Kabine war mit antibakteriellen Synthetik-Kacheln ausgekleidet, ein Metallspind und ein knallgelber Plastikstuhl bildeten das einzige Mobiliar.

»Bitte entkleiden Sie sich!«, säuselte eine computergenerierte Stimme im Anti-Stress-Modus. Woher sie kam, konnte Nico nicht feststellen; nirgendwo gab es einen sichtbaren Lautsprecher. Er biss sich auf die Unterlippe und öffnete den Me-

tallschrank. Auf der einen Seite stapelten sich sterile Kittel, daneben Einweg-Pantoffeln aus einem weichen, recycelbaren Material.

»Bitte entkleiden Sie sich!«, forderte ihn die Stimme erneut auf.

Plötzlich verspürte Nico das heftige Verlangen, einfach abzuhauen. Warum, das wusste er selbst nicht. Schließlich handelte es sich lediglich um die vorgeschriebene medizinische Abschlussuntersuchung. Eine Standardprozedur. Angesichts der Härten, die er in den vergangenen siebzehn Wochen seiner Ausbildung ertragen hatte, war seine Angst vor diesem Test geradezu lächerlich. Er hatte die theoretischen Prüfungen mit Bravour abgelegt, sich auf dem Schießplatz hervorgetan und auch den berüchtigten Yellow-Brick-Lauf und die Lügendetektortests überstanden. Jetzt blieb nur diese eine, diese letzte Hürde. Wenn er die ebenfalls nahm und das Ergebnis positiv ausfiel, würde man ihm morgen im Rahmen einer feierlichen Zeremonie die Urkunde und seine Dienstmarke überreichen. Dann hatte er es geschafft. Aber vielleicht war genau das der Grund dafür, dass ihm mit einem Mal der Schweiß ausbrach. Was, wenn er auf den letzten Metern scheiterte? Zu Beginn ihrer Ausbildung zum FBI-Agenten waren sie in ihrer Jahrgangsklasse über vierzig Anwärter gewesen. Jetzt warteten draußen auf dem Gang nur noch zweiundzwanzig Männer und Frauen darauf, dass sie an die Reihe kamen. Das Auswahlsystem war gnadenlos.

»Bitte ziehen Sie einen der bereitliegenden Kittel an!«, ermahnte ihn die künstliche Stimme. Ihre Tonlage hatte sich

leicht geändert. Offenbar registrierten unsichtbare Sensoren sein Zögern.

Nico zog sich widerwillig aus. Er hängte seine Sporthose und das Laufshirt an die dafür vorgesehenen Haken, streifte einen der Kittel über und schlüpfte in die knisternden Plastikschlappen. Kaum war er fertig, öffnete sich die gegenüberliegende Wand und gab den Weg frei.

»Bitte verlassen Sie jetzt die Kabine!«

Erleichtert darüber, der Enge zu entkommen, flüchtete Nico in das angrenzende Behandlungszimmer. Ein leises Geräusch verriet ihm, dass sich die Kabinentür hinter ihm geschlossen hatte.

»Treten Sie näher!«

Der Arzt saß vor einem Monitor und drehte ihm den Rücken zu. Er deutete auf den hüfthohen Untersuchungstisch in der Mitte des Raumes. Er ähnelte einer flachen, mit Gel gefüllten Badewanne. Zahllose verschiedenfarbige Kabel verbanden die Hightech-Liege mit einem Computerterminal, das die Größe eines Kühlschranks besaß.

»Bitte machen Sie es sich schon einmal bequem«, forderte der Arzt Nico über die Schulter hinweg auf. Sein Kittel spannte auf seinem schmalen Rücken, und dem spärlichen weißen Haarkranz nach zu urteilen, musste er kurz vor dem Ruhestand stehen.

Nico raffte widerwillig den Kittel und kletterte in die flache, mit leitfähigem Gel gefüllte Wanne. Sofort spürte er, wie sich die träge Flüssigkeit seinen Körperformen anpasste. Sie fühlte sich kalt und warm zugleich an, beinahe wie lebendig.

Der Arzt drehte ihm noch immer den Rücken zu. Aus den Augenwinkeln konnte Nico sehen, wie er mit dem Zeigefinger ungeduldig über einen Monitor wischte. Erst nach rechts. Dann wieder nach links.

»Ah, da haben wir Sie ja endlich!«, rief er aus, als hätte er soeben den Hauptgewinn gezogen. Doch dann verstummte er gleich wieder. Offenbar studierte er die elektronische Gesundheits-Akte seines Patienten. Die Minuten vergingen und das fortdauernde Schweigen machte Nico zunehmend nervös. Schließlich hielt er es nicht mehr länger aus. Er hob den Kopf über den schmalen Rand der Liege.

»Gibt es ein Problem?«, erkundigte er sich vorsichtig.

Keine Antwort. Stattdessen drehte sich der Arzt endlich um. Er hatte die Fünfzig tatsächlich weit überschritten. Das obligatorische Namensschild an seiner Brust verriet, dass er Dr. Halborg hieß.

Halborg stieß sich auf dem glänzenden Boden ab und rollte auf seinem Plastikhocker quer durch den Raum, bis er die Scanner-Liege erreicht hatte. Er musterte Nico.

»Sie haben Ähnlichkeit mit Ihrem Vater«, bemerkte er nach einer Weile.

Offenbar konnte er Nicos Verwirrung an seinem Gesicht ablesen, denn er lachte laut auf, was sich wie das Schnauben eines Ackergauls anhörte.

»Jetzt sehen Sie mich nicht so entgeistert an! Immerhin war Ihr Vater eine Legende. Der beste *Ghost*, den das *Bureau* je hatte!«

Was ihn nicht davor bewahrt hatte, zur falschen Zeit am

falschen Ort zu sein, dachte Nico. Halborg nahm seinen rechten Arm und platzierte ihn in der aufgeklappten Schiene, die seitlich an dem Tisch befestigt war. Nachdem er mit der Ausrichtung des Handgelenks zufrieden war, verschloss er den Scanner wieder. Beinahe sofort glaubte Nico die winzigen Maschinen in seiner Blutbahn spüren zu können. So als würden sie in Erwartung neuer Aufgaben freudig hin und her flitzen. Aber das war natürlich reine Einbildung. Die medizinischen Nanobots, die er wie jeder andere im Körper hatte, waren so winzig, dass man sie mit bloßem Auge nicht einmal hätte erkennen können. Trotzdem bereitete ihm ihre schiere Existenz ein diffuses Unbehagen. Wie die meisten Menschen konnte er sich nur schwer daran gewöhnen, Maschinen in seinem Körper mit sich herumzutragen.

Ohne aufzustehen, rollte Dr. Halborg zur Steuerkonsole der Scanner-Liege hinüber. Die Gummisohlen seiner Schuhe verursachten auf dem glatten Boden ein quietschendes Geräusch.

»Ihr Vater und ich, wir waren zusammen in der Ausbildung«, sagte er, während er den in Nicos Arm implantierten Steuer-Chip mithilfe der Tastatur programmierte. »Wir waren so grün hinter den Ohren, wie Sie es jetzt sind.« Er hielt inne und sah ihn an. »Das, was passiert ist, tut mir wirklich leid. Wie lange ist das nun schon her? Zehn Jahre? Sie waren sicher gerade erst in der Schule, habe ich recht?«

Als die Bombe explodierte, war er in der vierten Klasse gewesen. Es geschah genau einen Tag vor den Sommerferien. Nico würde diesen Tag nie vergessen, aber was wusste dieser geschwätzige Arzt schon davon, wie es sich anfühlte, ohne Vater aufzuwachsen?

»Er war ein guter Mann und ein echter Patriot!« Dr. Halborg schüttelte mitleidig den Kopf und widmete sich wieder seiner Arbeit. Zuerst las er den Datenspeicher des Bio-Chips aus, der in Nicos linkem Unterarm implantiert war und die Nanobots in seiner Blutbahn steuerte, danach schickte er die dort gesammelten medizinischen Informationen an den zentralen Rechner. Nach und nach erschienen auf dem Bildschirm immer mehr bunte Zahlenkolonnen.

»Dann wollen wir mal«, murmelte Halborg. Er setzte eine altmodische Brille auf und begann damit, die farbigen Diagramme zu studieren, die der Computer in Sekundenschnelle aus den gesammelten Biodaten gezaubert hatte. Nico hielt unweigerlich die Luft an. Schließlich nahm Dr. Halborg seine antiquierte Sehhilfe wieder ab.

»In Ordnung, fangen wir mit dem Erfreulichen an«, sagte er, während er die Gläser mit dem Zipfel seines Kittels zu putzen begann. »Ihre Werte sind bestens. Allerdings sollten Sie mit sofortiger Wirkung das Kaffeetrinken einstellen.«

Er tippte mit dem Brillenbügel auf den Monitor.

»Hier, am 22. und 23. letzten Monats, verzeichneten die Nanobots einen Koffeingehalt in Ihrem Blut, der weit über dem erlaubten liegt. Auch Ihr Konsum von tierischen Produkten ist zeitweise bedenklich. Als angehender Special Agent sollten Sie eigentlich wissen, dass das allgemeine Gesundheitsvorsorge-Gesetz auch für Staatsbedienstete gilt. Sie sollten ein Vorbild sein, vergessen Sie das nicht!«

Nico schwieg. Was sollte er schon sagen? Auch wenn er sich sonst streng nach Vorschrift ernährte, bei Koffein machte er schon mal eine Ausnahme. Seltsamerweise hatte es eine beruhigende Wirkung auf ihn.

»Also gut«, seufzte Halborg, als er keine Antwort erhielt. Er setzte die Brille wieder auf. »Sie wissen, dass ich Ihnen den weiteren Genuss von koffeinhaltigen Getränken für eine Zeit untersagen muss«, erklärte er, während er seine soeben getroffene Maßnahme in Nicos G-Akte eintippte. »Vorschrift ist Vorschrift. Außerdem muss ich Ihren Konsum von tierischen Nahrungsmitteln herabsetzen. Ihre Cholesterinwerte schwanken mir zu sehr. Man wird Ihnen also vorerst kein Steak servieren. Dabei handelt es sich um eine rein prophylaktische Maßnahme, aber ich rate Ihnen, sie nicht zu ignorieren. Bei der nächsten Quartalsuntersuchung wird sich feststellen lassen, ob Sie sich daran gehalten haben. Denken Sie daran: Unseren kleinen Freunden bleibt nichts verborgen!«

Nico starrte an die weiß getünchte Decke. »Hat das Einfluss auf meine Diensttauglichkeit?«

Etwas anderes interessierte ihn nicht. Gleichgültig, wie gut man war – am Ende entschied allein die Einstufung auf der G-Skala darüber, wer in den Dienst übernommen wurde und wer mit einem feuchten Händedruck in das Nest zurückgeschickt wurde, aus dem er gekommen war. Seltsamerweise stammten die meisten aus Nicos Jahrgangsstufe an der Academy aus der tiefsten Provinz. Offenbar erhofften sie sich eine Art Erlösung. Bei ihm war das etwas anderes. Er hatte einen Auftrag. Deshalb durfte er auf keinen Fall scheitern.

Dr. Halborg schien seine Gedanken zu erraten. Er stand von seinem Hocker auf und trat neben den Untersuchungstisch.

»Keine Sorge, mein Junge«, sagte er, während er Nicos Unterarm aus dem Lesegerät befreite. Er wirkte amüsiert. »Der Analyse Ihrer Med-Daten nach sind Sie kerngesund. Sorgen Sie einfach dafür, dass es so bleibt!«

»Und meine Ernennung?«

»Aus medizinischer Sicht steht Ihrer Übernahme in den aktiven Dienst nichts im Weg«, erklärte Dr. Halborg. »Ich habe bereits mein Häkchen gemacht und Sie zur weiteren Verwendung empfohlen.«

Er lächelte:

»Ich begrüße Sie an Bord, *Agent Stiller jr.*!«

2

Niemand schenkte dem jungen Mann mit den Rastalocken Beachtung, der in dem Hauseingang herumlungerte und geräuschvoll einen verbotenen Energydrink durch einen Strohhalm schlürfte. Dabei ließ er das abgewohnte Mietshaus auf der anderen Straßenseite keine Sekunde aus den Augen.

»Geht das nicht leiser!?«, stöhnte Beta, die mit geschlossenen Augen neben ihm an der Wand lehnte.

»Sorry!« Sebastian zerknautschte den leeren Trinkkarton mit einer Hand und peilte durch die Menge der vorbeieilenden Passanten hindurch den Papierkorb an der Laterne an. Zu seinem Verdruss warf er zu kurz. Das Geschoss prallte auf den Korbrand, fiel auf den Asphalt und kullerte unter den Wäschereiwagen, der unter dem überdimensionierten Kampagnen-Plakat des Bostoner Gesundheitsamts parkte.

Beta zog die Lederjacke enger um ihren schmächtigen Körper. Ihre kurzen, knallrot gefärbten Haare glichen einem von nächtlichen Stürmen zerzausten Vogelnest.

»Wie spät ist es?«, erkundigte sie sich, ohne die Augen zu öffnen.

Sebastian warf einen Blick auf die Uhr an der nahen U-Bahn-Station.

»Zeit zum Aufstehen!«

»Mann, red keinen Scheiß!«, ächzte Beta. Sie streckte sich.

»Es ist gleich halb neun.« Sebastian griff nach dem Rucksack, der neben ihm auf den Stufen lag. »Wenn der Typ pünktlich ist, müsste er demnächst auf der Bildfläche erscheinen. Und pünktlich sind die immer, wenn es was zum Abgreifen gibt.«

»Du hättest wenigstens eine vernünftige Zeit ausmachen können!«, beschwerte sich Beta. »Für mich ist es noch mitten in der Nacht. Welcher normale Mensch läuft denn um die Zeit schon auf der Straße rum?«

Sie zog sich den Kragen ihres dünnen Pullovers bis unter die Nase und klemmte ihre Finger unter die Achseln. Der Wind war so früh am Morgen empfindlich kalt.

»Hey!«, empörte sich Sebastian. »Je früher, desto besser – das weißt du genau! Außerdem konnte ich nicht wissen, dass du wieder die ganze Nacht in diesem Laden rumhängst!«

Beta stellte sich taub. Sie hatte nicht die geringste Lust, sich zu rechtfertigen, nur weil sie ab und zu im *Tango* kellnerte. Keine Frage, die Bar unten am Hafen war eine üble Spelunke, aber wen kümmerte das? Sie brauchte das Geld und außerdem war sie wie vereinbart am Treffpunkt erschienen. Der Rest brauchte Sebastian nicht zu interessieren. Auch wenn er in dieser Hinsicht anderer Meinung war.

»Entspann dich!«, sagte Beta. »Verrate mir lieber, wie viel heute im Jackpot ist.«

Sie rieb sich ihre pochenden Schläfen, um den Kopfschmerz zu vertreiben. Die Nachtschicht in dem muffigen Laden steckte ihr wie immer in den Knochen.

»Vierhundert«, brummte Sebastian beleidigt.

»*Vierhundert!?*« Mit einem Schlag war Beta wach. »Bist du bescheuert? Dafür lohnt sich ja nicht mal das Aufstehen!«

Sebastian schnaufte. »Wir können nicht jeden Tag einen Luxusschlitten verticken. Oder bist du heiß darauf, in den Knast zu wandern? Ich jedenfalls nicht!«

Der Porsche war ihr bislang einträglichster Fischzug gewesen. Sie hatten den potenziellen Käufer – einen jungen, arroganten Banker mit Hang zum Größenwahn – zur Probefahrt in eine Tiefgarage bestellt und ihn nach allen Regeln der Kunst hochgenommen. Der Coup hatte glatte Fünfzehntausend eingebracht. Für jeden von ihnen.

»Okay, okay, ist ja gut! Reg dich ab! Man darf doch mal fragen, wofür man seinen Arsch riskiert.« Beta massierte sich wieder ihre pochenden Schläfen. »Was hast du denn diesmal online gestellt?«

»Eine Karaoke-Anlage!«, erklärte Sebastian. »Supergeiles Teil und originalverpackt! Ein echtes Schnäppchen! Der Typ ist ganz versessen darauf. In seiner Mail hat er geschrieben, dass er das Ding unbedingt haben muss, weil ihn seine Enkelin sonst mit ihrer Bettelei in den Wahnsinn treibt.« Er grinste. »Schätze, jetzt wird die Kleine wohl auf ihr Geschenk verzichten müssen.«

»Und wenn schon!«, meinte Beta trocken. »Mir hat auch nie einer was geschenkt.«

Plötzlich stieß Sebastian sie an. Er deutete auf die andere Straßenseite. »Sieh mal: Ich glaube, da drüben ist unser Goldesel. Es geht los!«

Vor dem Mietshaus war ein älterer Mann stehen geblieben. Er trug einen Regenmantel und reckte unschlüssig den Hals. Ganz so, als suche er nach der richtigen Hausnummer.

»Bist du sicher, dass es diesmal der Richtige ist?«, erkundigte sich Beta. »So eine Pleite wie letzte Woche will ich nicht noch mal erleben.«

»Keine Angst, diesmal gehen wir auf Nummer sicher!« Sebastian griff nach dem Rucksack zwischen seinen Beinen und löste die Verschnürung. In ihm lag ein Gerät mit einer kurzen Hochleistungsantenne. Es besaß die Maße eines Laptops, wobei das Gehäuse um einiges massiver und klobiger wirkte.

»Was soll das sein?«, wollte Beta wissen.

»Ein mobiler Bio-Scanner«, erklärte Sebastian stolz. »Das Teil hat mich 'ne Menge Geld und Theater gekostet. Damit kann man die Bio-Chips anzapfen.«

»Ich dachte immer, die Scheißdinger sind verschlüsselt …«

»Glaubst du etwa alles, was die dir da oben erzählen?« Sebastian klappte den Scanner auf, ohne ihn aus dem Rucksack zu nehmen. »Das Teil hat leider nur eine Reichweite von ungefähr zwanzig Metern. Je nach Störungsquellen. Mehr ist noch nicht drin, aber ich arbeite daran.«

»Und wozu soll das gut sein?«, erkundigte sich Beta ohne

großes Interesse. Sie wollte die Sache hinter sich bringen und endlich in ihr warmes Bett.

Sebastian sah sie an, als hätte sie den Verstand verloren. »Mann, das ist doch ganz einfach: Information bedeutet Geld, oder lebst du hinter dem Mond? Was glaubst du, was ein braver Familienvater dafür zahlt, dass seine Geschlechtskrankheit geheim bleibt?«

Auf dem Display des Apparats erschien eine Vielzahl von sich bewegenden, farbigen Icons. Die meisten leuchteten grün, einige waren gelb, andere wiederum rot. Sebastian zoomte mit seinen Fingerspitzen einen Bildausschnitt heran, woraufhin sich die Anzahl der rastlosen Punkte deutlich verringerte. Im Gegenzug wuchs ihre Größe und unter jedem von ihnen wurde eine sechzehnstellige Nummer lesbar.

»Und was ist das da?« Beta deutete auf ein neu aufgetauchtes lila Dreieck ohne Identifikationsnummer.

»Der Typ ist entweder Bulle oder irgendein Promi. Deren G-Akten sind wirklich verschlüsselt. Mit einem normalen Scanner wie dem hier kommt man da nicht ran.«

Endlich hatte er gefunden, was er suchte. »Da! Das müsste unser Freund sein!«

Mit der Fingerspitze tippte er auf ein Icon. Es war gelb und bewegte sich im Gegensatz zu den anderen nicht von der Stelle. In Sekundenschnelle öffnete sich eine Datei.

»Bingo«, sagte Sebastian, nachdem er sich durch die auf dem Chip gespeicherten Informationen geklickt hatte. »Gottfried Hansen – derselbe Name wie in der Mail. Irrtum ausgeschlossen!«

Beta schaute ihm fasziniert über die Schulter. »Ey, da ist ja sogar was zum Thema Sex verzeichnet! Ich wusste gar nicht, dass so was auch auf diesen Dingern gespeichert wird.«

Sie kratzte sich unwillkürlich die Stelle an ihrem linken Unterarm, an der auch bei ihr der Bio-Chip unter der Haut steckte. Währenddessen scrollte Sebastian weiter durch die medizinischen Aufzeichnungen.

»Oha, viel zu hohe Prostatawerte! Jetzt weißt du, warum bei dem Opa nichts mehr läuft«, grinste er. »Ich wette, der geht mindestens dreimal die Nacht pinkeln.«

Mit einem Fingertippen schloss er die Akte wieder und erneut wuselten unzählige bunte Lichtpunkte über den entspiegelten Bildschirm. Als Sebastian das Gerät ausschalten wollte, hielt er mitten in der Bewegung inne. Er strich sich eine verfilzte Locke aus den Augen und sah Beta entgeistert an.

»Dein ... dein G-Status ist rot!«, stammelte er.

»Zeig her!« Beta riss den Scanner aus dem Rucksack, woraufhin ihr Sebastian das Gerät sofort wieder entwand und es hastig zurückstopfte.

»Bist du verrückt?«, zischte er, während er sich besorgt umblickte. Niemand schien sie zu beobachten. »Du bringst uns in Teufels Küche! Wenn sie uns mit dem Ding erwischen, sind wir geliefert. Die machen uns fertig!«

Nachdem er den Scanner wieder sicher verstaut hatte, sah er seine Partnerin fragend an. Beta wich seinem Blick aus, aber Sebastian ließ nicht locker. Schließlich wurde es Beta zu bunt.

»Ich bin clean, *okay!?*«, schnauzte sie ihn an. »Keine Ahnung, warum diese Schwachköpfe meinen Status wieder auf Rot gesetzt haben. Wahrscheinlich ist es nur ein Softwarefehler.« Sie erhob sich von den Betonstufen, gleichzeitig schloss sie mit einem energischen Ruck den Reißverschluss ihrer Lederjacke. »Also lass uns endlich anfangen. Sonst hätte ich mich auch ins Bett legen können.«

Sie nickte in Richtung des Mannes, der noch immer die Klingelschilder neben dem Hauseingang studierte. Er machte nach wie vor einen ratlosen Eindruck. Offenbar konnte er den gesuchten Namen nicht finden. Als eine Mutter mit Kinderwagen aus dem Haus kam, beobachteten Beta und Sebastian, wie der Alte sie ansprach, aber die Frau schüttelte nur gestresst den Kopf und eilte davon. Der Mann blickte ihr eine Zeit lang unschlüssig hinterher. Endlich wandte er sich mit einem Achselzucken zum Gehen.

»Na, los!«, sagte Beta. »Sonst verschwindet er noch in der U-Bahn. Und da sind Kameras!«

Sie trat zwischen die geparkten Autos, um die Straße zu überqueren, aber Sebastian bewegte sich nicht vom Fleck. Er blieb auf der Treppe hocken und knabberte an seiner Unterlippe.

»Mann, was ist los mit dir? Ich brauche die Kohle! Also komm endlich!«

Sebastian rührte sich nicht. »Nur wenn du mir erzählst, warum dein Status rot ist«, meinte er.

»Mann, ich hab's dir doch gesagt: Da ist nichts! Vielleicht sind diese Nano-Scheißdinger in meinem Körper ja kaputt. Oder der Steuerchip hat eine Macke. Was weiß ich!«

»Versprich mir, dass du mich nicht anlügst.« Sebastian machte ein ernstes Gesicht.

Betas Blick tanzte zwischen dem Rentner und ihrem Partner hin und her. Schließlich gab sie nach.

»Also gut!«, stöhnte sie. »Ich verspreche dir: Das ist die Wahrheit! Ich habe keine Ahnung! Und jetzt beweg endlich deinen Hintern!«

Sebastian zögerte. Doch dann schnappte er sich den Rucksack, warf ihn über die Schulter und folgte Beta über die Straße. Drüben angekommen, hefteten sie sich unauffällig an die Fersen ihres Opfers. Es sah tatsächlich so aus, als wollte der Alte die U-Bahn nehmen. Beta beschleunigte ihre Schritte und verfluchte ihre hohen Absätze. Sie hatte es nicht mehr geschafft, in die WG zu fahren und sich bequemere Schuhe anzuziehen. Wie immer lief Sebastian ein paar Schritte hinter ihr, damit niemand bemerkte, dass hier ein perfekt eingespieltes Team am Werk war.

Sebastian ließ beim Gehen seine Fingerglieder knacken. Über Betas Schulter hinweg beobachtete er, wie ihr Opfer mit der Hand flüchtig gegen seine linke Mantelseite klopfte. Es war ein unbewusster Reflex, aber nun wusste er, wo sich das Geld befand. Vermutlich steckten die Scheine in einem Briefumschlag, fein säuberlich sortiert. Dann sah er, wie Beta vor ihm den Alten überholte und unmittelbar vor der U-Bahn-Treppe stehen blieb. Sie fasste sich an die Stirn, so als sei ihr soeben etwas Wichtiges eingefallen, dann drehte sie sich abrupt um und rannte mit der Schulter voraus in ihr Opfer. Danach sank sie mit einem spitzen Schmerzensschrei zu Boden. Das machte sie jedes Mal geradezu hinreißend, wie Sebastian fand. Der Alte hingegen war zu Tode erschrocken. Er bückte sich, um der jungen Frau mit den kurzen bunten Haaren wieder auf die Beine zu helfen.

»Oh, das tut mir leid! Das wollte ich nicht!«, sagte er hastig. »Ich hoffe, Sie haben sich nicht verletzt.«

Als er dem gestürzten Mädchen beim Aufstehen half, sprang ihm freundlicherweise ein langhaariger junger Mann zur Seite. Er trug einen Tagesrucksack über der Schulter und packte beherzt mit an. Die Hand, die ihm blitzschnell in die Innentasche seines Regenmantels fuhr, spürte der Mann nicht. Stattdessen zeigte er sich untröstlich über sein Missgeschick.

»Das tut mir unendlich leid!«, sagte er, als Beta vor ihm stand und sich mit schmerzverzerrtem Gesicht den Ellbogen rieb. Der hilfsbereite junge Mann war längst wieder in der Menge verschwunden. »Bitte entschuldigen Sie! Das war wirklich ausgesprochen ungeschickt von mir! Wenn Sie möchten, überlasse ich Ihnen gerne meine Karte.«

In dem Moment, in dem er nach seiner Brieftasche griff, wusste Beta, dass sie einen Fehler gemacht hatte. Sie hätte längst über alle Berge sein müssen, aber diesmal hatte sie sich bei dem Sturz tatsächlich wehgetan.

»Volltrottel!«, zischte sie den verdatterten Rentner an. »Lass mich bloß in Ruhe!«

Dann eilte sie, ohne sich noch einmal umzudrehen, in die Gegenrichtung davon. Ihr geprellter Ellbogen schmerzte höllisch, dennoch bemühte sie sich darum, kein Aufsehen zu erregen. Nachdem sie um zwei weitere Ecken gebogen war, beruhigte sich ihr Puls allmählich. Der Schmerz verschwand und auch ihre Laune besserte sich. Vierhundert Dollar – das machte zweihundert für jeden. Immerhin konnte sie damit für diesen Monat ihr Zimmer bezahlen. Außerdem sehnte sie sich nach einem Frühstück. Wahrscheinlich wartete Sebastian bereits in ihrem Stammcafé auf sie. Sie beschleunigte ihren Schritt. Ihre Laune hob sich beträchtlich und ohne diese ständigen Kopfschmerzen wäre sie sogar noch besser gewesen. Es fühlte sich an, als würde jemand in einem fort glühende Nadeln in ihr Gehirn stechen.

3

Tosender Applaus ließ die Mehrzweckhalle erbeben. Wilhelm Decroix erklomm das Rednerpult, über dem auf einer überdimensionalen Videowand das weltbekannte Firmenlogo von NANOTECHNOLOGIES erstrahlte. Er lehnte seinen Gehstock an das Pult und ließ seinen Blick über die Köpfe des Publikums hinwegschweifen. Steinreiche Investoren, mächtige Fondsmanager und private Kleinanleger – in der Mehrzahl festlich herausgeputzte Pensionäre – rangelten mit der Presse um die besten Plätze. Direkt vor ihm legten Techniker der NetTV-Stationen letzte Hand an, Blog-Fotografen zappelten auf der Jagd nach der besten Perspektive umher. Decroix platzierte sein Manuskript und richtete das stabdünne Mikrofon aus. Geduldig wartete er, bis Applaus und Blitzlichtgewitter allmählich verebbten. Schließlich räusperte er sich vernehmlich in das Mikrofon:

»Meine sehr geehrten Damen und Herren, liebe Aktionäre …«

Die elektronisch verstärkte Stimme brachte den Saal augenblicklich zum Verstummen. Spannung erfasste auch die hintersten Reihen.

Decroix räusperte sich erneut. Dann verzog er den schmallippigen Mund zu einem Lächeln. »Liebe Aktionäre, ich möchte Sie alle ganz herzlich begrüßen. Ich freue mich, dass Sie so zahlreich zu unserer kleinen Veranstaltung erschienen sind. Ich verspreche Ihnen, Sie werden es nicht bereuen!« Er erstickte den Applaus mit einer beiläufigen Geste seiner blassen Hand. »Zuerst möchte ich Ihnen jedoch für Ihr Vertrauen danken! Ohne Sie wäre NANOTECHNOLOGIES heute nicht die Nummer eins. Und wir sind noch lange nicht am Ziel, wie Sie gleich sehen werden! Aber ich will nicht vorgreifen. Werfen wir zuerst einen Blick auf die Entwicklung der aktuellen Geschäftszahlen. Nur für den Fall, dass sich unter Ihnen jemand befindet, der sich tatsächlich für sein investiertes Geld interessiert …«

Gelächter kam auf. Auf Decroix' Wink hin verschwanden die verwobenen grünen Buchstaben NTEC, die das Firmenlogo von NANOTECHNOLOGIES darstellten, von der Videowand. An ihrer Stelle erschien ein Diagramm. Die bunten Balken zeigten die Geschäftsentwicklung innerhalb der letzten fünf Jahre. Umsatz und Aktienkurs hatten sich nahezu verdreifacht.

Decroix wandte sich wieder seinen Zuhörern zu: »Wie Sie selbst sehen, ist unsere bescheidene Firma nicht ohne Grund zum erfolgreichsten Wirtschaftsunternehmen der letzten Dekade gewählt worden. Und damit beziehe ich mich nicht allein auf die überaus positiv verlaufene Geschäftsentwicklung. Nein, ich meine etwas anderes: NANOTECHNOLOGIES ist mehr als nur ein Unternehmen, das guten Gewinn abwirft. NANOTECHNOLOGIES verkörpert die Zukunft!«

Das Publikum applaudierte begeistert. Decroix gönnte sich eine effektvolle Pause und schielte auf sein Manuskript. Anschließend fuhr er fort:

»Wie wir alle wissen, ist es noch gar nicht lange her, da stand unsere moderne Gesellschaft unmittelbar vor dem Zusammenbruch. Unsere Sozialsysteme drohten unter der Last der stetig wachsenden Kosten für das Gesundheitssystem zu kollabieren. Überalterte Nationen wie die unsere schienen unweigerlich dem finanziellen Untergang geweiht. Allein der Einsatz der Nanotechnologie in der medizinischen Gesundheitsvorsorge konnte diesen unheilvollen Prozess letztendlich stoppen. Seit der Großen Gesundheitsreform haben sich die Ausgaben für unser Gesundheitssystem fast halbiert. Mit anderen Worten: Zum ersten Mal konnte die verhängnisvolle Kostenspirale gestoppt werden! Staatsbankrotte, soziale Unruhen, vielleicht sogar Kriege wurden im letzten Moment abgewendet! Dank Ihnen und Ihres Vertrauens in NTEC!«

Enthusiastischer Applaus brandete durch die Halle. Decroix hielt inne und nippte an seinem Wasserglas. Als es ruhiger wurde, nahm er den Faden wieder auf.

»Vielen Dank! Ich weiß Ihre Zustimmung zu schätzen. Auch wenn eine unbelehrbare Minderheit das bedauerlicherweise anders sieht, so ist unser Beitrag für die Allgemeinheit ohne Zweifel von unschätzbarem Wert. Die von uns entwickelten

Nanobots ermöglichen schließlich nicht nur eine nahezu perfekte Gesundheitsvorsorge für jedermann – ihr massenhafter Einsatz hat der medizinischen Forschung darüber hinaus zu einem wahren Quantensprung verholfen! Zugegeben, wir befinden uns gerade erst am Anfang, aber schon heute stehen der Wissenschaft Datenmengen in einem Umfang zur Verfügung, der mit altmodischen Labortests oder Feldversuchen niemals hätte erreicht werden können. Ich glaube, ich übertreibe keineswegs, wenn ich Ihnen prophezeie, dass es schon sehr bald keine Krankheiten mehr in den Vereinigten Staaten geben wird!«

Erneut brach ein Beifallssturm los. Die Zuhörer klatschten euphorisch, dann verebbte der Applaus wieder. Jeder im Saal wollte hören, wie der Mann, der sie reich gemacht hatte, sie noch reicher zu machen gedachte. Als Decroix jedoch ansetzte, um mit seiner Rede fortzufahren, entstand in den hinteren Reihen ein Tumult. Jemand hielt ein selbst gemaltes Plakat mit der Aufschrift »NO-TEC« in die Höhe. Dazu schrie er aus Leibeskräften:

»Freiheit! Unser Körper gehört uns! Freiheit für alle!«

Aktionäre und Presseleute drehten sich um, einige der TV-Kameras schwenkten herum. Sie versuchten, den Störenfried ins Bild zu bekommen, aber uniformierte Ordner schirmten den bärtigen jungen Mann bereits ab. Sie entrissen ihm das Plakat und zerrten ihn zum nächsten Ausgang. Wenige Augenblicke später war der Spuk vorbei.

Decroix zückte ein Seidentaschentuch aus der Brusttasche seines Maßanzugs und tupfte sich den Schweiß von der Stirn.

Die Kamerascheinwerfer strahlten eine unerträgliche Hitze aus. Mit einem Scherz riss er die Aufmerksamkeit wieder an sich.

»Allem Anschein nach hat da jemand versäumt, rechtzeitig Anteile an unserem Unternehmen zu erwerben ...«

Lachen erfüllte erneut die Halle. Decroix steckte das Tuch wieder ein, strich sich über sein implantiertes Haar und fuhr mit seiner Rede fort.

»Nun, da wir jetzt wieder unter uns sind, können wir uns dem eigentlichen Thema des Abends zuwenden: der Zukunft! Schließlich sind wir nicht hier zusammengekommen, um uns in dem bisher Erreichten zu sonnen. Lassen sie uns also den Blick nach vorn richten!«

Der Gründer von NANOTECHNOLOGIES beugte sich über das Mikrofon.

»Meine Damen und Herren, darf ich vorstellen: die Zukunft!«

Wie von Zauberhand erschien auf dem Bildschirm in seinem Rücken das milliardenfach vergrößerte Abbild eines Nanobots. Er hatte einen stromlinienförmigen Korpus, an dessen Seiten filigrane Werkzeuge zu sehen waren, die an den Greifarm eines U-Boots erinnerten. Ein Raunen ging durch den Saal.

»Was Sie hier sehen, ist NX-4, die neueste Innovation aus dem Hause NTEC«, erklärte Decroix. »Dieser neuartige medizinische Nanobot basiert auf unserem bisherigen Erfolgsmodell NX-3. Bekanntlich war NX-3 der erste Nanobot, der in der Lage war, die benötigte Energie selbst zu erzeugen. Dadurch wurden der massenhafte Einsatz der Nanotechnologie und die Große Gesundheitsreform überhaupt erst möglich.«

Decroix machte erneut eine kunstvolle Pause und wandte sich kurz der Videowand zu, bevor er weiter in das Mikrofon sprach.

»NX-4 – das Modell, das Sie hier hinter mir sehen – geht nun einen Schritt weiter: Der neueste Geniestreich unserer Nano-Ingenieure verfügt nicht nur über deutlich verbesserte Analysemöglichkeiten. Dank neuartiger mechanischer Applikationen ist NX-4 sogar in der Lage, kleinere Eingriffe durchzuführen. Und damit nicht genug: Sein neuer Steuerchip verfügt erstmals über die Fähigkeit der Satellitenkommunikation! Sämtliche auf dem Chip gesammelten Bio-Daten können somit via Satellit ausgelesen werden. Selbst kleinere medizinische Maßnahmen können – quasi ferngesteuert – veranlasst werden. Mit anderen Worten: In Zukunft entfällt der zeitraubende, gesetzlich vorgeschriebene Gang zum regelmäßigen Gesundheits-Check. In Zukunft werden Sie es nicht einmal bemerken, wenn der Arzt zu Ihnen kommt!«

Die Aktionäre waren begeistert. Viele sprangen aus ihren Sitzen, einige ließen sich sogar zu lautstarken Bravorufen hinreißen. Decroix nippte an seinem Wasserglas. Nach so vielen Jahren war es ihm noch immer ein Gräuel, im Rampenlicht der Öffentlichkeit zu stehen. Aber bislang war er mit sich durchaus zufrieden. Das Publikum lag ihm zu Füßen.

4

Nico balancierte sein Tablett durch die eng stehenden Tische. Wie immer um die Mittagszeit glich die Kantine einem geschäftigen Bienenstock. Junge Männer und Frauen in dunkelblauen Anzügen und Businesskostümen strömten herein und standen für ihr Essen an. Es herrschte ein ständiges Kommen und Gehen, untermalt von Stühlerücken und lauten Zurufen. Als Nico an dem Tisch seines Zimmernachbarn einen freien Platz erspähte, steuerte er zügig darauf zu.

»Ich habe dir was frei gehalten!«, begrüßte ihn Jason mit vollem Mund. Hundert Kilo Lebendgewicht verliehen ihm die Autorität, die dazu nötig war.

»Danke«, erwiderte Nico. »Nett von dir.«

Er stellte sein Tablett ab, lockerte seinen Krawattenknoten und setzte sich. Ihm knurrte der Magen, denn zu der medizinischen Abschlussuntersuchung am Vormittag hatten sie nüchtern antreten müssen.

»Machst du eine Diät?«, erkundigte sich Jason amüsiert. Er

deutete mit der Messerspitze auf Nicos Gemüsepizza und das Schälchen mit dem Karottensalat.

»Frag *Big Mama*!«, brummte Nico in Richtung der automatischen Essenausgabe, vor der die Warteschlange nicht kleiner wurde. Die Anlage nahm fast die gesamte Stirnseite des Raumes ein und erinnerte mit ihren vielen Fächern an die Schließfachanlage eines Bahnhofs. Mit dem Unterschied, dass sich hinter den beschlagenen Glasscheiben kein Gepäck, sondern verschiedene Gerichte befanden, die von der dahinter liegenden Küche zubereitet und von der anderen Seite in die einzelnen Fächer hineingestellt wurden. Die nagelneue Anlage war der ganze Stolz des Direktors. Kein Wunder, stand sie doch zu hundert Prozent im Zeichen des neuen Gesundheitsbewusstseins. Wollte einer der Academy-Absolventen etwas zu essen haben, musste er zuerst seinen Unterarm vor den Bio-Scanner halten. Ein Computer analysierte daraufhin die auf dem implantierten Chip gespeicherten Daten und wählte anschließend die aus medizinischer Sicht ideale, am besten an die jeweiligen Bedürfnisse angepasste Mahlzeit aus. Hatte die Anlage ihre Entscheidung gefällt, sprang das Entnahmefach mit dem entsprechenden Gericht auf. Manchmal dachte Nico sehnsüchtig an seine Kindheit, in der man noch essen konnte, worauf man Lust hatte. Man wurde einfach so dick und krank, wie man wollte.

»*Big Mama* meint es offenbar heute nicht gut mit dir«, stellte Jason mitleidig fest.

Nico zuckte mit den Achseln. »Angeblich schwankt mein Cholesterinspiegel. Meint zumindest der Doc.«

»Scheiß drauf!«, nuschelte Jason.

Nico und er teilten sich ein Zimmer und waren während der Wochen ihrer harten Ausbildung so etwas wie Freunde geworden. Sie waren beide fast auf den Tag genau einundzwanzig Jahre alt, womit sich ihre Gemeinsamkeiten jedoch bereits erschöpft hatten. Jason stammte aus Montana, genauer gesagt aus einem Ort mit unaussprechlichem Namen irgendwo in den Rockies nahe der kanadischen Grenze, während er selbst in einem gutbürgerlichen Vorort von Cleveland aufgewachsen war. Aber anders, als es die Klischees vermuten ließen, war Jason der Aufgeschlossenere und Redseligere von ihnen. Er war allseits beliebt, stets gut gelaunt und obendrein ein Football-Ass. Kurzum, er war der geborene Anführer. Nico hingegen brauchte immer einen gewissen Abstand und genügend Anlaufzeit. Zu große Nähe machte ihn nervös.

»Was ist mit morgen?« Jason griff mit seiner Holzfällerpranke nach der Einwegflasche mit dem isotonischen Wasser und leerte sie in einem Zug.

»Was soll damit sein?«, fragte Nico zurück.

»Mann, morgen ist der Tag der Tage! *Graduation Day*!« Jason zerknautschte die Wasserflasche in seiner Faust. »Also ein bisschen mehr Freude und Enthusiasmus, bitte! Es naht der Tag der Erlösung!«

»Amen«, erwiderte Nico, während er lustlos in seinem Essen herumstocherte. Er musste sich zwingen, nicht ständig auf den knusprig gebratenen Fisch seines Freundes zu starren. Jason ließ sich seinen Appetit unterdessen nicht verderben und vertilgte genüsslich den letzten Bissen. Dann wischte er sich mit einem Grunzen über das kantige Kinn und tätschelte seinen Bauch.

»Das war schon der zweite in dieser Woche. Ich bin ein wahrer Glückspilz!« Er drehte sich mit einer theatralischen Verbeugung in Richtung der automatischen Essenausgabe: »Danke, *Big Mama*!«

Nico hätte ihm am liebsten den Hals umgedreht.

»Also«, bohrte Jason weiter. »Wen hast du zur Feier eingeladen? Meine Alten fiebern dem großen Ereignis schon seit Tagen entgegen. Ich glaube, die sind nervöser als ich.«

»Du lässt deine Eltern kommen?«, wunderte sich Nico. »Ich dachte, du kommst mit deinem Vater nicht klar?«

»Mein Vater ist ein Idiot. Glühender Patriot und ein unverbesserlicher Militarist. Aus diesem Grund will er sich das Fahnengeschwenke und das feierliche Gelöbnis auf keinen Fall entgehen lassen.« Jason machte eine entschuldigende Geste. »Außerdem tue ich es für meine Mom. Damit sie mal rauskommt und was anderes sieht.«

Nico würgte den Teiglappen in seinem Mund herunter und schob die Pizza – oder was immer das sein sollte – angewidert von sich.

»Hey, wisst ihr schon, in welches *Field Office* ihr versetzt werdet?«, rief Raoul Martinez vom Tischende aus. Nico kannte ihn nur flüchtig, aber es ging das Gerücht um, dass der klein gewachsene Latino vor wenigen Tagen den seit Jahren bestehenden Punkterekord auf dem Schießplatz geknackt hatte.

»Wohin sollen wir schon versetzt werden?«, erwiderte Jason. »Irgendwo an den Arsch der Welt eben. Du kennst ja die heilige Regel: je weiter weg von deiner alten Umgebung, desto besser!«

»Außerdem bleibt der Einsatzort bis zum letzten Moment geheim«, mischte sich Helen ein. Ihr blonder Pferdeschwanz harmonierte perfekt mit ihrem dunkelblauen, knapp sitzenden Kostüm. An der Academy galt auch bei Tisch ein strenger Dresscode. Von allen Agentenanwärtern wurde ein tadelloses und professionelles Outfit erwartet.

Raoul beugte sich vor. »Es gibt Gerüchte«, flüsterte er geheimnisvoll.

»Was für Gerüchte?«, fragte Helen zurück.

Raoul machte eine pathetische Pause und sah sich verschwörerisch über die Schulter. »Ich hatte neulich im Büro des Direktors was zu erledigen. Da lag eine Liste auf dem Tisch.«

»Was für eine Liste?«, hakte Jason nach. »Jetzt spann uns nicht auf die Folter!«

Raoul senkte erneut die Stimme. »Eine Liste eben! Mit unseren Namen und der Abteilung, der wir zugeteilt werden.«

Nico wurde sofort hellhörig. »Hast du gesehen, was bei mir stand?«

Er wollte unbedingt in den Außeneinsatz. Alles andere kam für ihn nicht in Betracht, denn hinter einem Schreibtisch würde er sein Gelübde niemals erfüllen können.

»So viel Zeit hatte ich nicht«, wiegelte Raoul ab. »Außerdem habe ich zuerst nach meinem Namen gesucht. Leider ohne Erfolg.«

»Dann spuck nicht so große Töne!«, bemerkte Helen genervt und stand auf. Sie streifte ihren engen Rock glatt und räumte ihr Tablett auf.

»Hey, ich hatte keine Lust, erwischt zu werden!«, verteidigte sich Raoul.

»Wenn du nichts weißt, halt einfach die Klappe, okay?«, fiel Helen ihm ins Wort und rauschte davon.

»Ich besitze nun mal kein fotografisches Gedächtnis!«, rief ihr Martinez hinterher. Dann wandte er sich wieder Jason und Nico zu. »Oh Mann, habt ihr gesehen, wie sie mit mir geflirtet hat? Ich sag euch, da geht morgen noch was! Meinem Charme wird sie auf Dauer nicht widerstehen können!«

»Träum weiter!«, lachte Jason. »Wenn der Tag morgen vorbei ist, wirst du sie nie wiedersehen!«

»Wer weiß? Vielleicht landen wir auf derselben Dienststelle. Die Wege des Herrn sind bekanntlich unergründlich!«

Er schnappte sich ebenfalls sein Tablett. »Wir sehen uns morgen bei der großen Party!«, sagte er und eilte der blonden Agentin hinterher.

»Idiot«, befand Nico.

»Der Zwerg ist ganz in Ordnung«, erwiderte Jason. »Sein Ego ist nur ein bisschen zu groß geraten. Aber was willst du machen, wenn du so kurz geraten bist?« Er sah Nico an. »Du hast mir noch nicht gesagt, wen du für morgen eingeladen hast.«

»Wen sollte ich schon einladen?«, wich Nico aus. »Meine Mutter war schon dagegen, dass ich mich überhaupt beim FBI bewerbe.«

»Wegen deinem Alten?«

Nico nickte.

»Kann ich nachvollziehen«, sagte Jason. »Wenn ich deine Mom wäre, hätte ich auch Angst, dass sich die Dinge wiederholen.«

»Du bist aber nicht meine Mutter!«, gab Nico gereizt zurück.

»Nein, bin ich nicht.« Jason stapelte sein Geschirr und wuchtete seinen durchtrainierten Körper hoch, wobei der Stuhl beinahe umkippte.

»Ich zieh schon mal los!«, sagte er.

Die Mittagspause war vorüber und in wenigen Minuten begann der Nachmittagsunterricht. Wie so oft in den Wochen ihrer Ausbildung standen ein letztes Mal Schießübungen auf dem Stundenplan.

»Wie wär's heute Abend mit einer kleinen Abschiedsrunde?«, schlug Jason vor, während er sein Tablett vom Tisch angelte. »Aber ich muss dich warnen: Ich habe neue Laufschuhe!«

Nico grinste. »Die werden dir auch nichts nützen. Lahme Ente bleibt lahme Ente!«

»Diesmal mache ich dich fertig, Kleiner!« Jason klopfte Nico gönnerhaft auf die Schulter. »Das wird dein Untergang. Du wirst um Gnade betteln, versprochen!«

5

Beta nahm die Abkürzung durch die schmale Gasse und überquerte den Parkplatz vor dem Einkaufszentrum. Sie war hundemüde, ihr war kalt und ihr Magen knurrte. Vielleicht hätte sie Sebastian von diesen verdammten Zellen in ihrer Brust erzählen sollen, aber noch im gleichen Moment verwarf sie diesen Gedanken wieder. Ihr Körper ging verdammt noch mal niemanden etwas an! Irgendwann, so schwor sie sich, würde sie in ein Land auswandern, wo den Menschen noch keine Maschinen eingepflanzt wurden, die einen ständig kontrollierten. Sie rammte ihre Fäuste in die ausgeleierten Jackentaschen. Als sie das Parkplatzende erreichte, verlangsamte sie ihren Schritt und mischte sich unter die Passanten, die wie jeden Morgen zur Arbeit hasteten. Immer wieder warf sie einen Blick über die Schulter. Seltsamerweise hatte sie den Eindruck, jemand würde sie beobachten, obwohl sie nichts Verdächtiges entdecken konnte. Niemand folgte ihr. Dennoch wurde sie das Gefühl einfach nicht los.

Auf Höhe der Kreuzung wechselte sie erneut die Seite, um in die Straße einzubiegen, in der sie ihr Zimmer hatte. Plötzlich wurde sie langsamer. Etwas stimmte nicht. Eine Traube aufgeregt diskutierender Menschen belagerte die Straßenecke. Noch bevor sich Beta einen Reim auf das Ganze machen konnte, fuhr ein grauer Leichenwagen an ihr vorbei und bog in ihre Straße. Die Menschenmenge an der Ecke reckte die Hälse. Von einer bösen Vorahnung erfasst, kämpfte sich Beta durch die Schaulustigen. Als sie den Grund für den Auflauf sah, blieb sie wie angewurzelt stehen.

Die Fassade des Mietshauses, in dem sie sich mit zwei Kunststudentinnen eine heruntergekommene Wohnung teilte, war bis zum Dachstuhl hinauf verrußt. Im zweiten Stockwerk, dort, wo sich ihr Zimmer befand, klafften schwarze Löcher in der Hauswand. Die Hitze des Feuers hatte sämtliche Fensterscheiben bersten lassen. Vor dem Haus hatten sich die geretteten Hausbewohner versammelt. Sie waren in Decken gehüllt und machten einen verstörten Eindruck. Beta erkannte das kauzige alte Paar aus der düsteren Hinterhofwohnung und die Punks aus der dritten Etage. Als sie zwischen den Feuerwehrfahrzeugen den Leichenwagen und die Cops entdeckte, zogen sich ihre Eingeweide instinktiv zusammen. Was war hier los, was hatten die Cops bei einem Brand zu suchen? Um sie konnte es nicht gehen, denn das war eindeutig zu viel Aufwand für eine kleine Trickbetrügerin. Also fasste sie sich ein Herz und schlüpfte unter dem gelben Flatterband hindurch. Schon nach wenigen Metern versperrte ihr ein Streifenpolizist den Weg. Er konnte nicht viel älter sein als sie.

»Halt! Sehen Sie das Band nicht?«, bellte er und baute sich breitbeinig vor ihr auf. »Sie dürfen hier nicht durch!«

Beta deutete auf eins der schwarzen Löcher in der verrußten Hausfassade. »Ich … ich wohne da oben!«

Der Polizist musterte sie. Dann ruckte er wichtigtuerisch sein Pistolenholster zurecht und sog die Luft ein.

»Na, wenn das so ist. Folgen Sie mir, Miss!«

Nachdem er sich vergewissert hatte, dass kein weiterer Gaffer plante, sein Absperrband zu missachten, führte er Beta zu einem beleibten Mann, der sich mit einem rothaarigen Sanitäter und einer Frau in einem Overall unterhielt.

»Chief Inspector Downey, hier ist jemand für Sie«, platzte der Polizist in die Unterredung. »Die Kleine behauptet, in der besagten Wohnung zu wohnen.«

Kleine? Am liebsten hätte Beta dem Wichtigtuer eine Kostprobe ihres bewährten Schienbeinkicks verpasst. Aber sie riss sich zusammen und wandte sich an den Dicken. Anscheinend hatte er das Sagen.

»Ich wohne hier!«, sagte sie. »Lassen Sie mich doch durch! Ich will nur in meine Wohnung!«

Der Inspector nahm Beta zur Seite und sah sie eindringlich an. Sein Gesicht mit den Hängebacken erinnerte Beta absurderweise an eine bestimmte Hunderasse. »Nun beruhigen Sie sich erst einmal!«, sagte er. »Vielleicht verraten Sie mir zunächst mal Ihren Namen?« Er zückte ein altmodisches Notizbuch und sah Beta erwartungsvoll an.

»Ich heiße Matsui«, stöhnte Beta. »Ich will nur in mein Zimmer und meine Sachen holen!«

Der Chief Inspector ignorierte sie. »Vorname?«

»B-E-T-A«, buchstabierte Beta. »Und jetzt lassen Sie mich doch endlich durch! Meine Adresse haben Sie ja …«

Ohne eine Antwort abzuwarten, drängte sie sich an dem perplexen Inspector vorbei ins Haus.

»Halt! Warten Sie auf mich!«, rief Downey, nachdem er sich von seiner Überraschung erholt hatte. Er eilte Beta hinterher. »Um Himmels willen! Nun warten Sie doch! Seien Sie bitte vernünftig!«

Im Treppenhaus stank es nach kaltem Rauch und nicht wie sonst nach Katzenpisse. Noch immer tropfte Löschwasser die ausgetretene Treppe hinunter und sammelte sich in einer schmutzigen braunen Lache auf den zersprungenen Bodenfliesen. Als Beta nach oben stürmen wollte, kamen ihr auf der Holztreppe zwei Feuerwehrleute entgegen. Sie schleppten Atemgeräte und waren gerade im Begriff, sich ihrer Helme und Handschuhe zu entledigen. Beta drückte sich an den Männern vorbei und nahm die restlichen Stufen mit zwei Schritten. Oben angekommen, bestätigten sich ihre schlimmsten Befürchtungen. Die verkohlten Überreste ihrer Wohnungstür hingen schief in den Angeln und rauchten noch. Als sie ihre ausgebrannte Wohnung betreten wollte, stieß sie mit einem Mann in einem knisternden weißen Overall zusammen, der ihr den Rücken zuwandte. Er schoss fortwährend Fotos, während sein Kollege, der ebenfalls einen Overall trug, mit einer überdimensionalen Pinzette in einem durchnässten Aschehaufen herumstocherte. Die komplette Einrichtung war ein Opfer der Flammen geworden. Möbel und Teppiche waren restlos verbrannt, die tönernen Blumentöpfe durch die Hitze ebenso zersprungen wie die an der Decke baumelnde Glühbirne. Unter ihr hatte der Lampenschirm eine bizarre Skulptur aus geschmolzenem Plastik auf dem Boden geformt.

Plötzlich spürte Beta eine schwere Hand auf ihrer Schulter.

»Sie sollten doch auf mich warten!«, schnaufte Chief Inspector Downey. »Es ist besser, Sie gehen nicht weiter. Die Spurensicherung ist mit ihrer Arbeit noch nicht fertig.«

Aber Beta hörte ihm gar nicht richtig zu. Ihr Magen krampfte sich erneut zusammen. Was war mit ihren Sachen? Und wo waren eigentlich Susan und Diana? Sonst lag Beta nicht sehr viel an ihren Mitbewohnerinnen, aber gerade sehnte sie sich nach einem vertrauten Gesicht.

Mit einer energischen Drehung schüttelte Beta die Hand des Chief Inspectors von ihrer Schulter. Dann stieg sie über etwas, das einmal der Gemeinschaftsfernseher der WG gewesen sein musste, und stiefelte zwischen den Kriminaltechnikern hindurch in ihr Zimmer. Dort bot sich das gleiche Bild. Alles, was sich in dem Raum befunden hatte, war verbrannt. Ihre Klamotten, ihr kostbares Tagebuch, ihr sündhaft teurer Laptop – alles vernichtet. Beta schossen die Tränen in die Augen. Obwohl der Wind durch den leeren Fensterrahmen pfiff, war der beißende Gestank im Raum unerträglich. Die Matratze ihres altmodischen Metallbetts, ein Fundstück vom Flohmarkt, war ebenfalls gänzlich verbrannt. Erst jetzt bemerkte sie das verkohlte Bündel auf den entblößten Federn des Bettgestells. Es war nicht sonderlich groß, und als sie neugierig näher trat, taumelte sie entsetzt zurück.

Die mörderische Hitze hatte den Körper bis auf die Größe eines Kindes schrumpfen lassen. Das Gesicht glich einer Fratze. An manchen Stellen lösten sich verkohlte Fleischreste vom Schädelknochen und die fehlenden Lippen verliehen der Leiche ein grausames Grinsen. Beta schwankte, und als sie das silberne Armband mit dem Löwen-Anhänger erkannte, das sich tief in den verschrumpelten Arm eingebrannt hatte, wurde ihr endgültig speiübel. Entsetzt wandte sie sich ab. Sie wollte nur noch weg!

Downey fing sie mit ausgebreiteten Armen auf. »Ich habe Sie gewarnt!«, sagte er vorwurfsvoll. »Aber Sie wollten ja nicht auf mich hören!«

Beta zitterte am ganzen Körper, während sie der Chief Inspector behutsam aus der verwüsteten Wohnung führte. Erst im Treppenhaus atmete sie tief durch. Sie spürte, dass ihr jeden Moment die Beine wegzuknicken drohten.

»Geht es wieder?«, erkundigte sich Downey. »Es tut mir leid, den Anblick wollte ich Ihnen eigentlich ersparen. Kannten Sie die Frau?«

Er nickte in Richtung der Wohnung, in der die verkohlte Leiche auf dem Bettgestell lag. Betas Magen zog sich sofort wieder zusammen. Sie hatte das Gefühl, sich jeden Moment übergeben zu müssen. Bevor sie etwas auf die Frage des Chief Inspectors erwidern konnte, kamen zwei Männer mit einem Sarg die Treppe herauf. Die Angestellten des Bestattungsunternehmens manövrierten das Ungetüm umständlich an ihnen vorbei.

Downey fasste Beta am Ellbogen. »Ich weiß, das ist jetzt

nicht leicht für Sie. Aber ich muss Sie das fragen: Kennen Sie die Person da drinnen?«

Beta klammerte sich an das angekokelte Treppengeländer und kämpfte gegen ihre Übelkeit an.

»Das ist … sie ist meine Mitbewohnerin!«, stieß sie schließlich hervor. »Wir teilen uns die Wohnung.«

Die Falten auf der Stirn des Chief Inspectors vertieften sich. »Wenn ich das richtig sehe, gehört das Zimmer, in dem die Tote gefunden wurde, Ihnen?«

»Ja, das stimmt!« Trotz ihres Entsetzens war Beta der Unterton der Frage nicht entgangen. »Hören Sie: Ich weiß, was Sie jetzt denken, aber so ist es nicht – okay? Ich arbeite nachts, und wenn ich nicht da bin, benutzt Susan manchmal mein Bett. Mehr nicht! Sie war der Meinung, meine Matratze sei gut für ihren Rücken.«

Dass sie sich erst gestern wegen ihrer unangekündigten Übernachtungen mit Susan gezofft hatte, behielt sie besser für sich. Aber wie hatte es nur zu so einem heftigen Brand kommen können? Susan rauchte nicht einmal.

Downey kritzelte in sein Büchlein. »Und wie lautet der Nachname ihrer, äh, Mitbewohnerin?« Er zeigte mit dem Daumen über die Schulter.

»Sie heißt O'Connor! Susan O'Connor! Sie ist die Hauptmieterin. Ihr Name steht auch auf dem Klingelschild.«

Downey unterbrach sein Gekritzel. Gleichzeitig wanderte seine Augenbraue nach oben: »Wie viele Personen wohnen denn in der Wohnung?«

»Wir sind …« Beta schluckte. »Wir waren zu dritt.«

»Zu dritt?«

»Scheiße. Ja, zu dritt!«

In diesem Moment kamen die Bestatter wieder aus der Wohnung. Wortlos quetschten sie sich mit dem Sarg zwischen ihnen hindurch. Downey zog seinen Bauch ein und hielt Notizbuch und Stift mit ausgestreckten Armen in die Luft. Beta drehte sich weg, um die Kiste nicht sehen zu müssen. Das grauenhaft entstellte Gesicht würde sie ohnehin nie vergessen.

»Kannten Sie Ihre Mitbewohnerin gut?«, fragte Downey über den Sarg hinweg.

»Nicht wirklich«, wich Beta aus. »Ich bin erst vor einem halben Jahr hier eingezogen. Jeder hat irgendwie sein eigenes Ding gemacht.«

»Und wo haben Sie dann vorher gewohnt?«, wollte Downey wissen.

»Mal hier, mal dort. Je nach finanzieller Lage.«

Downey verzog keine Miene, während er sich Notizen machte. Mit einem Mal erschien unten im Erdgeschoss der Kopf eines Kriminaltechnikers.

»Hey, Chief!«, brüllte er das Treppenhaus hinauf. »Wir haben einen Kanister gefunden! Wahrscheinlich Benzin! Er lag im Hinterhof zwischen den Mülltonnen!«

»Gute Arbeit!«, rief Downey über das Treppengeländer gebeugt zurück. Dabei achtete er peinlich genau darauf, seinen abgetragenen braunen Anzug nicht an dem verkohlten Holz zu beschmutzen. »Lass ihn ins Labor bringen! Vielleicht haben wir ja Glück und kriegen einen Fingerabdruck!«

»Sie sagten doch, dass Sie zu dritt hier wohnen?«, nahm er den Faden wieder auf.

Beta nickte. »Diana jobbt bei einem Paketservice. Ich glaube, sie hat in dieser Woche die Nachtschicht.«

»Name?«

»Kirgilian«, erwiderte Beta und starrte dabei die Treppe hinunter. Was hatte das mit dem Benzinkanister zu bedeuten?

Downey blickte interessiert von seinem Notizbuch auf. »Der Name hört sich fremdländisch an. Ist Ihre Freundin Ausländerin?«

»Ach, können Sie nicht mit ihr selbst sprechen?« Beta rang um Fassung. »Sie muss jeden Moment von der Arbeit nach Hause kommen.« Beta versuchte, sich endgültig zum Gehen zu wenden. Ihr ganzer Körper fühlte sich taub an. Sie wollte keine weiteren Fragen mehr hören. Doch dieser verdammte Cop gab einfach keine Ruhe.

»Und wo arbeiten *Sie*, wenn ich fragen darf?«

»Im *Tango*. Das ist eine Bar«, fügte sie hinzu.

»Ich kenne das *Tango*«, murmelte Downey, während er sich eine weitere Notiz machte. Sein Ton verriet, was er von der Bar unten am Hafen hielt.

Jetzt verlor Beta endgültig die Geduld. Eine Mischung aus Unsicherheit und Angst machte sich in ihr breit. »Was soll diese Fragerei eigentlich?«, stieß sie hervor. »Warum lassen Sie mich nicht einfach in Ruhe? Meine Mitbewohnerin ist tot! Alle meine Sachen sind verbrannt, und ich weiß nicht mal, wo ich heute Nacht schlafen soll!«

Endlich klappte Downey sein Büchlein zu.

»Sie haben recht«, entschied er. »Vielleicht ist es am besten, Sie kommen heute Nachmittag einfach zu mir. In meinem Büro können wir uns in Ruhe unterhalten.« Wie aus dem Nichts erschien eine Visitenkarte in seiner Hand. »Passt Ihnen drei Uhr?«

Widerwillig nahm Beta die Karte entgegen. Sie hatte nicht vor, sich in diese Sache reinziehen zu lassen.

»Bevor Sie gehen, habe ich allerdings noch eine Frage«, meinte Downey eher beiläufig. »Wo waren Sie heute Morgen? So zwischen vier und fünf Uhr?«

Nun begannen Betas Alarmglocken endgültig zu schrillen. »Was soll das heißen? Glauben Sie ernsthaft, ich zünde zum Spaß mein eigenes Zimmer an? Zusammen mit meinen Mitbewohnerinnen und all meinen Sachen?«

Downey seufzte. »Ich möchte Sie bitten, die Stadt vorerst nicht zu verlassen! Anscheinend haben Sie nicht begriffen, um was es hier geht.«

»Vielleicht erklären Sie es mir dann mal?«

Als der Chief Inspector Beta herausfordernd ansah, spürte sie, wie sich eine eiserne Faust um ihr Herz schloss. Endlich brach Downey sein Schweigen.

»Ich gehöre zur Mordkommission«, sagte er, während er Beta aufmerksam beobachtete. »Ihre Freundin war bereits tot, als das Feuer ausbrach. Jemand hat ihr die Kehle durchgeschnitten.«

6

Die Mehrzweckhalle tobte. Die Aktionäre und Investoren trampelten mit den Füßen und spendeten begeistert Applaus. Decroix nippte an seinem Glas und ließ die Ovationen ohne sichtbare Gefühlsregung über sich ergehen. Auch wenn er öffentliche Auftritte von Natur aus mied – was zweifellos dem Umstand geschuldet war, dass er tief in seinem Innersten stets der menschenscheue Techniker geblieben war, als der er angefangen hatte –, so konnte er aus Momenten wie diesem dennoch eine gewisse Befriedigung ziehen. Natürlich war ihm bewusst, dass der Applaus nicht ihm galt. Er war keineswegs naiv. Diese jubelnden Kleingeister waren lediglich daran interessiert, dass er ihren Geldbeutel weiter füllte. Nicht mehr und nicht weniger. Zufrieden sammelte er seine Manuskriptblätter ein, dann griff er nach seinem Gehstock und stieg vom Podest. Kaum hatte er die Bühne verlassen, stürzte sich die Medienmeute wie ein Mückenschwarm auf ihn. Mikrofone mit den Logos der wichtigsten NetTV-Sender wurden ihm unter die Nase gehalten, schrille Fragen prasselten von allen Seiten auf ihn ein. Dem Sicherheitspersonal gelang es nur mit Mühe, den aufdringlichen Mob unter Kontrolle zu halten.

»Wann wird NX-4 Serienreife erlangt haben?«, rief ein Journalist über die kunstvoll toupierten Haare seiner gestylten Kollegin hinweg. »Wann rechnen Sie mit seinem Einsatz?«

Decroix bemühte sich um ein Lächeln. »Sobald die Testphase abgeschlossen ist und das Gesundheitsministerium die Freigabe erteilt hat.«

»Und wann wird das sein? Wie weit sind die Tests fortgeschritten?«, erkundigte sich der jungenhafte Korrespondent eines renommierten Wirtschaftsblogs.

»Wir sind auf einem guten Weg! Mehr möchte ich im Moment nicht verraten. Sie werden verstehen, dass es sich hierbei um ein Firmengeheimnis handelt.«

Jemand schrie von hinten: »Und was ist mit dem wachsenden Widerstand in der Bevölkerung? Die NO-TEC-Bewegung findet immer mehr Zulauf!«

Decroix blieb stehen und spitzte die Lippen. »Auch diese Fantasten werden sich früher oder später der Vernunft beugen müssen.«

Als er seinen Leibwächter und Chauffeur entdeckte, der sich durch die Menge auf ihn zukämpfte, war er erleichtert. Mit seiner Körpermasse schob der ehemalige Ringer die aufdringlichen Journalisten beiseite, als wären sie Spielzeugfiguren. Dann packte er seinen Chef am Ellbogen und bugsierte ihn zum Hallenausgang.

Als Decroix die vor dem Kongresszentrum wartende Limousine ohne weitere Belästigungen erreicht hatte, fiel die Anspannung von ihm ab. Er sehnte sich nach einem Bad.

»Wie fandest du mich da drin?«, fragte er, während Stavros ihm die Tür zum Fond aufhielt.

»Davon verstehe ich nichts«, entgegnete der Grieche mit versteinertem Gesicht.

Decroix seufzte. »Vermutlich hast du recht. Schließlich habe ich dich nicht als Marketingfachmann engagiert.«

Er reichte ihm seinen Gehstock und ließ sich auf die weich gepolsterte Rückbank des Bentleys sinken. Nachdem er sein steifes Bein nachgezogen hatte – das Relikt eines Unfalls in Kinderjahren –, beugte er sich noch einmal aus dem Wagen zu seinem Leibwächter.

»Ach ja, fast hätte ich es vergessen«, sagte er. »Ich habe Heise grünes Licht gegeben. Am besten, du kümmerst dich persönlich darum!«

Danach ließ er sich seinen Gehstock reichen. Stavros schloss die Wagentür mit einem sanften Klack, zwängte seinen Körper hinter das Lenkrad aus poliertem Mahagoniholz und startete den V8-Motor. Decroix lehnte sich genüsslich zurück. Er liebte das leise, kraftvolle Blubbern des altertümlichen Verbrennungsmotors. Auch wenn diese Technologie heutzutage antiquiert war und nur noch Oldtimerfans wie ihn begeisterte. Ihn erinnerte die archaische Technik an die Zeit, als er noch jung und voller Ideale gewesen war. Dagegen war das künstlich erzeugte Motorengeräusch einer Brennstoffzelle oder eines Elektromotors geradezu eine Beleidigung der Sinne.

Als der schwere Wagen anfuhr, drückte es ihn sanft in den mit Straußenleder bezogenen Sessel. Decroix klappte die in der Mittelkonsole verborgene Minibar auf und goss sich ein Mineralwasser ein, dann lehnte er sich entspannt zurück. Er war gerade im Begriff, die Fahrt zu genießen, da blinkte das Bordtelefon. Fluchend nahm er das Gespräch entgegen.

»Was ist denn jetzt schon wieder? Ich wollte heute nicht mehr gestört werden!«

Er verstummte. Nachdem er von seiner Sekretärin erfahren hatte, wer ihn sprechen wollte, biss er sich auf die Unterlippe.

»Schon gut, stellen Sie ihn durch!«

Decroix ließ die Glasscheibe hochfahren, die den Fond von den vorderen Sitzen trennte. Während er wartete, beobachtete er durch die getönten Fenster, wie die Limousine an einem Kleinwagen vorbeizog.

»Ich hoffe, ich störe nicht«, ertönte eine Stimme aus der Freisprechanlage.

»Was wollen Sie?«

»Ich wollte mich nur erkundigen, wie die Dinge vorankommen.«

»Bestens«, erwiderte Decroix, während seine manikürten Finger nervös auf der Armlehne trommelten. »Alles ist so, wie es sein sollte. Machen Sie sich keine Gedanken.«

»Dann können wir unseren Zeitplan also einhalten?«, erkundigte sich der Anrufer. Es klang weniger nach einer Frage als nach einem Befehl.

»Das liegt letztendlich bei Ihnen …«, entgegnete Decroix gereizt.

»Machen Sie sich um unseren Teil der Abmachung keine Sorgen!«, erwiderte die Person am anderen Ende der Leitung.

Damit brach das Gespräch ab. Decroix trommelte weiter unschlüssig mit seinen Fingern auf der Armlehne. Er mochte diese Leute nicht. Aber spielte das eine Rolle? Wenn er nicht mitzog, verfügten sie über genügend Macht, um ihn, einen der reichsten und bekanntesten Männer der Welt, wie ein lästiges Insekt zu zerquetschen. Nicht einmal der Präsident persönlich würde ihn in dem Fall retten können.

Verbittert drückte er erneut eine Sensortaste an der Kommunikationsanlage, um sich von seiner Sekretärin mit dem Leiter der Forschungsabteilung verbinden zu lassen. Als sich Heise endlich meldete, hatte Decroix seine Entscheidung bereits gefällt.

»Beginnen Sie mit den Vorbereitungen für die Omega-Phase!«, befahl er. »Heute noch!«

7

Beta erbrach sich im Hinterhof zwischen den überquellenden Müllcontainern. Allein der Gedanke an den grotesk entstellten Fleischklumpen, der einmal ihre Mitbewohnerin gewesen war, ließ sie würgen, aber außer übel schmeckender Galle brachte ihr leerer Magen nichts mehr hervor. Plötzlich knallte hinter ihr die Tür gegen die feuchte Ziegelwand.

»*Hey, was soll das?*«

Beta warf einen gequälten Blick über ihre Schulter. Sebastian war außer sich.

»Hast du unsere Abmachung vergessen?«, schimpfte er. »Ich sitze mir in dem Café den Hintern wund und werde krank vor Angst, sie könnten dich geschnappt haben!«

Als er Betas elenden Zustand bemerkte, verpuffte seine Wut. Was nicht bedeutete, dass er nicht noch immer mächtig angefressen war.

»Zum Teufel, was ist hier eigentlich los?« Sebastian ließ seinen Rucksack von der Schulter gleiten. »Der dämliche Bulle draußen vor dem Haus wollte mich nicht vorbeilassen! Er hat gesagt, die ganze Bude wäre abgefackelt worden. Stimmt das?«

Sein Blick wanderte die fleckigen Ziegelwände empor. Von einem Feuer war in dem engen Häuserschacht nichts zu sehen. Dafür roch es nach Fäulnis und Verwesung. Beta lehnte sich erschöpft gegen einen der Müllcontainer. Sie war weiß wie eine Wand.

»Verdammt, was ist mit dir?« Sebastian war ernsthaft besorgt.

»Susan ist tot«, erwiderte Beta tonlos.

Sebastian riss ungläubig die Augen auf. »Was? Deine Mitbewohnerin?«

Beta nickte schwach. »Genau die. Jemand hat ihr die Kehle durchgeschnitten und danach mein Zimmer in Brand gesetzt.«

Sebastian sah seine Partnerin an, als habe sie den Verstand verloren. Nur langsam sickerten ihre Worte bis zu ihm durch.

»Oh, Scheiße!«, stöhnte er. »Weiß man schon, wer das gemacht hat?«

Beta schüttelte den Kopf und wischte sich mit dem Ärmel ihrer Lederjacke über den Mund. »Ich soll zu den Bullen kommen. Da ist so ein fetter Inspector, der will mich verhören. Ich wette, er glaubt, ich habe was damit zu tun.«

»Wie kommt er denn auf diesen Schwachsinn?«

»Sie haben Susan in meinem Bett gefunden!«, sagte Beta gequält.

Sebastian nahm sie behutsam in den Arm. »Keine Angst, ich werde mit aufs Präsidium kommen. Ich werde bezeugen, dass wir die ganze Nacht zusammen waren.«

»Ich brauche kein *Alibi!*«, fauchte Beta. Sebastians Fürsorge begann, sie zu stressen. Außerdem hatte sie Kopfschmerzen. »Jeder im *Tango* kann beschwören, dass ich die ganze Nacht hinter der Bar gearbeitet habe. Also halt dich am besten einfach raus, okay?«

Sebastian überhörte ihre letzten Worte. »Na, in dem Fall kann dir ja nichts passieren«, befand er. »Also mach dir keinen Kopf: Wir beide biegen das schon wieder hin. Wir sind schließlich ein super Team. Oh, fast hätte ich es vergessen!«

Mit einem Grinsen zauberte er einen gefalteten Briefumschlag aus seiner Gesäßtasche. »Hier ist dein Anteil! Leider sind es nur hundertfünfzig. Offenbar wollte der alte Geizkragen nicht mehr als dreihundert für seine Enkelin ausgeben.«

Beta löste sich aus der Umarmung und zählte das Geld. Einhundertfünfzig Dollar. Das war alles, was sie jetzt noch besaß. Und als wäre ihre Situation nicht schon katastrophal genug – nun hatte sie obendrein auch noch den fetten Polizisten mit dem Hundegesicht am Hals.

»Komm, lass uns von hier verschwinden«, schlug Sebastian vor. »Ich lade dich zum Frühstück ein.«

»Abgemacht.« Beta befreite sich aus der Umarmung. »Du gehst vor!«

Sie folgte Sebastian ins Treppenhaus, wo es noch immer nach kaltem Rauch roch. In der Zwischenzeit hatten die Hausbewohner offenbar von der Feuerwehr die Erlaubnis erhalten, in ihre Wohnungen zurückzukehren, denn jetzt trampelten sie lautstark diskutierend über die triefend nasse Treppe nach oben. Durch die offen stehende Haustür konnte man sehen, dass die Feuerwehr in der Zwischenzeit abgerückt war. Draußen auf dem Gehsteig standen nur noch ein einzelner Streifenwagen und der Leichenwagen.

Plötzlich stampfte Beta mit dem Fuß auf. »Scheiße! Scheiße! Scheiße!«

Die Vehemenz ihres Wutanfalls ließ Sebastian zusammenzucken. »Jetzt beruhige dich doch! Immerhin ist dir nichts passiert. Und das ist die Hauptsache!«

»*Ach ja?* Dann verrate mir mal, wo ich jetzt pennen soll!« Beta war kurz davor zu schreien. Nachdem ihr Vermieter sie wegen der Mietrückstände aus ihrer alten Wohnung rausgeworfen hatte, war sie mehr als froh gewesen, das WG-Zimmer gefunden zu haben. Es war bezahlbar und niemand wollte irgendwelche Papiere sehen. Nur deswegen hatte sie Susan überhaupt ertragen. Und jetzt war sie tot. Beta fühlte sich hundeelend.

»Außerdem besitze ich nichts mehr!«, jammerte sie. »Keine Klamotten zum Wechseln, keinen Laptop, einfach nichts!«

»Wenn du willst, kannst du erst einmal bei mir schlafen«, versuchte Sebastian, sie aufzubauen. »Bei mir ist jede Menge Platz!«

Das war eine glatte Lüge, wie Beta wusste. Sebastian wohnte in einer dieser hypermodernen Mietskasernen auf der anderen Flussseite. Fünfzehneinhalb Quadratmeter Wohnfläche, Kochnische und Bad inklusive. Obwohl sie erst ein einziges Mal dort gewesen war, erinnerte sie sich mit Grausen daran, dass sie vor lauter Müll auf dem Boden kaum irgendwohin treten konnte. Dort, wo noch Platz gewesen war, hatten sich ausrangierte Computer und Elektronikschrott gestapelt. Ein Knuff in ihre Seite ließ sie zusammenfahren.

»Hey, sieh mal!«, rief Sebastian. »Du hast Post!«

Er trat vor einen der angerosteten Briefkästen, die neben dem Hauseingang hingen. In ihm befand sich mindestens ein Brief, wie man durch die in das Blech gestanzten Löcher sehen konnte.

»Hast du einen Schlüssel?«

»Der Brief ist garantiert nicht für mich«, winkte Beta ab. Sie rieb sich ihre übermüdeten Augen.

»Woher weißt du das? Auf dem Kasten hier steht auch dein Name!«

»Weil ich nie Post kriege!«, entgegnete Beta ungeduldig. »Außerdem weiß niemand, dass ich hier wohne. Und jetzt lass uns endlich abhauen! Ich brauche dringend frische Luft!«

Sebastian stellte sich auf die Zehenspitzen und fingerte in dem Briefschlitz herum. Obwohl seine Hände so schlank wie die einer Frau waren – für den Spalt waren sie definitiv zu dick. Enttäuscht gab er seinen Versuch auf.

»Du musst doch einen Schlüssel haben!«, drängte er. »Komm schon, die Bullen haben den Briefkasten offenbar nicht gefilzt. Vielleicht finden wir ja die Visitenkarte des Mörders! So wie im Film! Dann können wir sogar eine Belohnung kassieren. Also, was ist?«

Er streckte seine geöffnete Hand aus. Beta verdrehte die Augen und angelte ihren Hausschlüssel aus der Innentasche ihrer Lederjacke.

»Du nervst!«, stöhnte sie. Sie gab Sebastian den Schlüsselbund. »Es ist der Kleine. Der mit dem Rostfleck!«

Als Sebastian den quietschenden Briefkasten aufschloss, fiel ihm ein Umschlag entgegen, den er geschickt auffing. Nachdem er einen Blick auf das Kuvert geworfen hatte, hielt er es triumphierend in die Höhe:

»Na, was habe ich gesagt? Der hier ist für dich!«

»Das kann nicht sein!« Beta schnappte nach dem Brief. Auf dem Umschlag stand tatsächlich ihr Name. Irritiert drehte sie ihn um. Nirgendwo war ein Absender.

»Nun mach schon auf!«, drängelte Sebastian. »Worauf wartest du?«

Beta zögerte, aber dann riss sie den Umschlag auf. In ihm steckte ein gefalteter Zettel. Dem ausgefransten Rand nach zu urteilen, handelte es sich um ein hastig abgerissenes Notizblatt. Beta nahm den Zettel heraus und entfaltete ihn. Als sie las, was auf dem Blatt geschrieben stand, wurde sie von einer Sekunde zur anderen kreidebleich. Alles um sie herum begann, sich zu drehen.

»Was ist mit dir?«, erkundigte sich Sebastian. Er war beunruhigt. »Hast du ein Gespenst gesehen?«

Als ihm seine Freundin keine Antwort gab, nahm er ihr behutsam den Zettel aus den Fingern. Darauf stand nur ein einziges mit Kugelschreiber geschriebenes Wort:

MANGOLIA

8

Nico rieb sich die müden Augen und blinzelte in den Spiegel über dem Handwaschbecken. Er hatte die Nacht kaum geschlafen. War das alles Wirklichkeit? Er betrachtete sein Spiegelbild. Heute Vormittag würde man ihn feierlich zum Special Agent ernennen. Er würde sein Diplom und seine FBI-Dienstmarke erhalten und von jener Sekunde an würde er die Bösen dieser Welt jagen. Jetzt, da der Moment gekommen war, auf den er so lange hingearbeitet hatte, fühlte er sich seltsam irreal an. Dabei hatte er sich genau diesen Augenblick unzählige Male vorzustellen versucht.

Nico wusch sich das Gesicht, danach zog er ein frisches weißes Hemd und seinen besten Anzug an. Obwohl er noch ungetragen war, hatte er ihn extra für diesen Tag reinigen lassen. Nachdem er sich zum Abschluss die Krawatte umgebunden hatte, blickte er sich in dem spartanisch möblierten Zimmer um, das er sich die letzten Wochen mit Jason geteilt hatte. Wo sein Zimmernachbar im Moment war, wusste er nicht.

Jason hatte sich noch vor Sonnenaufgang aus dem Zimmer geschlichen. Vielleicht wurmte ihn die Niederlage bei ihrem Laufduell am Abend zuvor doch mehr, als er zugeben wollte, und nun drehte er auf dem Trainingsplatz eine Extrarunde. An Ehrgeiz hatte es ihm nie gemangelt. Aber das traf auf jeden von ihnen zu, der den Ausbildungslehrgang überstanden und bis zum Schluss durchgehalten hatte.

Nico überprüfte den Sitz seines Krawattenknotens ein drittes Mal, dann begab er sich in die Kantine, wo er ein mageres Schonkostfrühstück herunterwürgte und erneut diesen übereifrigen Dr. Halborg verfluchte, der ihm das eingebrockt hatte. Als er die Kantine wieder verließ, bemerkte er, dass sich der weitläufige Parkplatz des Stützpunkts bereits mit den geladenen Gästen zu füllen begann. Die auf Hochglanz polierten Autos kamen den Nummernschildern nach aus dem ganzen Land und entluden Scharen von stolzen Eltern und Angehörigen. Für einen kurzen Moment überlegte Nico, ob er nicht doch seine Mutter anrufen sollte. Schon lange hatte er ihre Stimme nicht mehr gehört. Genauer gesagt, seit dem Tag, an dem er ihr eröffnet hatte, dass er sich hinter ihrem Rücken beim FBI beworben hatte. Seitdem wollte sie ihn weder sehen noch mit ihm sprechen. Er hoffte sehr, dass sich dies mit der Zeit wieder geben würde. Auf der anderen Seite wusste er selbst nur zu gut, dass manche Wunden niemals heilten.

Er warf einen Blick auf die Armbanduhr, die er zur Einschulung von seinem Vater geschenkt bekommen hatte. Es war bereits kurz nach neun. Heute war Freitag und wahrscheinlich würde seine Mutter gerade zu ihrem Wochenendeinkauf aufbrechen. Und bestimmt hatte sie nicht die geringste Ahnung, welche Bedeutung dieser Tag für ihn hatte. Ein wenig schwermütig begab sich Nico hinüber zum Schulungsgebäude, wo sich seine Klasse versammeln und geschlossen losmarschieren wollte. Auf seinem Weg dorthin kam er ein letztes Mal an der weitläufigen Geisterstadt vorbei, in der sie bis zur totalen Erschöpfung Einsätze geübt hatten. Die vergangenen Wochen würden nie wiederkommen, dachte er. Auf der anderen Seite war es jetzt mit dem Üben endlich vorbei. Als Nico das moderne Gebäude erreichte, in dem er erneut die Schulbank hatte drücken müssen, war die Agentenklasse 402 bereits in Marschformation angetreten. Er reihte sich auf seinem Platz ein, und nachdem auch der letzte Nachzügler eingetroffen war, setzte sich die Kolonne auf das Kommando ihres Ausbilders hin in Bewegung. Zehn Minuten später zogen sie in den geschmückten Festsaal ein.

Die rot gepolsterten Sessel waren bis in die letzten Reihen hinauf mit Familienangehörigen der angehenden Agenten besetzt. Als sich der schwere Samtvorhang auf der Bühne endlich in Bewegung setzte und zur Seite glitt, konnte man die fiebrige Erwartung in der Luft mit den Händen greifen. Auf der von Scheinwerfern dezent beleuchteten Bühne wurde ein Mikrofonständer sichtbar, dahinter reihte sich Fahnenständer an Fahnenständer, bewacht von Marines in Paradeuniform. Jeder Laut in dem voll besetzten Saal erstarb. Nicht einmal ein Husten war zu hören. Dann trat Jennifer Parker, Direktorin der Ausbildungseinheit, vor das Mikrofon. Sie begrüßte alle Anwesenden, und nachdem sie sich vorgestellt hatte, begann sie ihre Eröffnungsrede, die in erster Linie das Motto des FBI zum Inhalt hatte: Treue, Mut, Rechtschaffenheit.

Die angehenden Special Agents standen an der Seitenwand entlang aufgereiht, bereit, am Ende der Rede einzeln auf die Bühne gerufen zu werden und ihre Ernennung zum FBI-Agenten in Form eines Diploms entgegenzunehmen. Auch wenn sich alle redlich darum bemühten, nach außen hin eine möglichst professionelle Fassade aufrechtzuerhalten, war jedem Einzelnen die Nervosität anzumerken. Nicos Zimmergenosse, der mehrere Plätze vor ihm in der alphabetischen Reihe stand und die anderen um Haupteslänge überragte, konnte seine Hände kaum ruhig halten. Ständig überprüfte er den Sitz seiner Krawatte, während er aus den Augenwinkeln heraus den Saal nach seinen Eltern absuchte. Auch Nico spürte, wie seine Hände feucht wurden. Die feierliche Rede, das Fahnenmeer, die angetretenen Marines in ihrer Paradeuniform – all das unterstrich die würdevolle Erhabenheit des Augenblicks. Nico sog jede Sekunde in sich auf. Als hinter ihm getuschelt wurde, versuchte er es zuerst zu ignorieren, aber dann ärgerte er sich mehr und mehr über die respektlose Störung. Er schaute sich unauffällig über die Schulter und entdeckte zwei Angehörige des zivilen Sicherheitsdienstes, welche die Reihe entlangkamen. Offenbar suchten sie nach jemandem.

»Mister Stiller? Nicolas Stiller?« Der uniformierte Wachmann war vor ihm stehen geblieben. Nico war verwirrt.

»Ja. Was …«

»Würden Sie uns bitte folgen!«

Nicos Blick wanderte irritiert zwischen den beiden Sicherheitsleuten und der Bühne hin und her. Die Direktorin las ihre Rede noch immer vom Blatt ab.

»Um was geht es denn?«, erkundigte sich Nico flüsternd.

»Das wird man Ihnen schon sagen. Wenn Sie uns jetzt bitte folgen!«

Der Größere der beiden packte Nico unauffällig, aber mit Nachdruck am Arm. Die ersten Agentenschüler begannen, sich umzudrehen. Unruhe brach aus. Auch in den Sitzreihen, die dem Vorfall am nächsten waren, wurde getuschelt.

»Bitte! Jetzt machen Sie es uns nicht unnötig schwer!«, sagte der zweite Sicherheitsmann mit gedämpfter Stimme. Seiner Miene nach zu urteilen, meinte er es ernst. Nico zögerte dennoch. Er war hin- und hergerissen. Was wollten die beiden von ihm? Er überlegte fieberhaft, was er falsch gemacht haben könnte, aber ihm fiel nichts ein. Demnach konnte es sich nur um ein Missverständnis oder eine Verwechslung handeln. Das Ganze würde sich sicher schnell aufklären. Gleichzeitig kam er zu dem Schluss, dass er den Anweisungen der Sicherheitsleute besser Folge leistete, denn immer mehr Augen richteten sich auf ihn und das Geraune wurde immer lauter. Also gab er seinen Widerstand auf und folgte den beiden uniformierten Männern. Sie führten ihn unter den neugierigen Blicken seiner Mitschüler und der Gäste aus dem Saal. Wenig später saß Nico im verlassenen Schulungsraum zwei weiteren Männern gegenüber. Sie trugen wie er dunkle Anzüge, allerdings waren sie wesentlich älter. Nico hatte ihre Gesichter noch nie auf dem Gelände gesehen, aber er hatte keinen Zweifel, dass es sich um FBI-Leute handelte. Sie strahlten eine einschüchternde Professionalität aus.

»Kommen wir zur Sache«, begann der Blonde. Er hatte ein auffälliges Blutschwämmchen auf der rechten Wange und dem Anschein nach war er der Wortführer.

»Einen Moment, Sir!«, warf Nico ein. »Ich würde gern wissen, wer Sie sind!«

»Das braucht Sie im Moment nicht weiter zu interessieren«, erwiderte der Angesprochene knapp.

»Aber die Verleihung …«

Der Blonde überhörte den Einwand und blätterte demonstrativ in einer Papierakte. Wie bei allen Bundesbehörden war man auch beim FBI schon vor vielen Jahren wieder dazu übergegangen, wichtige Dinge auf Papier festzuhalten. Jede noch so geschützte Form der elektronischen Speicherung hatte sich letzten Endes als zu unsicher erwiesen. Altmodische Aktenschränke ließen sich leichter vor Spionage schützen als Computer.

Der Blonde klappte die Personalakte zu, hob den Kopf und musterte Nico eindringlich. »Wie ich den Unterlagen entnehme, haben sie während des Lehrgangs hervorragende Leistungen abgeliefert.« Als Nico etwas entgegnen wollte, brachte er ihn mit einer herrischen Geste zum Verstummen. »Darf ich Sie fragen, warum Sie sich beim FBI beworben haben?«

Nico war verwirrt.

»Antworten Sie bitte!«, insistierte der zweite Agent, der bislang geschwiegen hatte. Er machte einen noch unsympathischeren Eindruck als sein Kollege.

»Sir, ich verstehe Ihre Frage nicht!«, wehrte sich Nico.

»Was ist daran schwer zu verstehen?«, blaffte ihn der Blonde daraufhin an.

»Aber das bin ich doch schon bei dem Bewerbungsgespräch gefragt worden ...« Nico wusste immer weniger, was das Ganze sollte.

»Dann erzählen Sie es uns eben noch einmal! Vielleicht wollen wir es von Ihnen persönlich hören!«

»Weil ich Gerechtigkeit will«, sagte Nico vorsichtig. »Und weil die Schwachen in unserem Land Schutz brauchen.«

»Und Ihr Vater? Was ist mit ihm?« Der zweite Agent tauschte mit seinem Partner einen vielsagenden Blick.

Nico war auf der Hut. »Was soll mit meinem Vater sein?« Seitdem er nach Quantico gekommen war, verfolgte ihn der Ruf seines Vaters wie ein Fluch.

»Sie wissen, was ich meine«, sagte der blonde Agent. »Ihr Vater war einer von uns. Und er ist im Dienst gestorben.«

»Ja, und?«, erwiderte Nico. Er rutschte nervös auf der Stuhlkante umher. »Das ist eine rein persönliche Sache Hören Sie, die Verleihung ...«

Der Blonde schnitt ihm erneut mit einer Handbewegung das Wort ab. »Um es kurz zu machen: Wir sind bei der Überprüfung auf ein psychologisches Gutachten gestoßen. Ein Gutachten über Sie, wenn Sie verstehen, was ich meine.«

»Nein, tue ich nicht!«, erwiderte Nico ungeduldig.

Bestimmt wurden nur wenige Hundert Meter entfernt gerade die Ernennungsurkunden überreicht und er saß hier und musste irgendwelche schwachsinnigen Fragen ertragen!

»Hören Sie!«, versuchte er es erneut. »Ich habe während der letzten Wochen mehrere psychologische Tests durchlaufen. So wie alle anderen auch. Das wissen Sie besser als ich. Also, warum sagen Sie mir nicht endlich, was Sie von mir wollen?«

»Dieses psychologische Gutachten wurde leider übersehen.« Der blonde Agent klopfte mit dem Knöchel auf den Deckel der Akte. Dann zuckte er mit den Achseln. »Ich muss zugeben, dass uns ein Fehler unterlaufen ist.«

»*Ein Fehler!?*« Nico spürte, wie ihm der Schweiß ausbrach.

»Das Gutachten wurde leider nicht in die abschließende Bewertung mit aufgenommen«, fuhr der zweite Agent fort. »Deshalb können wir Ihrer Bewerbung leider nicht zustimmen. Es tut mir leid.«

»Sir, ich verstehe nicht recht …«

Der Agent lehnte sich zurück. »Lassen Sie es mich so ausdrücken: Wir sind Polizisten, keine Rächer. Persönliche Motive sind bei unserer Arbeit fehl am Platz. Sie sind kontraproduktiv.«

Nico war sprachlos.

»Ach ja, da ist noch etwas«, ergänzte der blonde Agent. »Sie haben eine Stunde Zeit, um Ihre Sachen zu packen und die Basis zu verlassen. Bitte halten Sie sich daran!«

9

Igor »Big Five« Petrow, seines Zeichens Besitzer der *Tango*-Bar, war beileibe kein Unmensch. Allerdings hörte für ihn beim Geld der Spaß auf. Er verschränkte seine üppig beringten Wurstfinger und betrachtete die Besucherin, die ihn in seinem Büro und bei der wöchentlichen Abrechnung störte, mit unverhohlenem Missfallen. Noch war geschlossen.

»Bitte! Ich zahle es dir auch zurück!«, sagte Beta. Sie hasste es, betteln zu müssen, aber ihr blieb keine andere Wahl. Sie brauchte Geld, um aus der Stadt rauszukommen. Sie musste nach Wisconsin, und zwar so schnell wie möglich. Die Botschaft in ihrem Briefkasten war unmissverständlich gewesen. Außerdem hatte ihr der Zettel die Augen geöffnet. Je länger sie darüber nachgedacht hatte, desto mehr war sie zu der Überzeugung gelangt, dass sie nur durch Glück noch am Leben war. Der Brand und die Nachricht in ihrem Briefkasten konnten unmöglich ein Zufall sein. Hätte sie nicht hinter der Bar gejobbt und wäre Susan nicht heimlich in ihr Bett gekrochen, wäre sie jetzt vermutlich tot. Zu einem grässlichen Fleischklumpen verbrannt.

»Und wozu brauchst du das Geld, wenn ich fragen darf?« Petrow verzog sein feistes Gesicht.

»Ich brauche es eben«, erwiderte Beta. »Gib es mir einfach, okay?«

»Moment mal! Habe ich da was falsch verstanden? Willst du etwas von mir oder ich von dir?«

Beta nagte an ihrer Unterlippe. Dass sie untertauchen musste, wollte sie dem Fleischberg nicht auf die Nase binden. Wenn der Profit stimmte, würde er nicht zögern, sie bei der erstbesten Gelegenheit zu verpfeifen.

»Na schön«, stöhnte sie. »Wenn du es genau wissen willst: Ich brauche es für meine Mutter. Sie ist krank!«

Natürlich war das gelogen. Ihre Mutter war schon seit zwei Jahren tot.

»Laut Gesetz sind wir alle irgendwie krank«, winkte Petrow ab. »Niemand gönnt einem mehr ein anständiges Essen oder ein ehrliches Bier! Jetzt überlegen sie sogar, Hamburger auf die Liste zu setzen und in den Schulkantinen zu verbieten. Wusstest du das? Ich meine: Sind wir jetzt Amerikaner oder nicht?«

Kopfschüttelnd tätschelte er seinen imposanten Bauch. »Die kleinen Dinger da drin schalten mich dauernd auf Rot. Du hast ja keine Ahnung, was das bedeutet! Es kostet mich jedes Mal ein Vermögen, diese Geier vom Gesundheitsamt zu schmieren, damit sie mich nicht zu irgendeiner unmenschlichen Diät verurteilen. Dabei fühle ich mich quicklebendig!«

»Meine Mutter tut das nicht«, erwiderte Beta trocken. »Also, was ist jetzt?«

Mit einem wehleidigen Seufzer ließ Petrow seine beringten Hände auf die Tischplatte fallen. »Und wie viel willst du?«

»Tausend.«

»*Tausend?* Das ist eine Menge Geld für einen Vorschuss! Wie willst du das zurückzahlen?«

»Ich arbeite hinter der Bar. Wie immer.«

Big Five lachte schrill. »Du machst Witze! Glaubst du ernsthaft, du bekommst so viel Trinkgeld?!«

Er lehnte sich vor, wobei ihn sein Bauch sichtlich behinderte. Aus seinem runden Gesicht wich jeglicher Humor. »Hör mal, ich weiß nicht, was dein Problem ist, aber es scheint ein ziemlich großes zu sein, und in dem Fall kann ich dir leider nicht helfen. Tausend sind eindeutig zu viel. Was ich dir geben kann, sind zweihundert. Dafür bleibst du die nächsten vier Wochenenden länger und räumst hier auf.«

Elender Geizhals!, dachte Beta.

»Dann gib mir wenigstens fünfhundert!«, sagte sie. »Das ist nur fair! Du hattest nie einen Grund, dich über mich zu beschweren!«

Petrow spielte mit seinem Diamantohrring und beäugte Beta, die vor ihm stand und ungeduldig von einem Fuß auf den anderen trat. Sie war überaus hübsch, wie er nicht zum ersten Mal bemerkte. Zuverlässig war sie auch und das schätzte er durchaus.

»Also schön«, seufzte er. Er zog eine Schublade auf. »Ich schieße dir dreihundert vor – keinen Cent mehr. Warum ich das tue, weiß ich selbst nicht. Vielleicht, weil ich dich mag. Aber das bleibt unter uns, verstanden?«

In diesem Moment platzte sein junger Lebensgefährte in das Hinterzimmer. Michael war strohblond, muskulös gebaut und besaß das Gesicht eines Engels.

»Vorn ist ein Bulle!«, säuselte er. »Ein Chief Inspector.«

»Und was will er?«, erkundigte sich Petrow.

Sein Freund nickte in Betas Richtung. »Er stellt Fragen wegen ihr!«

Petrow sah Beta scharf an.

»Keine Ahnung, was der von mir will! Ehrlich!«, log sie schnell. Sie schwitzte Blut und Wasser, während der schwergewichtige Bar-Besitzer sie weiterhin musterte, als wolle er ihre Gedanken lesen.

»Also schön, ich kümmere mich darum«, sagte er schließlich. Er stemmte sich aus dem abgenutzten Ledersessel. »Du bleibst so lange hier und rührst dich nicht von der Stelle!«, befahl er Beta. Dann folgte er seinem Lebensgefährten in den angrenzenden Gastraum.

Ehe sie sichs versah, war Beta allein in dem muffigen Hinterzimmer. Ihr Blick glitt über die vergilbten Fotografien an der Wand und blieb an einem Partybild hängen, auf dem Petrow mit einer Gruppe von Gästen abgebildet war. Sie dachte kurz nach. Zu verlieren hatte sie ohnehin nichts mehr. Sie umrundete den Schreibtisch, zog die Schublade auf und öffnete die Schatulle, in der Petrow die Einnahmen des Vortages verwahrte. Es war weniger, als sie gehofft hatte, trotzdem stopfte sie hastig sämtliche Scheine in die Taschen ihrer Lederjacke.

Dann schlich sie auf Zehenspitzen zu der angelehnten Tür und spähte vorsichtig hinaus. Im angrenzenden Gastraum stand der Inspector mit dem Hundegesicht und drehte ihr den Rücken zu.

»Chief Inspector«, hörte sie Petrows weinerliche Stimme, »warum sollte ich für sie lügen? Die Kleine hat gestern Nacht hier gearbeitet. Das können auch ein paar Stammgäste bestätigen …«

Die letzten Worte verstand Beta kaum, weil Michael hinter der Bar mit den Gläsern hantierte. Aber sie hatte bereits genug gehört. Es war höchste Zeit, das Feld zu räumen. Lautlos huschte sie aus dem Büro und in die Herrentoilette. Zum Glück kannte sie sich aus, und deshalb wusste sie, dass das Gitter vor dem Fenster schon lange hätte erneuert werden müssen. Sie entriegelte die Fensterflügel, kletterte auf den Heizkörper und trat so fest, wie sie konnte, gegen das Gitter. Beim dritten Anlauf brach das vom Rost zerfressene Metall aus den Mauerfugen und fiel scheppernd auf die Straße. Beta warf einen erschrockenen Blick über die Schulter. Wenn sie jetzt mit dem Geld abhaute, war sie nicht nur ihren Job los. Petrow würde alle seine Kontakte nutzen, um sie zu finden und zu bestrafen. Aber welche Alternative hatte sie noch? Ihre rechte Hand tastete unwillkürlich nach dem mysteriösen Zettel in ihrer Hosentasche. Dann schwang sie sich entschlossen auf das Fensterbrett und sprang ins Freie.

10

Als Nico das Gebäude wieder verließ, war er wie betäubt. Er fühlte sich wie im falschen Film. Die beiden Agenten hatten ihm zum Abschied auf die Schulter geklopft und für seinen weiteren Lebensweg viel Glück gewünscht. Das war's. Von einem Moment zum anderen war alles vorbei, sein Traum zerbrochen. Wie in Trance begab sich Nico zu seiner Unterkunft, wobei er beinahe vor einen Jeep des privaten Sicherheitsdienstes gelaufen wäre. Draußen auf dem Potomac River ertönte ein Schiffshorn, ein Zug Marines zog im Laufschritt an ihm vorbei. Ihre Stiefel hämmerten auf den Asphalt, und ihr markerschütterndes Gebrüll war dazu geeignet, jeden Feind das Fürchten zu lehren. Nico nahm all das nur aus weiter Ferne wahr. Als er das Zimmer betrat, das er sich mit Jason teilte, stand er noch immer völlig neben sich. Man hatte ihm eine Stunde gegeben, um den Stützpunkt zu verlassen, und die beiden Agents hatten keinen Zweifel daran gelassen, dass es sich hierbei um einen Befehl handelte.

Nico schloss seinen Schrank auf und nahm seine Sporttasche heraus. Ohne nachzudenken, stopfte er alles hinein, was ihm gehörte. Viel war es nicht. Ein zweiter Anzug, drei Krawatten, zwei weiße Hemden, dazu seine Trainingsklamotten und die Laufschuhe. Zuletzt sammelte er sein Rasierzeug und die Zahnbürste ein, die auf der Glasablage unter dem Spiegel in der Waschecke standen. Als er den Reißverschluss der Nylontasche zuzog, platzte Jason ins Zimmer.

»Hey, was war das denn für eine Nummer vorhin?« Er wedelte mit seiner zusammengerollten Ernennungsurkunde. Sie war mit einem Bändchen umwickelt. »Du hast ja alles verpasst! Was wollten die beiden Security-Typen überhaupt von dir? Konnte das nicht bis nach der Feier warten?«

»Sie haben mich rausgeworfen!«, erwiderte Nico tonlos.

»*Waaas?*« Jasons footballgestählter Körper füllte den gesamten Türrahmen. »Willst du mich verarschen? – Aus welchem Grund?«

»Wegen meines Vaters.«

»*Wegen deines Vaters?*« Jason starrte Nico entgeistert an. Dann betrat er den Raum und ließ sich auf die Bettkante fallen. »Kapier ich nicht«, sagte er. »Dein Alter ist doch ein richtiger Held. Überall heißt es, er sei der Beste von allen gewesen!«

Nico zuckte mit den Schultern. »Erinnerst du dich an den Psychologen? Den, der uns ganz am Anfang interviewt hat?«

»Du meinst diesen Dr. Kakadu?«

»Er hieß Karmadu«, verbesserte ihn Nico. »Angeblich ist er der Ansicht, ich wäre durch die Art und Weise, wie mein Vater gestorben ist, emotional belastet.«

»Neunmalkluges Arschloch.«

Nico verkniff sich einen Kommentar. Stattdessen griff er nach seiner gepackten Tasche. Jason schien die Entscheidung der Academy-Leitung genauso wenig nachvollziehen zu können wie er.

»Und was willst du jetzt machen?«, fragte er leise.

»Keine Ahnung!«, brummte Nico. »Vielleicht gehe ich zurück nach Cleveland.«

Als er sich zum Gehen wandte, sprang sein Freund auf und versperrte ihm den Weg.

»Hör mal, das ist doch Unsinn«, befand Jason. »Du warst immer vorn mit dabei. Bei sämtlichen Tests und Prüfungen. Wir haben alle gedacht, du bekommst so was wie 'ne Ehrenurkunde. Das Ganze kann also nur ein Fehler sein!«

»Haben sie meinen Namen bei der Feier vorhin aufgerufen?«, erkundigte sich Nico knapp.

»Äh, nein. Aber das …«

»Da hast du es!«, stieß Nico verbittert hervor. »Sie wussten es schon vorher. Also lass mich einfach in Frieden, okay?«

Gleichzeitig drängte er sich an seinem Freund vorbei und eilte den Gang entlang. Er musste den Ort seiner Demütigung so schnell wie möglich verlassen.

»Wir bleiben in Kontakt!«, rief ihm Jason hinterher.

Die Marinebasis, die neben diversen Militäreinheiten und Forschungseinrichtungen auch die FBI-Academy beheimatete, besaß mit einer Gesamtfläche von zweihundertfünfundfünzig Quadratkilometern die Ausmaße einer Kleinstadt und war eine Welt für sich. In ihr hatte sich Nico zum ersten Mal in seinem Leben wirklich sicher gefühlt. Hier explodierten keine Autobomben. Die Straßen und Grünanlagen zwischen den einzelnen verstreut liegenden Gebäuden waren penibel sauber, alles hatte seine Ordnung und ging seinen vorherbestimmten Gang. Hier war kein Platz für tödliche Zufälle oder Attentate. Zudem herrschte auf dem gesamten Gelände ein besonderer Geist, den man förmlich mit Händen greifen konnte. Alle, die hier lebten und arbeiteten, verband ein gemeinsames Ziel. Sie waren wie eine Familie, denn jeder von ihnen hatte geschworen, die Nation und die Gesellschaft gegen das Böse zu verteidigen.

Als er an der Kapelle vorbeikam, deren einst moderne Holz- und Glaskonstruktion sichtlich in die Jahre gekommen war, wurde ihm schmerzlich bewusst, dass er nie wieder auch nur einen Fuß auf das Gelände setzen würde. Er gehörte nicht mehr dazu. Ab jetzt war er ein Außenseiter, ein Ausgestoßener. Plötzlich ertönte über ihm das dröhnende Motorengeräusch eines nahen Helikopters, die mächtigen Baumwipfel auf beiden Seiten der Allee bogen sich im Wind der Rotorblätter. Nur wenige Meter über seinem Kopf erschien die *Marine One* und setzte zur Landung an. Die Einheit, die die Hubschrauberstaffel des Präsidenten stellte, war direkt dort hinten stationiert. Vielleicht war der Präsident sogar an Bord, überlegte Nico. Er war so nah dran gewesen und jetzt war mit einem Mal alles zu Ende. Verbittert zog er sich die Krawatte vom Hals und schmiss sie in den nächstbesten Papierkorb. Als er den Parkplatz erreichte, auf dem er seinen alten Toyota abgestellt hatte, warf er die Sporttasche mit seinen persönlichen Sachen auf den Rücksitz und stieg ein. Für einen winzigen Moment war er versucht, noch eine letzte Runde über die Basis zu drehen, aber dann gelangte er zu der Einsicht, dass es nur bedeuten würde, Salz in offene Wunden zu streuen. Resigniert legte er den Gang ein, dann bog er auf die Catlin Avenue und steuerte auf direktem Weg den Ausgang an. Nachdem er die schwer bewaffneten Wachen am Tor passiert hatte, hielt er mit laufendem Motor in der Zufahrt zum Interstate Highway. Rechts ging es nach Washington D.C. und weiter nach Ohio, wo er herstammte. Links ging es nach Fredericksburg und weiter in den Süden bis nach Florida. Als hinter ihm wütendes Autogehupe erklang, entschied er sich spontan für den Süden. Nach Hause konnte er jetzt unmöglich zurück. Also wechselte er die Spur und steuerte auf den Highway zu.

Danach fuhr er immer nur weiter geradeaus. Stundenlang. Wohin, das wusste er selbst nicht. Nur fort von dem Ort seiner Niederlage, so weit wie irgend möglich. Erst als die Dämmerung eingesetzt hatte und er seinen leeren Magen nicht länger ignorieren konnte, verließ er den Highway wieder. Er hatte nicht die leiseste Ahnung, wo er gelandet war. Verwahrloste Häuserblocks säumten die Straße, und bis auf eine Gruppe Jugendlicher, die Zigaretten rauchend an der Kreuzung herumlungerten und den fremden Wagen herausfordernd beäugten, war niemand auf der Straße. Ein paar Blocks weiter entdeckte er endlich eine Tankstelle und die flackernde Leuchtreklame eines Tex-Mex-Ladens. Das Restaurant war in einem flachen Gebäude untergebracht, das neben der Tankstelle auf einem brachliegenden Grundstück errichtet worden war. Die defekte Leuchtschrift warb mit einem billigen All-You-Can-Eat-Angebot, und das war genau das, was er jetzt brauchte. Nachdem er direkt neben dem Eingang geparkt hatte, ging Nico hinein. Der niedrige Gastraum war überraschend hell und vermittelte einen sauberen Eindruck. Bis auf ein älteres Paar, das in einer der mit Plastik überzogenen Sitznischen die Speisekarte studierte, waren keine weiteren Gäste anwesend. Nico bestieg einen der leeren Barhocker.

»Jemand da?«

Hinter der Theke schreckte der Kopf eines Jugendlichen hoch. Er war schwarz und überraschend jung. Vielleicht fünfzehn oder sechzehn? Sein spindeldürrer Oberkörper steckte in einem Heavy-Metal-Shirt und um seine Hüften spannte sich ein Geschirrtuch.

»Hallo.« Der junge Kellner wischte sich die Hände an dem umgebundenen Tuch ab. »Was darf's sein?«

»Ich hätte gern etwas zu essen.«

»Dann sind Sie hier richtig.« Der Jugendliche setzte ein professionelles Lächeln auf und griff nach der abwaschbaren Karte, aber Nico lehnte ab.

»Bring mir einfach das größte Steak, das du hast!«, sagte er. »Dazu eine schöne, krosse Folienkartoffel. Nein, warte, besser zwei! Und Zwiebelringe!«

Heute wollte er einfach essen, worauf er Lust hatte, und nicht, was diese winzigen Maschinen in seinem Körper für richtig hielten. Dann würden sie ihm beim nächsten vorgeschriebenen Quartals-Check eben eine Geldstrafe aufbrummen und seine Krankenkassenbeiträge erhöhen. Sollten sie ihm diese Dinger doch auf Rot setzen. Ihm war es egal. Es spielte ohnehin keine Rolle mehr.

Er zeigte auf die Ginflasche in der oberen Reihe des verspiegelten Glasregals. »Außerdem möchte ich die Flasche da!«

»Die ganze Flasche geht nicht!««, erwiderte der Teeanger kopfschüttelnd. »Sie wissen doch, dass wir laut Gesetz nur noch 2 cl Alkohol pro Gast ausschenken dürfen. Mein Chef verliert seine Lizenz und ich meinen Job.«

Nico zückte seine Brieftasche. Er entnahm drei Geldscheine und legte sie auf die Theke. »Ich zahle bar.«

Der Kellner warf einen schnellen Blick in Richtung des älteren Ehepaars, das noch immer über der Speisekarte brütete. Dann versuchte er, seinen Gast einzuschätzen. In dieser Gegend trug niemand einen perfekt gebügelten Anzug. Anderseits war der schrottreife Toyota des Fremden, den er durch das Fenster sehen konnte, kein Gefährt, das staatliche Autorität ausstrahlte.

»Ich bin nur auf der Durchreise«, sagte Nico, weil er die Gedanken erriet. Er legte einen weiteren Geldschein auf den Tresen. »Also, was ist? Sind wir im Geschäft?«

Der Blick des Jungen tanzte zwischen dem Rentnerpaar und den Geldscheinen hin und her. Endlich fällte er eine Entscheidung. Wenn sein Chef am Abend kam, um die Abrechnung zu machen, konnte er immer noch behaupten, die Flasche sei zu Bruch gegangen. Er beugte sich vor.

»Die Flasche kostet zweihundertfünfzig!«, sagte er leise.

»Das ist viel zu viel!«, widersprach Nico.

Der junge Schwarze zuckte mit den Achseln und setzte wieder sein professionelles Kundenlächeln auf. »Sie können ja ein paar von den Alk-Dealern draußen auf der Straße anhauen. Die haben immer was im Angebot.«

Schweren Herzens legte Nico zwei weitere Scheine auf den Haufen. Nachdem der Jugendliche das Geld mit einer blitzschnellen Handbewegung eingesackt hatte, griff er hinter sich und angelte die Ginflasche aus dem Regal. Er nahm ein frisches Glas aus dem Ständer, stellte es vor Nico auf den Tresen und goss es voll. Danach ließ er die Flasche unter der Theke verschwinden.

»Besser, die bleibt bei mir«, entschied er. »In der letzten Zeit tauchen ständig diese Schnüffler vom Gesundheitsamt auf.«

Anschließend begab er sich durch einen Durchgang in die Küche, um das Steak in Auftrag zu geben. Nico hoffte, dass derjenige, der hinter den Kulissen herumwerkelte, sein Handwerk auch verstand, denn er hatte schon weiß Gott wie lange kein anständiges Stück Fleisch mehr gegessen. Das, was ihnen dieser Automat in der FBI-Kantine serviert hatte, war bestenfalls eine Art Fleischersatz gewesen. Nico fuhr mit dem Zeigefinger über den Rand des vollen Glases. Das letzte Mal, dass er Alkohol getrunken hatte, lag Jahre zurück. Damals hatte er mit ein paar Jungs aus der Nachbarschaft gewettet, wer am meisten Bier trinken konnte. Die Mutprobe hatte im Krankenhaus und mit einem Tobsuchtsanfall seiner Mutter geendet. Es war einer der seltenen Momente gewesen, in denen er froh gewesen war, dass sein Vater davon nichts mehr erfahren konnte. Er versuchte, sich vorzustellen, was er wohl zu dem Versagen seines einzigen Sohnes gesagt hätte. Sicher, er war erst Anfang zwanzig und hatte schon eine vielfältige FBI-Ausbildung hinter sich, aber das, was er sich so sehnlich gewünscht hatte, würde ihm auf immer verwehrt bleiben. Diese Niederlage würde er sein Leben lang mit sich herumtragen. Sie war wie ein Riss in seinem Inneren.

Nico führte das Ginglas an seine Lippen, schloss die Augen und kippte den Inhalt herunter. Der Alkohol rann wie flüssiges Feuer seine Speiseröhre hinab und explodierte in seinem Magen. Eine Wärmewelle durchflutete ihn, das Blut schoss ihm in den Kopf. Gleichzeitig schwand seine Anspannung. Nico lehnte sich mit dem Oberkörper über die Theke, griff die Flasche und schenkte sich erneut ein. Irgendwo hatte er mal gelesen, dass Alkohol Löcher in die Erinnerung brannte, ja, sie sogar auslöschen konnte. Er leerte das Glas erneut in einem Zug, woraufhin er einen Hustenanfall bekam.

»Darf ich?«

Nico schielte mit Tränen in den Augen zur Seite. Neben ihm stand eine gut aussehende, dunkelhaarige Frau Mitte dreißig. Sie trug ein leichtes Sommerkleid und machte den Eindruck, als habe sie sich ebenso in diese Gegend verirrt wie er selbst. Er wies auf den Barhocker zu seiner Rechten.

»Ja, klar!«, keuchte er. Der Hustenreiz wollte nicht nachlassen.

»Danke.« Die fremde Frau nahm Platz und schlug die Beine übereinander. »Eigentlich meinte ich das hier!« Sie tippte mit ihrem lackierten Fingernagel an das leere Glas. »Ich habe gesehen, wie Sie die Flasche versteckt haben.«

Ob es an dem Alkohol lag, dass er rot anlief, oder daran, dass er sich wie auf frischer Tat ertappt fühlte, konnte Nico nicht sagen. Auf jeden Fall kam er sich plötzlich wie ein kompletter Idiot vor.

Nachdem der Kellner erneut in der Küche verschwunden war, um die Bestellung der Rentner weiterzugeben, langte er noch einmal über die Theke und holte die Ginflasche hervor. Dann angelte er nach einem zweiten Glas, stellte es neben das seine und goss beide randvoll. Zu seiner Verblüffung leerte die Frau ihr Glas, ohne mit der Wimper zu zucken.

»Das tat gut!« Sie fuhr sich mit der Zungenspitze über die Lippen und stellte das Glas ab. »Sind Sie vor jemandem auf der Flucht?«

Als sie Nicos Verblüffung sah, lachte sie laut auf. »Keine Sorge, ich wollte Sie nur fragen, ob Sie mich später mitnehmen können. Und da muss ich wissen, zu wem ich ins Auto steige. Sie machen den Eindruck, als hätten Sie ein Problem. Außerdem passen Sie in Ihrem schicken Anzug nicht hierher. Hier fährt man nur durch, müssen Sie wissen.«

Sie zwinkerte ihm zu, und Nico registrierte durch den aufziehenden Alkoholnebel, wie perfekt ihr Mund geformt war. Diese Lippen konnten unmöglich echt sein.

»Wohin fahren Sie?«, erkundigte sich die Unbekannte.

»Keine Ahnung, vielleicht Florida«, erwiderte Nico mit zunehmend schwerer Zunge. Der Alkohol schien erst jetzt seine volle Wirkung zu entfalten. »Ich … ich mache Urlaub.«

»Na, das passt doch prima! Ich will auch in den Süden. Nehmen Sie mich mit?«

»Ich habe etwas zu essen bestellt«, nuschelte Nico. »Außerdem habe ich getrunken. Ich kann heute nicht mehr fahren.«

»Dann fahre ich!«, entschied die fremde Schönheit gut gelaunt. »Sie können ruhig so viel trinken, wie Sie wollen. Also, nehmen Sie mich mit?«

War er schon so betrunken, dass er halluzinierte? Atemberaubend attraktive Frauen, die einen aus heiterem Himmel ansprachen, gab es seines Wissens nur in feuchten Teenagerträumen.

»Also gut.« Er nickte schwerfällig. »Ich nehme Sie mit. Auf Ihr Risiko!«

Als er vom Barhocker rutschte, brauchte er einige Sekunden, bis er halbwegs sicher auf den Beinen stand. »Ich bin gleich wieder da. Laufen Sie nicht weg!«

Mit einem dämlichen Grinsen im Gesicht torkelte Nico in Richtung Toilette. Nachdem er sich zuerst in der Tür geirrt hatte, trat er vor das Urinal und leerte schwankend seine Blase. In dem Moment, in dem er den Reißverschluss erleichtert wieder zuzog, vernahm er in seinem Rücken ein Geräusch. Er wollte sich umdrehen, doch da verspürte er plötzlich einen flammenden Stich in seinem Nacken. Dann brach er zusammen. Das Letzte, was er wahrnahm, waren zwei weiße Handschuhe, die ihn auffingen, bevor er auf den Boden schlug.

11

Die aufgehende Sonne spiegelte sich in den Scheiben des Glaswürfels, der wie ein riesiger Monolith inmitten eines verschwenderisch großen Platzes in den Himmel ragte. Aus allen Richtungen strömten Menschen auf das Gebäude zu und stauten sich wie jeden Morgen vor dem Personaleingang. Männer wie Frauen hielten ihren linken Unterarm in das Lesegerät, und erst wenn der Bio-Scanner grün aufleuchtete, gab ein Drehkreuz den Weg zu ihrem Arbeitsplatz frei. Wie fast überall, so war es auch bei NTEC längst üblich geworden, die im Körper der Angestellten implantierten Chips für eigene Zwecke zu nutzen. Das brachte nicht nur den praktischen Vorteil, dass sich die Identität des Angestellten einwandfrei feststellen ließ und der Arbeitsbeginn exakt dokumentiert wurde. Die gleichzeitige tägliche medizinische Kontrolle stellte darüber hinaus zu jeder Zeit die Gesundheit der teuren Mitarbeiter sicher. Zudem wurde es durch die ständige Kontrolle beinahe unmöglich, einen Krankheitsfall zu simulieren, weil der Arbeitgeber – wenn auch inoffiziell – Einblick in die dort gespeicherten medizinischen Akten erhielt. Allein Letzteres hatte in den vergangenen Jahren zu einer erheblichen Produktionssteigerung der Gesamtwirtschaft geführt.

Decroix, Gründer und Hauptaktionär von NTEC, musste derlei Kontrollen natürlich nicht über sich ergehen lassen. Sein griechischer Chauffeur steuerte die Limousine in die unterirdische Tiefgarage und hielt vor dem Privataufzug. Decroix stieg aus dem Wagen, und nachdem er den Code eingetippt hatte, fuhr er in den obersten Stock. Dort wurde er von seiner Privatsekretärin bereits erwartet.

»Ich habe Ihre Rede gestern im Internet verfolgt«, sagte sie und schob missbilligend ihr Headset zurecht. Begrüßungen hielt sie für eine unverzeihliche Vergeudung von Zeit.

Elena Bencroft war Mitte vierzig und trotz ihrer Absätze nicht größer als einen Meter fünfzig. Was ihr an Körpergröße fehlte, machte sie durch ihren schneidenden Verstand und ihr unerschütterliches Selbstvertrauen wett. Sie trug ein eng geschnittenes Kostüm und eine bedruckte Bluse. Ihr schwarzes Haar hatte sie im Nacken zu einem Knoten zusammengezurrt, was ihrem schmalen Gesicht trotz des dezenten Makeups eine beängstigende Strenge verlieh.

»Das Sicherheitspersonal hätte diesen Verrückten gar nicht erst reinlassen dürfen«, bemerkte sie tadelnd. »Das waren keine vorteilhaften Bilder!«

»Das werden wir verkraften«, erwiderte Decroix gut gelaunt. Er wandte sich in Richtung seines Büros. »Gibt es etwas Neues aus dem Parlamentsausschuss?«

»Sie beraten noch«, erwiderte Elena knapp, während sie neben ihrem Chef herlief und ihm ein Dokument samt Stift zur Unterschrift hinhielt. Während Decroix das Papier überflog, nickte sie kurz in Richtung der verschlossenen Tür.

»Sie haben übrigens Besuch.«

Decroix wirkte überrascht. »Habe ich einen Termin, von dem ich nichts weiß?«

Er unterschrieb.

»Offenbar. Die Herren sind in Ihrem Büro.«

»In *meinem* Büro?«

»Glauben Sie mir, ich habe alles versucht, sie abzuwimmeln!«, sagte Bencroft grimmig. Sie nahm das unterzeichnete Dokument wieder an sich.

Decroix spürte, wie Ärger in ihm aufstieg. Die oberste Etage war sein Heiligtum. Der einzige Mensch, den er hier oben duldete, war Bencroft, und das allein aus pragmatischen Gründen. Wenn es jemandem gelang, an ihr vorbeizukommen, musste er über eine einschüchternde Autorität verfügen. Decroix ahnte bereits, wer diese »Herren« waren. Er umklammerte den Griff seines Gehstocks und betrat sein Büro.

Der Raum war mehr als spektakulär. Ein bis zum Boden reichendes Panoramafenster bot einen atemberaubenden Ausblick auf die Hafenanlagen von Baltimore. Die erlesenen Antiquitäten, mit denen das private Reich des Milliardärs dekoriert war, waren unbezahlbar und bildeten einen exquisiten Kontrast zu den Designermöbeln. Chinesische Vasen, afrikanische Figuren, deren schwarzes, rissiges Holz auf ein hohes Alter schließen ließen, ein mit Patina überzogener Buddhakopf aus Bronze. In einer beleuchteten Vitrine ruhten die Fragmente eines babylonischen Mosaiks und verströmten trotz ihrer Schlichtheit eine geradezu einschüchternde Kostbarkeit. Nicht wenige Museumsdirektoren wären bereit gewesen, für diese Sammlung einen Mord zu begehen. Die beiden Männer in den dunklen Anzügen, die in dem Büro warteten, zeigten an derartigen Dingen allerdings kein Interesse. Sie standen mit verschränkten Armen vor der bodentiefen Glaswand und beobachten schweigend den Schiffsverkehr tief unter ihnen. Als Decroix hereinkam, drehten sie sich wie auf Kommando um. Der Ältere der beiden hatte einen Bürstenschnitt und das harte Gesicht eines Marines, der Kleinere war schwarzhaarig und etwa so breit wie hoch. Seine ausgeprägte Nackenmuskulatur ließ vermuten, dass er seine Freizeit bevorzugt in einem Fitnessstudio verbrachte.

»Ich freue mich, dass Sie Zeit für uns haben«, sagte der Ältere mit dem Bürstenschnitt. Er zückte seinen Dienstausweis. »Mein Name ist O'Brady. Und mein Kollege hier ist Special Agent Johnson.«

Decroix ignorierte die eingeschweißte Karte.

O'Brady steckte den Ausweis wieder ein und deutete auf die Skyline. »Eine beeindruckende Aussicht haben Sie hier!«

»Wo ist Henderson?«, erkundigte sich Decroix verärgert.

»Direktor Henderson ist leider verhindert«, warf Johnson ein. Er begann damit, in dem Büro umherzuwandern und die ausgestellten Kunstwerke neugierig zu begutachten. »Sie werden wohl oder übel mit mir und meinem Kollegen vorliebnehmen müssen.«

»Ich will mit Henderson sprechen!«, insistierte Decroix. »Sofort!«

O'Brady lächelte dünn. »Wie gesagt, das ist im Moment leider nicht möglich. Deshalb sind wir hier.«

»Wie denken Sie sich das eigentlich?«, empörte sich Decroix und setzte sich hinter seinen Schreibtisch. »Sie spazieren am helllichten Tag in mein Büro. Was ist, wenn einer dieser neugierigen Journalisten Sie gesehen hat? Euch FBI-Leute erkennt man doch im Dunkeln!«

»Sie sind ein berühmter Mann und beschäftigen Tausende von Mitarbeitern. Es gibt unzählige Gründe, warum wir hier sein könnten. Also seien Sie ganz unbesorgt.«

Decroix schnaufte. »Was wollen Sie überhaupt?«

»Den Quellcode.«

»Unmöglich! Henderson weiß, dass sich die neue Software noch in der Beta-Phase befindet.«

Dass bei den letzten Testreihen des neuen NX-4-Steuerchips einige der Affen erblindet waren, brauchte er nicht zu erwähnen. Es war ohnehin davon auszugehen, dass sein Gegenüber über alles, was in seinem Unternehmen geschah, informiert war. Vor diesen Leuten gab es keine Geheimnisse.

O'Brady zog ungefragt einen Stuhl heran und setzte sich. »Hören Sie, wir respektieren Ihre Bedenken. Aber unsere Techniker benötigen Zeit, um sich auf die Umstellung vorzubereiten.« Er sah den Milliardär unverblümt an: »Sie als Unternehmer wollen doch, dass NX-4 zum Einsatz kommt, oder sehe ich das falsch? Außerdem sollten Sie nicht vergessen, wem Sie das alles hier zu verdanken haben.«

Seine Hand kreiste durch das Büro.

»Bitte fassen Sie das nicht an!«, fuhr Decroix den zweiten Agenten an, der sich gefährlich nah über die Ming-Vase beugte. Dann wandte er sich wieder an dessen Partner. »Wollen Sie mir etwa drohen?«

»Nichts läge mir ferner als das!« O'Brady hob beschwichtigend die Hände. »Sie sollten jedoch bedenken, dass eine gewisse Unterstützung nicht unwichtig ist. Einigen einflussreichen Senatoren ist das Monopol von NTEC ein Dorn im Auge. Aber das wissen Sie besser als ich …«

»Und genau darum geht es!«, erregte sich Decroix. »Wenn die neue Software ohne ausreichende Erprobung eingesetzt wird und es Probleme gibt – wer kommt dann für die Schadenersatzklagen auf? Die Presse wird sich darauf stürzen und dann wird das Genehmigungsverfahren für NX-4 für unbestimmte Zeit auf Eis gelegt. Vielleicht wird sogar die gesamte Nanotechnologie infrage gestellt! Es gibt genug Leute, die nur darauf warten. Jede negative Schlagzeile treibt den Terroristen neue Sympathisanten zu. Um mich klar und deutlich auszudrücken: Ich habe diese Firma nicht aufgebaut, nur um alles wegen Ihrer Ungeduld aufs Spiel zu setzen!«

»Wenn ich Sie daran erinnern darf, gibt es Ihre Firma nur dank unserer diskreten Mithilfe«, erwiderte O'Brady trocken.

»Es ist Ihre Entscheidung«, kapitulierte Decroix widerwillig. »Aber ich muss Sie warnen: Wenn Sie das neue Programm überspielen, ohne die Tests abzuwarten, übernehme ich keinerlei Verantwortung!«

»Seien Sie unbesorgt, wir haben alles im Griff.« Johnson

hatte seine Runde durch das Büro beendet und baute sich breitbeinig vor dem Schreibtisch auf. »Also, was ist? Können wir weiterhin mit Ihrer Zusammenarbeit rechnen?«

Decroix wippte unschlüssig mit seinem Sessel. Schließlich fluchte er leise und drückte eine Taste an der Sprechanlage, um sich von seiner Sekretärin mit der Entwicklungsabteilung verbinden zu lassen.

12

Bei jeder noch so kleinen Bewegung drohte Nicos Kopf in Flammen aufzugehen. Um ihn herum herrschte völlige Dunkelheit. Jemand hatte ihm eine Kapuze übergestülpt und ihn an Händen und Füßen gefesselt. Wie lange er bewusstlos gewesen war, konnte er nicht sagen. Er wusste nicht einmal, ob es Nacht oder Tag war. Offenbar befand er sich in einem Fahrzeug, vielleicht ein Lieferwagen. Das zumindest konnte er aus den Vibrationen und den Geräuschen schließen. Er zerrte an dem Kabelbinder, mit dem seine Hände gefesselt waren, aber das führte lediglich dazu, dass der Plastikstreifen ihm noch tiefer ins Fleisch schnitt. Das Gleiche galt für die Fesseln an seinen Füßen. Sie waren so stramm, das jede Bewegung höllisch wehtat. Also versuchte er, wenigstens die Kapuze abzustreifen, aber auch dies misslang. Wie er schnell feststellen musste, war sie mit einem zusätzlichen Band um seinen Hals fixiert. Keuchend gab er seine Bemühungen auf. Der schwere Stoff vor seinem Gesicht machte das Atmen zur

Qual. Er hatte das Gefühl zu ersticken. Panik überkam ihn. In seiner Not versuchte er, sich in Erinnerung zu rufen, was ihm die Ausbilder an der Academy eingebläut hatten. Einen klaren Kopf bewahren und eine Gegenstrategie entwickeln – so lautete das oberste Gebot in Stresssituationen. Doch das hier war keine Übung. Man hatte ihn gekidnappt. Aber aus welchem Grund? Er besaß nicht viel mehr als den Anzug, den er am Leib trug, und seit seinem Rauswurf beim FBI war er wieder das, was er schon vorher gewesen war: ein bedeutungsloser Zivilist wie Millionen andere in diesem Land auch.

Nachdem sich sein Atem halbwegs beruhigt hatte, versuchte sich Nico auf seine Knie aufzurichten. Ihm wurde sofort wieder übel. Offenbar wirkte das Betäubungsmittel, das man ihm verabreicht hatte, noch immer nach. Im Moment blieb ihm nichts anderes übrig, als sich seinem Schicksal zu fügen. Also ließ er sich mit einem Stöhnen zurück auf den harten Fahrzeugboden fallen. Vielleicht ergab sich ja die Chance zur Flucht, wenn seine unbekannten Entführer ihr Ziel erreicht hatten. Bis dahin musste er seine Kräfte schonen. Er musste vorbereitet sein. Deshalb lag er einfach still da und lauschte den Geräuschen, die durch den Kapuzenstoff an sein Ohr drangen.

Plötzlich erinnerte er sich an die attraktive Frau in dem Restaurant, und er fragte sich sofort, ob sie mit seiner Entführung zu tun hatte. Gleichzeitig wurde ihm klar, dass niemand seinen Aufenthaltsort kannte. Seine ziellose Fahrt in den Süden war eine spontane Entscheidung gewesen, und nachdem er die Marinebasis in Quantico verlassen hatte, hatte er mit niemandem mehr Kontakt gehabt. Selbst wenn man ihn irgendwann vermissen würde, niemand würde wissen, wo er mit der Suche beginnen sollte. Diese Erkenntnis jagte ihm einen Angstschauer über den Rücken. Schweiß rann ihm in die Augen und ihn überkam ein erneuter Erstickungsanfall.

In seinem Unterbewusstsein spürte er, wie der Lieferwagen langsamer wurde. Der Fahrer schaltete hörbar einen Gang herunter, der Wagen legte sich in eine Kurve. Vielleicht eine Ausfahrt. Er begann zu zählen. Als er bei einhundertunddreißig angelangt war, stoppte der Wagen. Nico vernahm Stimmen, aber wegen des Stoffsacks auf seinem Kopf konnte er nicht richtig verstehen, was gesprochen wurde. Mindestens eine der Stimmen war weiblich, darauf hätte er schwören können. Dann setzte sich der Wagen wieder in Bewegung, nur um nach wenigen Metern endgültig zum Stehen zu kommen. Nico hörte Türen schlagen, gefolgt von schweren Schritten; Sekunden später wurde die Hecktür aufgerissen. Jemand stieg zu ihm auf die Ladefläche und durchtrennte mit einem raschen Schnitt seine Fußfessel. Dann wurde er unter den Achseln gepackt und grob aus dem Wagen gehoben, wo er von einem weiteren Paar Hände in Empfang genommen wurde.

Kaum hatten seine taub gewordenen Füße den Boden berührt, wurde er ohne Rücksicht vorwärtsgeschleift. Obwohl er unter der Kapuze nach wie vor stockblind war, spürte Nico, wie die Sonne durch den Stoff auf seinen Kopf brannte. Die plötzliche Hitze machte das Atmen noch qualvoller und er rang nach Luft. Gleichzeitig hoffte er, dass die beiden Kidnapper ihren eisernen Griff vielleicht für einen Moment lockern würden, um ihm die Gelegenheit zur Flucht zu geben. Aber diesen Gefallen taten sie ihm nicht. Und wenn sie es doch getan hätten, wäre er garantiert nicht weit gekommen. Nicht mit gefesselten Händen und diesem verdammten Stoffsack auf dem Kopf. Nach etwa fünfzig Schritten zwang man ihn zum Stehen. Nico hörte das Piepen eines elektronischen Türschlosses, dann wurde es von einer Sekunde zur anderen eiskalt. Ein klimatisiertes Gebäude. Nico fröstelte. Ob die unerwartete Kälte schuld daran war, dass er schlotterte, oder seine pochende Angst, vermochte er nicht zu sagen. Man stieß ihn vorwärts, dann bugsierte man ihn mit Nachdruck auf einen Stuhl. Nico spürte, wie die Kabelbinder an seinen Handgelenken durchtrennt wurden, kurz darauf wurde ihm mit einem Ruck der Stoffsack vom Kopf gerissen.

Erleichtert und erschrocken zugleich blinzelte er gegen die jähe Helligkeit an. Er versuchte, etwas zu erkennen, aber bevor er sich an das grelle Licht gewöhnt hatte, fiel hinter ihm eine Tür ins Schloss. Nico rieb sich die schmerzenden Handgelenke und sah sich mit zusammengekniffen Augen um. Der Raum, in dem er sich befand, besaß keine Fenster und war weniger als zehn Quadratmeter groß. Nackte Betonwände, eine primitive Deckenlampe, dazu ein Tisch mit zwei abwaschbaren Stühlen. Sonst gab es nichts. All das erinnerte ihn auf fatale Weise an das berüchtigte Verhörzimmer in Quantico, in dem sie als angehende FBI-Agenten die ›verschärfte Befragung‹ geübt hatten. Eine nette Untertreibung, denn bei diesen Verhören war es stets hart an der Grenze zur Folter zugegangen. Nico stand auf und begann, in dem Raum auf und ab zu gehen. Fieberhaft versuchte er, sich ins Gedächtnis zu rufen, was er die letzten Wochen über Folter und Schmerzen gelernt hatte. Ein ebenso erbärmlicher wie vergeblicher Versuch, seine rasende Angst zu bändigen. Er spürte, wie eine kalte unsichtbare Faust nach seinem Herzen griff und langsam zudrückte. Als jemand hinter seinem Rücken den Raum betrat, fuhr er herum. Er war bereit, sein Leben so teuer wie möglich zu verkaufen, und wenn es das Letzte war, was ihm geblieben war. Zu seiner Überraschung war der Mann allein. Er trug einen gedeckten Anzug ohne Schlips und vermittelte trotz seiner bereits ergrauten Schläfen einen trainierten Eindruck. Ohne Nico eines Blickes zu würdigen, schloss er die Tür hinter sich und schmiss die altmodische Ledermappe, die er unter seine Achsel geklemmt trug, auf den Tisch.

»Nehmen Sie Platz!«, sagte er in einem Ton, der keinen Widerspruch duldete.

»Nicht bevor ich weiß, wo ich bin!«, platzte es aus Nico heraus. »Wer sind Sie? Was wollen Sie von mir?«

Angriff war noch immer die beste Verteidigung.

»Alles zu seiner Zeit! Bitte!« Der Mann deutete unmissverständlich auf den Stuhl. Die auffällige Narbe auf seinem sonnenverbrannten Handrücken verriet, dass mit ihm nicht zu spaßen war. »Setzen Sie sich!«, wiederholte er.

Nico zögerte, doch dann kam er der Aufforderung widerwillig nach. Sein Gegenüber nahm hinter dem Tisch Platz und vertiefte sich schweigend in die mitgebrachte Mappe. Nico rutschte nervös hin und her. Seine Wut und Angst ergaben ein explosives Gemisch, und es fiel ihm schwer, sitzen zu bleiben. Schließlich hielt er es nicht mehr aus.

»Ich will sofort wissen, wer Sie sind!«, erregte er sich. »Ich besitze nichts, was von Wert ist. Also: Was soll das Ganze?«

Sicher lauerten die Typen, die ihn verschleppt hatten, draußen vor der Tür, bereit, auf ein geheimes Signal hereinzustürmen. Aber sein Gegenüber dachte gar nicht daran, seine Gorillas hereinzurufen. Er klappte die Mappe wieder zu und schob sie von sich.

»Nun beruhigen Sie sich!«, sagte er in sachlichem Ton. Seine eisblauen Augen verrieten keinerlei Emotionen. »Ich kann ja verstehen, dass Sie verwirrt sind. Aber uns blieb leider keine andere Wahl.«

»Keine andere Wahl für *was?*«, schnaufte Nico verächtlich.

Sein Gegenüber musterte ihn und schwieg.

»Ich fürchte, ich schulde Ihnen eine Erklärung«, sagte er schließlich.

»Da bin ich aber gespannt!«, erwiderte Nico. Er verschränkte die Arme. »Ich wüsste nicht, wie Sie Kidnapping eines amerikanischen Staatsbürgers *erklären* wollen.«

In ihm keimte längst der Verdacht, in die Fänge eines ausländischen Geheimdienstes geraten zu sein. Zumindest würde das die Professionalität und das Auftreten seiner Entführer erklären. Vielleicht dachten diese Trottel, er gehöre noch zum FBI. So sehr seine Gedanken auch rasten, eine andere Erklärung fiel ihm einfach nicht ein. Er sprang auf.

»Wenn Sie glauben, Sie könnten mich für Ihre Scheißorganisation anwerben, können Sie sich die Mühe sparen! Ich bin kein Verräter! Egal, was Sie und Ihre Schläger mit mir vorhaben!«

Für einen kurzen Moment umspielte ein leises Lächeln die Mundwinkel des Mannes. Dann erhob er sich ebenfalls.

»Vielleicht ist es besser, ich stelle mich erst einmal vor«, sagte er und streckte Nico über den Tisch hinweg die Hand entgegen. »Mein Name ist Henderson. Ich bin Ihr neuer Vorgesetzter.«

13

Beta unterquerte die viel befahrene Brücke und hastete die Uferpromenade entlang. Der warme Regen streichelte ihr Gesicht und rann in den Kragen ihrer Lederjacke Sie spürte weder die schweren Tropfen, noch nahm sie den Verkehr wahr, der auf der parallel zum Charles River verlaufenden Stadtautobahn vorbeirauschte. Ihre Gedanken überschlugen sich. Dass sie noch am Leben war, verdankte sie allein einem dummen Zufall. Davon war sie mittlerweile felsenfest überzeugt. Die Nachricht in ihrem Briefkasten hatte ihr die Augen geöffnet: Jemand wollte sie umbringen! Wer immer ihrer Mitbewohnerin die Kehle durchgeschnitten hatte, hatte es in Wirklichkeit auf sie abgesehen.

Beta wartete am Rand der Stadtautobahn. Als sie eine Lücke kommen sah, lief sie auf die mehrspurige Fahrbahn. Sie sprang über die Leitplanke, überquerte den Grünstreifen in der Mitte, dann nutzte sie eine erneute Lücke, um auf die andere Seite zu gelangen. Ohne anzuhalten, eilte sie an den roten Backsteinhäusern vorbei den Beacon Hill hinauf. Währenddessen überlegte sie, ob sie Sebastian nicht vielleicht doch hätte einweihen sollen. Ihm konnte sie immerhin halbwegs vertrauen. Andererseits konnte er ihr auch nicht helfen. Niemand konnte das. Mit grimmiger Miene quetschte sie sich durch eine Touristengruppe, die mit Rucksäcken und aufgespannten Regenschirmen auf den Spuren der amerikanischen Unabhängigkeit wandelten, wodurch sie den Fremdenführer in seinem historischen Kostüm aus dem Konzept brachte. Wenig später erreichte sie den weitläufigen Stadtpark.

Erst jetzt wurde sie langsamer. Sie rang nach Luft. Was sollte sie nur tun? Wenigstens verfügte sie jetzt über ein bisschen Geld. Es reichte zwar höchstens für ein paar Wochen – und das auch nur, wenn sie sich entsprechend bedeckt hielt – aber immerhin konnte sie damit aus der Stadt fliehen. Viel Zeit blieb ihr dafür nicht, denn Big Five hatte unter Garantie eine saftige Prämie auf sie ausgesetzt, was wiederum bedeutete, dass der gesamte Abschaum Bostons nach ihr Ausschau hielt. Und dann war da auch noch dieser Inspector vom Mord-Dezernat. Dass sie sich aus dem Staub gemacht hatte, machte sie zur perfekten Verdächtigen. Sie sah die Schlagzeile schon vor sich: *Junge Psychopathin schneidet Mitbewohnerin die Kehle durch!* In dieser Hinsicht machte sie sich keine Illusionen. Die Dinge nahmen immer den Weg des geringsten Widerstands. Das war eine Art Naturgesetz.

Beta strich sich mit einer hastigen Handbewegung die nassen Haarspitzen aus der Stirn und blinzelte in den Himmel. Manchmal hatte sie das Gefühl, als wäre mit ihren Augen etwas nicht in Ordnung. Vielleicht brauchte sie ja bald künstliche Linsen. Wenigstens war der Regenguss vorüber. Die Wolkendecke riss auf, das Grau wich einem zaghaften Blau. Beta wünschte sich sehnsüchtig, sie hätte irgendein Zeichen darin sehen können, aber die Nachricht, die wie glühendes Eisen in ihrer Hosentasche brannte, holte sie schnell in die Realität zurück.

Sie schüttelte das Wasser aus ihren Haaren und lief wieder schneller. Wegen des Platzregens war der Park beinahe menschenleer, nur vereinzelt trauten sich die ersten Leute wieder ins Freie. Beta achtete nicht auf sie. Stattdessen nahm sie die steinerne Fußgängerbrücke, um auf die andere Seite der künstlich angelegte Lagune zu gelangen, danach wandte sie sich Richtung Parkausgang. Sie hatte eine Idee. Ihr war einer ihrer Stammgäste im *Tango* eingefallen. Der komische Kauz hockte jeden Abend, wenn sie arbeitete, an der Bar, trank seine zwei Vitaminbiere und schmachtete sie an. Soweit sie sich erinnerte, besaß er eine Spedition drüben in Newton. Wenn er nicht gelogen hatte, konnte sie ihn vielleicht dazu bringen, sie auf einem seiner Lastwagen mitzunehmen. Beta verließ den Park und schlug die Richtung zum Copley Square ein. Wegen der überall installierten Kameras zwang sie sich, ihren Kopf gesenkt zu halten. Als sie den Platz erreichte, wurde sie abrupt langsamer. Sie hatte den Streifenwagen sofort entdeckt. Er rollte genau auf sie zu. Fieberhaft sah sie sich nach einer Fluchtmöglichkeit um. Gleichzeitig warnte sie eine innere Stimme davor, loszurennen und damit die Aufmerksamkeit der Polizisten erst recht auf sich zu ziehen. Sie nahm zwar an, dass sie noch nicht zur Fahndung ausgeschrieben war, trotzdem drehte sie unauffällig ab und steuerte auf das Straßencafé zu, unter dessen Schirmen die Leute vor dem Regenguss Schutz gesucht hatten. Sie setzte sich an einen der wenigen noch freien Tische und betete.

Der Polizeiwagen kroch im Schritttempo über den nassen Asphalt. Er kam immer näher. Schließlich stoppte er genau vor dem Straßencafé. Aus den Augenwinkeln heraus beobachtete Beta, wie die beiden Streifenpolizisten in ihre Richtung sahen.

»Darf ich Ihnen etwas bringen?«

Beta zuckte erschrocken zusammen. Das faltige Gesicht der Kellnerin spiegelte unverhohlenes Missfallen. Durchnässte junge Frauen mit wilden Frisuren zählten offenkundig nicht zu ihren bevorzugten Gästen.

»Nein … äh … doch!«, sagte Beta. Sie hatte es sich anders überlegt. »Bringen Sie mir einen Kaffee. Schwarz!«

Die Kellnerin strich über ihre Schürze, als hätte sie etwas Derartiges kommen sehen.

»Wir sind eine der Allgemeinheit verpflichtete Gaststätte«, sagte sie kühl. »Wir servieren nur gesunde Getränke. Keine Drogen.«

Sie wies auf das Zertifikat des Gesundheitsamts hin, das direkt neben der Speisekarte an der Hauswand prangte. Beta musste sich schwer zusammenreißen. Kaffee eine Droge! Dieser ganze Gesundheitswahn machte sie noch krank. Zu gern hätte sie dieser arroganten Kuh von Kellnerin ihre Meinung gesagt, aber die Polizisten gafften noch immer in ihre Richtung. Also nickte sie genervt zu den modisch gekleideten Teenagern, die am Nebentisch ein undefinierbares Gebräu mit rosa Schaumkrone durch einen Strohhalm schlürften. »Okay, okay! Dann bringen Sie mir eben das, was die da drüben haben!«

»Also einen Rooibos-Himbeershake«, seufzte die Kellnerin. Dann stolzierte sie davon, als trage sie alles Leid dieser Welt auf ihren Schultern.

Beta fluchte leise. Verstohlen beobachtete sie, wie die Polizisten immer wieder an dem in das Armaturenbrett eingelassenen Bildschirm fummelten und dabei abwechselnd zu ihr hinüberblickten. Der Drang, einfach aufzuspringen und davonzurennen, wurde beinahe übermächtig, aber sie war klug genug, dem Impuls nicht nachzugeben. Auch an den anderen Tischen war die Anwesenheit des Streifenwagens längst bemerkt worden. An dem Nachbartisch mit den Jugendlichen erstarb die ausgelassene Unterhaltung und auch ein paar der übrigen Gäste zogen unmerklich die Köpfe ein. Plötzlich stiegen die Beamten aus dem Wagen. Sie waren offenbar zu einer Entscheidung gelangt, denn sie kamen zielstrebig auf Beta zu. Sie spannte reflexartig ihre Muskeln, bereit loszurennen, sobald die beiden in dem Gewirr der Tische und Stühle gefangen waren. Niemand würde sie einsperren! Weder auf einer Krebsstation noch in einer Gefängniszelle!

Sie setzte eine möglichst unbeteiligte Miene auf und verlagerte ihr Gewicht unauffällig auf die Stuhlkante. Die Cops schlängelten sich zielsicher durch die dicht gedrängt stehenden Tische, wobei die meisten Gäste so taten, als würden sie nichts mitbekommen. Niemand wollte Ärger. Beta holte tief Luft, die Polizisten hatten sie fast erreicht. Sie wollte gerade lossprinten, da sprang plötzlich einer der Jugendlichen vom Nachbartisch auf und hastete mit einem waghalsigen Satz über die angrenzenden Blumenkästen. Die beiden Cops reagierten sofort. Sie rannten zu ihrem Wagen zurück und verfolgten den Flüchtigen mit quietschenden Reifen. Auch als sie längst außer Sichtweite waren, hielt Beta noch immer den Atem an. Erst allmählich sickerte zu ihr durch, was geschehen war. Sie hatte zum ersten Mal an diesem grauenhaften Tag Glück gehabt!

»Bezahlt wird sofort!« Die Kellnerin knallte ihr den Shake mit einem gehässigen Schwung direkt vor die Nase.

Beta sah zu ihr auf und funkelte sie an: »Leck mich doch!« Dann verließ sie den Laden, bevor die perplexe Kellnerin etwas erwidern konnte. Sie hatte wahrhaftig andere Sorgen. Diesmal war es gerade noch gut gegangen, aber sie wusste auch, dass sie sich erst ausruhen konnte, wenn sie aus der Stadt raus war. Allerdings würden die wirklichen Probleme dann erst beginnen. Sie tastete nach dem Zettel. Mit einem Mal kam ihr ein beunruhigender Gedanke. Was war, wenn Susans Mörder die Nachricht in ihrem Briefkasten hinterlassen hatte, um sie in eine Falle zu locken? Vielleicht hatte er seinen Irrtum ja noch in derselben Nacht bemerkt? Auf der anderen Seite gab es kein Zurück. Im Grunde blieb nur die Frage, wer sie zuerst erwischen würde. Big Five, dieser fette Chief Inspector, oder das Gesundheitsamt. Aber vielleicht war es auch keiner von ihnen. Vielleicht brachten sie am Ende ja diese verdammten Krebszellen zur Strecke, die sie langsam, aber sicher von innen heraus auffraßen.

14

Nico starrte ungläubig auf die dargebotene Hand. Als er sie schließlich zögernd ergriff, fühlte sie sich kalt an.

»Schön, Sie bei uns an Bord zu haben!«, brummte Henderson in einem Ton, der vermuten ließ, dass damit sein Vorrat an Freundlichkeit erschöpft war. Dann nahm er Platz und zog die Mappe wieder an sich. Nico blieb wie angewurzelt stehen und starrte auf die Narbe, die den rechten Handrücken des Mannes in zwei Hälften teilte. Allmählich fragte er sich, ob die Betäubungsmittel, die man ihm auf der Toilette des Tex-Mex-Ladens verabreicht hatte, womöglich Sinnesstörungen verursachten.

»Jetzt setzen Sie sich endlich!«, befahl Henderson, ohne den Blick zu heben.

Nico rang um Fassung. Er war wütend und verunsichert. Immerhin hatte er noch immer keinen blassen Schimmer, was hier eigentlich mit ihm gespielt wurde. Nach wie vor rechnete er fest damit, dass die beiden Schläger, die ihn verschleppt und in diesen Raum gesperrt hatten, jederzeit durch die Tür kamen.

»Ich ziehe es vor, stehen zu bleiben!«, erwiderte er mit verschränkten Armen.

»Wie Sie wollen.« Henderson gab sich unbeeindruckt. Er entnahm der Mappe ein Schriftstück und schob es über den Tisch. Dann lehnte er sich zurück, legte seine Fingerspitzen aneinander und starrte sein Gegenüber mit seinen wasserblauen Augen an, als wolle er ihm das Herz herausreißen.

»Was ist das?«, erkundigte sich Nico mit Blick auf das Schriftstück.

»Warum sehen Sie nicht selbst nach?«, forderte ihn Henderson auf. Als Nico keine Anstalten dazu machte, fügte er unwirsch hinzu: »Es ist nur ein Stück Papier! Weder vergiftet oder sonst was! Also machen Sie schon, ich habe nicht ewig Zeit!«

Nico nahm das Dokument vom Tisch und stutzte. Es handelte sich um eine Ernennungsurkunde zum FBI-Agenten, ausgestellt auf Nicolas Stiller. Seinen Namen. Er war verwirrt. Offenbar wollte ihn hier jemand gehörig auf den Arm nehmen, schließlich hatte man ihn doch gerade erst wegen mangelnder psychologischer Tauglichkeit von der Academy geworfen.

»Ach ja, fast hätte ich das hier vergessen!«, bemerkte Henderson. Er zog etwas Glänzendes aus der Innentasche seines dunkelblauen Jacketts. »Die gehört dazu.«

Es war eine nagelneue FBI-Dienstmarke. Irritiert nahm Nico die goldfarbene Marke entgegen und betrachtete sie.

Wie lange hatte er davon geträumt, dieses kleine Stück Metall mit dem Adler und der Justitia in seinen Händen zu halten!

Jetzt war seine Verwirrung komplett. Er öffnete den Mund, wollte etwas sagen, aber Henderson schnitt ihm mit einer ungeduldigen Geste das Wort ab.

»Bevor Sie loslegen, lassen Sie mich zuerst eins klarstellen: Was sagt Ihnen der Begriff TROJA?«

Das Einzige, was Nico spontan in den Sinn kam, war die blutrünstige Geschichte eines alten Griechen mit Namen Homer. Er zuckte vorsichtig mit den Schultern.

»Sehr gut!« Henderson nickte zufrieden. »Ehrlich gesagt, hätte mich jede andere Antwort beunruhigt. In diesem Fall wäre nämlich die nationale Sicherheit bedroht gewesen. Sie verstehen, was ich damit sagen will?«

Nico fühlte sich wie ein Idiot. Natürlich verstand er nicht das Geringste.

»Ich dachte, ich …« Weiter kam er nicht, denn Henderson unterbrach ihn erneut.

»Bevor Sie das Denken anfangen, Agent, lassen Sie mich Ihnen eine Frage stellen: Sind Sie bereit, Ihrem Land zu dienen? Ohne Wenn und Aber?«

Nico schielte verstohlen auf die FBI-Marke in seiner Handfläche. »Aber Dr. Karmadu …«

»Vergessen Sie diese Quacksalber in Quantico! Dr. Karmadu war uns noch einen Gefallen schuldig. Also, wie sieht es aus: Kann ich mich auf Sie verlassen, *Special Agent*?«

Henderson beugte sich vor. Nico empfand seinen stechenden Blick als unangenehm. Er schluckte.

»Ja, Sir. Das können Sie.«

»Dann unterschreiben Sie hier!« Henderson schob einen mehrseitigen Vertrag samt Stift über den Tisch und tippte auf das Unterschriftfeld auf der letzten Seite. Nico gehorchte wie in Trance und unterschrieb. Er wollte gar nicht wissen, was dort stand. Er hätte auch einen Vertrag mit dem Teufel geschlossen. Hauptsache, er durfte endlich FBI-Agent werden.

»Gut. Damit wäre das erledigt«, brummte Henderson.

Er nahm das unterschriebene Schriftstück wieder an sich, legte es zurück in seine Ledermappe. Dann warf er einen Blick auf seine sündhaft teure Armbanduhr.

»Agent Farley wird Ihnen alles Weitere erklären«, sagte er und erhob sich. Anschließend verließ er ohne ein weiteres Wort den Raum.

Nico war völlig perplex. Er blickte sich in dem fensterlosen Raum um. War das alles ein Traum? Erst sortierte man ihn wegen mangelnder Tauglichkeit aus und nun hielt er plötzlich seine Ernennungsurkunde in der Hand. Das ergab alles keinen Sinn. Warum hatte man ihn in einer Nacht-und-Nebel-Aktion verschleppt? Während er sich noch immer den Kopf auf der Suche nach einer logischen Erklärung zerbrach, platzte ein hünenhafter Afroamerikaner in einem messerscharf gebügelten Anzug herein.

»Ich vermute, Sie sind der Neue«, sagte er. Er war mindestens zwei Meter groß und kam mit ausgestreckter Hand auf ihn zu. »Ich bin Special Agent Farley. Der Direktor hat mir aufgetragen, mich um Sie zu kümmern.«

»Äh, Stiller«, sagte Nico, während seine Hand in der riesenhaften Pranke des Mannes verschwand.

»Vor- oder Nachname?«, erkundigte sich Farley.

»Nachname. Mein Vorname ist Nico.«

»Ihre Sache«, entschied Farley. »Ich bin Ihr Sektionsleiter. Also bleiben Sie mir immer dicht auf den Fersen!«

Nico war froh, endlich aus diesem beklemmenden Verlies herauszukommen. Außerdem war er allmählich neugierig, welche Überraschungen noch auf ihn warteten. Also trottete er wie ein pflichtbewusstes Hündchen hinter dem Riesen her. Er folgte ihm durch einen in den Fels gehauenen Stollen, der an einer frisch gestrichenen Stahltür endete. Als sein Begleiter sie aufstieß, taumelte Nico einen Schritt zurück. Er riss die Hand hoch, um seine Augen vor der brutalen Helligkeit zu schützen. Neben sich hörte er den schwarzen Hünen lauthals lachen.

»Willkommen in New Mexico!«

15

Wann immer es ging, mischte sich Beta unter die Touristen, die Boston wie jedes Jahr im Sommer in Scharen bevölkerten. Die meisten von ihnen trugen geschmacklose Freizeitkleidung, und während sie an den gut gelaunten Menschen vorbeieilte, dachte sie mit einer Mischung aus Wehmut und Wut daran, dass sie vielleicht nicht mehr viele Sommer erleben würde. Vorausgesetzt, die winzigen Maschinen in ihrem Körper behielten recht. Aber vielleicht irrten sie sich ja auch. Neue Technik war bekanntlich anfällig, und sie hatte von Fällen gehört, in denen Leute durch einen Fehlalarm zu einer überflüssigen Behandlung genötigt worden waren. Erst neulich hatte es eine Diskussion darüber im Internet gegeben. Beta wurde langsamer. Ihre Füße brannten höllisch, in ihren hochhackigen Schuhen hatte sie sich längst Blasen gelaufen. Als sie an der Auslage eines Schuhgeschäfts vorbeikam, überlegte sie für einen kurzen Moment, ob sie nicht einfach hineinmarschieren sollte. Geld, um sich bequemere Schuhe zu kaufen, besaß sie schließlich. Aber dann verwarf sie den Gedanken wieder. Mit Sicherheit gab es in dem Geschäft Überwachungskameras, und sie hatte nicht die Absicht, ihren Verfolgern eine Steilvorlage zu geben. Ihre Chancen, aus der Stadt herauszukommen und es bis zum Treffpunkt zu schaffen, standen ohnehin schon eins zu hundert.

Als sie den Teenager auf der Mauer an der U-Bahn-Station sitzen sah, kam ihr ein Einfall. Das Mädchen war vielleicht fünfzehn Jahre alt und verbarg sich hinter einem Vorhang aus langen, extrem schwarzen Haaren.

Beta setzte sich neben sie auf die Mauer. Das Mädchen zeigte keine Reaktion, sondern spielte weiter mit seinem Smartphone. Erst jetzt bemerkte Beta die Ohrstöpsel. Sie zog an dem Kabel und die Stöpsel plumpsten in den Schoß des Teenagers.

»Ey! Bist du gaga, oder was?«

»Hast du Lust, dir ein paar Dollar zu verdienen?« Beta zog einen Schein aus dem Geldbündel, das sie aus Big Fives Schreibtisch hatte mitgehen lassen. »Zwanzig für dich, wenn du mir in dem Laden dahinten ein paar Joggingschuhe kaufst.«

Sie nickte über ihre Schulter. Das Mädchen strich sich eine fransige Strähne aus der Stirn und blinzelte sie misstrauisch an.

»… und meine Schuhe kriegst du dazu.« Beta streckte ihren Fuß aus.

»Kannste vergessen!«, sagte die Schwarzhaarige, nachdem sie die roten Pumps mit einem ebenso kurzen wie professionellen Blick begutachtet hatte. »Ich habe erst letzte Woche einen Gesundheitsverweis wegen meiner Plateautreter kassiert. Also lass mich in Ruhe!«

Beta zwang sich zur Geduld.

»Du musst sie ja nicht in der Schule anziehen«, schlug sie vor. »Also, was ist? Haben wir einen Deal?«

»Fünfzig.«

»Was?«

»Fünfzig für mich!«

»Du spinnst!«

»Dann kauf dir selber welche!«

Sie wollte sich die Stöpsel wieder in die Ohren stecken, aber Beta hinderte sie daran.

»Okay, okay, schon kapiert! Ich mach dir einen anderen Vorschlag: Ich gebe dir hundert, du kaufst mir die verdammten Schuhe und der Rest ist für dich!«

Zu gerne hätte sie dieser Halsabschneiderin die billige Zahnspange in den Hals gerammt.

»Einverstanden!«, sagte das Mädchen, ohne auch nur eine Sekunde zu zögern. Im Kopfrechnen war sie allem Anschein nach spitze.

Beta gab ihr das Geld. »Größe 39. Und keinen China-Mist, okay?«

Der Teenager zuckte mit den Achseln, rutschte von der Mauer und trabte los. Etwa zehn Minuten später kam sie mit den bestellten Schuhen zurück. Natürlich waren sie *Made in China*. Beta verkniff sich einen Kommentar. Stattdessen streifte sie sich die Pumps von ihren wunden Füßen. Die unbequemen Dinger endlich loszuwerden, war die reinste Wohltat. Dann schlüpfte sie in die Joggingschuhe und bewegte vorsichtig ihre verkrampften Zehen. Die Schuhe passten. Allerdings war das bei dem horrenden Preis auch das Mindeste, was man verlangen konnte. Sie schob dem Mädchen die roten Pumps zu.

»Die kannste behalten!«

Dann machte sie sich wieder auf den Weg. Wenn sie noch mehr derartige Geschäfte abschloss, würde sie nicht weit kommen. Sie nahm sich vor, ab sofort ihr Geld zusammenzuhalten. Sie hatte noch eine lange Reise vor sich; zudem wusste sie nicht, was sie am Ziel erwartete. Oder wie es danach weiterging. Die einzige Gewissheit, die sie hatte, bestand darin, dass die Polizei und Big Five hinter ihr her waren und irgendein Killer versuchte, sie umzubringen. Sie wechselte die Seite. Bis zur großen Ausfallstraße waren es nur noch wenige Blocks. Ein Fußmarsch von vielleicht zwanzig Minuten. Das konnte sie schaffen. Gleichzeitig hoffte sie, dass dieser Typ aus der Bar ihr keine Märchen erzählt hatte und wirklich eine Spedition in Newton besaß. Wenn nicht, brauchte sie einen neuen Plan, um aus Boston rauszukommen. Was Sebastian anging, so konnte sie ihm nur wünschen, dass er den Kopf einzog und sich aus allem heraushielt. Sie nahm die Fußgängerampel an der großen Kreuzung und wenig später hatte sie die Schnellstraße erreicht.

Als sie zufällig einen Lastwagen in die Tankstelle einbiegen sah, änderte sie jedoch ihre Pläne. Dem Schriftzug auf der Seitenplane nach gehörte der Lkw einer Baufirma aus Chicago.

Wenn sie es schaffte, in einem unbeobachteten Moment auf die Ladefläche zu klettern, brauchte sie vielleicht gar nicht bis nach Newton zu trampen. Lastwagen war Lastwagen. Hauptsache, er fuhr aus dieser verfluchten Stadt raus.

Sie überquerte die viel befahrene Stadtautobahn und näherte sich der Tankstelle. Der Lkw hatte nicht an einer der freien Zapfsäulen gehalten, sondern auf dem Parkstreifen. Umso besser, dachte Beta. Als der Fahrer in dem gläsernen Tankshop verschwand, umrundete sie unauffällig den Lastwagen und machte sich ans Werk. Allerdings musste sie schnell feststellen, dass das nicht so einfach war, wie sie gedacht hatte. Das Seil, mit dem die Abdeckplane an der Bordwand fixiert war, bestand aus einem steifen Plastikmaterial, die Knoten ließen sich nur schwer lösen. Sie versuchte es sogar mit den Zähnen. Plötzlich tippte ihr jemand von hinten auf die Schulter. Sie fuhr herum. Der Mann trug einen altmodischen Cordanzug und musterte sie argwöhnisch.

»Wollen Sie etwas stehlen?«, erkundigte er sich.

»Ich … ich wollte nur mitfahren«, stotterte Beta, während sie hastig einen Schritt zurücktrat. Auf dem vom Wetter und einem harten Arbeitsleben gezeichneten Gesicht des Mannes spiegelte sich Erstaunen, gepaart mit Argwohn. Für einen Cop war dieser Opa eindeutig zu alt, wie Beta zu ihrer Erleichterung erkannte.

»Es ist wegen meines Ex-Freunds«, improvisierte sie. »Er darf mich auf keinen Fall finden.«

Diese »Armes-Mädchen-braucht-starken-Beschützer«-Masche funktionierte bei älteren Männern noch immer am zuverlässigsten. Diesmal war es nicht anders. Der Alte entspannte sich merklich.

»Verstehe«, sagte er. Weiter kam er nicht, denn plötzlich erschien der Fahrer des Lkws. Unter seinem Arm klemmte ein Männermagazin, vor seinem voluminösen Bauch balancierte er mehrere Dosen mit Vitamingetränk und einen Turm aus abgepackten Sandwiches.

»Hey! Was macht ihr da?« Sein Blick fiel sofort auf den Seilknoten, an dem sich offenkundig jemand zu schaffen gemacht hatte. Der untersetzte Mann tat einen drohenden Schritt auf das ungleiche Paar zu, wobei er Mühe hatte, seinen Proviant im Gleichgewicht zu halten.

»Verschwinden Sie! Sonst rufe ich die Polizei!«

Der Fremde berührte Beta sanft am Ellbogen.

»Kommen Sie!«, sagte er, während er sie fortzog. »Vielleicht habe ich eine bessere Idee.«

Beta war zu perplex, um Widerstand zu leisten. Zudem war sie froh, nicht mit dem Lkw-Fahrer diskutieren zu müssen. Also ließ sie sich bereitwillig zu einem Wohnmobil führen, das etwas weiter hinten in der Parkbucht wartete.

»Wohin wollen Sie denn?«, erkundigte sich der Alte, ohne ihren Arm loszulassen. »Wir könnten Sie vielleicht mitnehmen. Das wäre in jedem Fall bequemer.«

»Ich will einfach nur aus der Stadt raus«, versicherte Beta vorsichtig. »Mehr nicht.«

»Und danach?«

»Danach sehe ich weiter. Vielleicht fahre ich nach Hause zu meinen Eltern.«

Die es nicht mehr gab.

»Und wo genau ist das?«, erkundigte sich der Fremde.

»Das geht Sie nichts an!« Beta blieb stehen und befreite sich aus dem Griff. Was wollte der Typ von ihr?

Ihr freundlicher Retter blieb ebenfalls stehen. Allerdings mehr aus Überraschung über die unerwartet heftige Reaktion.

»Keine Angst, das war nur eine Frage«, lachte er. »Kommen Sie! Wir haben noch jede Menge Platz.« Er ergriff erneut Betas Arm. »Wir sind auf dem Weg nach Michigan. Das ist auf alle Fälle nicht Boston. Also liegt es gewissermaßen auf Ihrem Weg. Oder wollen Sie lieber mit diesem Herrn dahin reisen?« Er nickte über die Schulter in Richtung des Lkw-Fahrers, der ihnen noch immer nachglotzte.

Als sie das Wohnmobil erreicht hatten, klopfte er an die Tür, woraufhin diese aufschwang und eine rüstige alte Frau den Kopf herausstreckte. Sie trug einen pinkfarbenen Jogginganzug und eine blonde Perücke, die vermuten ließ, dass sie vor einem Jahrhundert in Mode gewesen war. Sie bedachte Beta mit einem neugierigen Blick, aber bevor sie etwas sagen konnte, drängten sich zwei Kinder an ihr vorbei ins Freie. Es war nicht zu übersehen, dass der Junge und das Mädchen Zwillinge waren. Beta schätzte ihr Alter auf höchstens fünf Jahre.

»Opa! Opa! Dürfen wir uns ein Eis kaufen?«, rief das Mädchen freudig.

»Au ja!«, ergänzte ihr Bruder begeistert. »Ich will eins mit Schokolade!«

Die Zwillinge bedrängten ihren Großvater, aber der schüttelte den Kopf. »Kommt gar nicht infrage! Ihr wisst doch, dass Eis essen nur einmal in der Woche erlaubt ist!«, erklärte er streng. »Sonst kommt die Gesundheitspolizei und sperrt euch ein! Genauso wie im Fernsehen. Und dann dürft ihr nie wieder Eis essen!«

»Nie wieder?«, fragte das Mädchen ungläubig.

»Nie wieder!«, versicherte der Großvater. »Und eure Eltern müssen außerdem Strafe zahlen. Also steigt jetzt wieder ein! Sonst sind wir morgen noch hier.«

Nachdem die enttäuschten Kinder unter lautem Maulen zurück in den Wohnwagen geklettert waren, bemerkte er den fragenden Blick seiner Frau.

»Ach ja, ich habe ganz vergessen, unseren Gast vorzustellen«, sagte er und wies auf Beta, die stumm an seiner Seite stand. »Diese junge Frau hier, deren Namen ich leider noch nicht kenne, sucht eine Mitfahrgelegenheit. So wie ich das verstanden habe, hat sie ein kleines Problem mit ihrem Freund. Ich dachte mir, wir nehmen sie ein Stück mit. Was meinst du?«

Die anfängliche Skepsis der Frau war mit einem Mal wie weggeblasen.

»Aber natürlich!«, strahlte sie und gab den Weg frei. »Immer hereinspaziert! Wir haben noch eine lange Fahrt vor uns. Da können wir ein bisschen Abwechslung gut gebrauchen!«

Beta wusste nicht so recht, wie ihr geschah. Aber sie zwängte sich an der Frau vorbei die Trittstufe hinauf. Zu ihrer Überraschung herrschte im Inneren des Wohnmobils ein Chaos von apokalyptischen Ausmaßen. Überall lag verstreutes Spielzeug herum. Der Boden war mit Actionfiguren übersät, in den Ecken türmten sich aufgeschlagene Bilderbücher und benutzte Kartenspiele. Man hätte meinen können, hier sei ein Kindergarten um den halben Erdball gereist.

»Schaffen Sie sich einfach den Platz, den Sie brauchen!« Die Großmutter seufzte und reichte Beta die Hand. »Ich heiße übrigens Janet. Aber diesen Namen hasse ich. Er klingt so altbacken. Deshalb nennen mich alle nur Jen.«

»Michelle«, log Beta, während sie die gebrechliche Hand ergriff. Sie fühlte sich nach jeder Menge Handcreme an.

»Am besten, Sie ziehen erst einmal die Jacke aus. Warten Sie, ich helfe Ihnen!« Sie nahm Beta die Lederjacke ab und hängte sie an einen der wenigen freien Plätze. »Und jetzt machen Sie es sich ruhig bequem. Aber passen Sie auf Ihren Kopf auf! Hier ist alles ein wenig beengt!«

Mit einem fröhlichen Kichern kletterte sie neben ihrem Mann auf den Beifahrersitz.

»Willkommen an Bord!«, rief dieser über die Schulter hinweg und startete den Motor. Als er den Gang einlegte, krachte es fürchterlich und das Wohnmobil machte einen heftigen Satz. Eine Schachtel mit Spielfiguren rutschte vom Klapptisch und ergoss sich in den Innenraum. Dann rollte das Wohnmobil in einem lächerlich langsamen Tempo von dem Tankstellen-Parkplatz.

Die Zwillinge kauerten hinter dem Klapptisch und gafften Beta mit großen Augen an. Sie selbst fühlte sich in dieser reisenden Familienidylle schrecklich deplatziert. Auf der anderen Seite musste sie sich eingestehen, dass sie es gar nicht besser hätte antreffen können. Sie war vorerst in Sicherheit. Also entrümpelte sie eine Ecke auf der Sitzbank, indem sie die Stofftierpyramide kurzerhand beiseiteschob. Kaum hatte sie sich hinter den Plastiktisch gezwängt, erwachten die Zwillinge ihr gegenüber zum Leben. Sie glichen sich wie ein Ei dem anderen.

»Du siehst müde aus«, sagte das Mädchen, das die fremde Frau mit den kurzen roten Haaren mit kindlicher Neugier studierte. Bevor Beta ihre Verblüffung überwunden hatte und etwas erwidern konnte, platzte der Bruder dazwischen:

»Liest du uns was vor? Bitte! Lies uns was vor!«, quengelte er lautstark.

»Au ja!« Seine Schwester sprang ihm sofort zur Seite. »Am besten ›Die Geschichte von der Prinzessin und dem bösen Drachen‹!«

Sofort begann sie, in dem Bilderbuchhaufen zu wühlen, der sich neben ihr auf der Sitzbank türmte.

»Jetzt gebt endlich Ruhe!«, rief ihre Großmutter nach hinten. »Unser Gast hat vielleicht keine Lust auf eure Gruselgeschichten.«

»Aber die Geschichte ist gar nicht gruselig!«, protestierte das Mädchen entschlossen.

»Stimmt! Die ist cool!«, rief der Bruder und zappelte auf seinem Sitz hin und her.

»Schluss jetzt!«

Die Zwillinge zogen die Köpfe ein. Als ihre Großmutter sich wieder nach vorn gedreht hatte, lehnte sich der Junge verschwörerisch über den Tisch.

»Sollen wir dir ein Geheimnis verraten?«, flüsterte er Beta mit großen Augen zu.

»Von mir aus …«

»Da, wo wir hinfahren, gibt es auch böse Drachen!«

16

New Mexico? Nico benötigte einige Zeit, bis Hendersons Worte bis zu ihm durchgedrungen waren. Zwischen New Mexico und der Ostküste lagen gut zweitausend Meilen Luftlinie. Nun stellte er sich unweigerlich die bange Frage, wie lange er bewusstlos gewesen war. Während er Special Agent Farley über einen staubigen Platz folgte, schossen ihm noch tausend weitere Fragen durch den Kopf. Dennoch beschloss er, sich vorerst bedeckt zu halten, denn das Ganze kam ihm noch immer wie ein surrealer Traum vor. In Wahrheit rechnete er jeden Moment damit, dass irgendein Irrer aus seinem Versteck sprang und laut »Vorsicht, Kamera!« schrie. Aber nichts dergleichen geschah.

Abgesehen von der flirrenden Hitze, herrschte auf dem Gelände eine geradezu beängstigende Leere. Das ganze Areal wirkte wie ausgestorben. Links von ihm, in einigen Hundert Metern Entfernung, befand sich eine Art Flugzeughangar, etwas weiter gruppierte sich ein halbes Dutzend unscheinbarer Baracken rund um ein vierstöckiges Gebäude. Dahinter erstreckte sich ein fast leerer Parkplatz mit einem flachen Glasbau, der offenbar als Kantine diente. Das gesamte Gelände vermittelte den Eindruck, als sei hier ein nicht besonders erfolgreiches Unternehmen vom Himmel gefallen und zufällig mitten im Nichts gelandet. Lediglich die gigantischen, strahlend weißen Satellitenschüsseln, die hinter dem Hangar emporragten, passten nicht in das Bild eines gewöhnlichen Unternehmens. Ebenso wenig wie der meterhohe Sicherheitszaun, der das Gelände weiträumig umschloss. Im gleißenden Sonnenlicht konnte er zwar nur die Schemen der Sicherheitsleute am Tor erkennen, aber Nico war sich sicher, dass sie Hunde führten und automatische Waffen trugen. Wen sie am Betreten des Geländes hindern wollten, war ihm allerdings schleierhaft, denn jenseits des Hochsicherheitszauns erstreckte sich eine menschenleere Wüste. Die einzige Abwechslung in dieser staubigen Einöde stellte die Zufahrtsstraße dar, die auf das Tor zulief und deren schwarzes Asphaltband sich irgendwo hinter dem flimmernden Horizont verlor. Nicos geschultes Bewusstsein nahm all das in Sekundenschnelle wahr. Ebenso wenig war ihm entgangen, dass sein hünenhafter Begleiter eine Waffe unter seinem Jackett trug.

Als sie das Gebäude im Zentrum der Anlage erreicht hatten und es durch eine schmucklose Glastür betraten, traf Nico die jähe Kälte der Klimaanlage erneut wie ein Schlag in die Magengrube. Er fröstelte. Nicht zum ersten Mal fragte er sich, warum die Leute im Süden ihre Aircondition stets dazu benutzten, ihre Räume in Gefrierschränke zu verwandeln.

Farley musterte ihn. »Alles in Ordnung mit Ihnen?«

»Wo sind wir hier?«

Nico sah sich in der zweistöckigen Eingangshalle um und entdeckte viel polierten Stein. Vermutlich gehörte Marmor zur Grundausstattung jeder Firma, die etwas auf sich hielt. Ebenso wie die betörende Latino-Schönheit hinter dem Empfangstresen, die mit ihren Modelmaßen das perfekte Aushängeschild abgab. Zu Nicos Verwunderung tat sie so, als wären die beiden Neuankömmlinge Luft für sie. Erst als Farley ihr ein fröhliches Hallo zuträllerte, nickte sie geistesabwesend zurück.

»Falls Sie es jemals schaffen sollten, *Miss Unnahbar* ein Lächeln zu entlocken, verleihe ich Ihnen einen Orden!«, grummelte Farley. »Und zwar höchstpersönlich!«

»Sie haben meine Frage noch nicht beantwortet …«

Farley lockerte seinen Krawattenknoten. »Und die wäre?«

»Wo sind wir hier?«

Nico deutete auf den illuminierten Schriftzug über dem Empfangsbereich. ORBIT SERVICES. Daneben hing ein gerahmtes Schwarz-Weiß-Foto, auf dem sich ein weißhaariger Mann mit der Herrscherpose verstorbener Könige auf einen Gehstock stützte. Nico erkannte das Gesicht sofort, was nicht sonderlich schwer war, denn Wilhelm Decroix war oft genug in den Medien präsent. Schließlich galt der Milliardär als einer der erfolgreichsten Unternehmer und Selfmademen und wahrscheinlich gehörte diese merkwürdige Firma, in der es außer einer bildhübschen, aber mürrischen Empfangsdame keine Angestellten zu geben schien, ebenfalls zu seinem Imperium.

Als Nico seine Frage wiederholen wollte, musste er feststellen, dass Farley bereits auf den Fahrstuhl am Ende der Eingangshalle zusteuerte. Er eilte hinter ihm her.

»Halt, warten Sie! Wenn Sie mir schon nicht sagen wollen, was ich hier soll, können Sie mir wenigstens verraten, wer mich entführt hat. Waren Sie das?«

Farley betätigte den Fahrstuhlknopf. »Nein, diese Jobs erledigt ein Spezialteam. Vielleicht haben Sie die Leiterin des Teams, Agent Conelly, sogar kennengelernt.«

»Dunkle Locken, Mitte dreißig, ziemlich attraktiv?«

»Ich sehe, Sie haben!« Farley lächelte schmal. »Conelly ist eine Wucht in ihrem Job. Sie kriegt jeden.«

»Aber warum das Ganze? Ich meine, den Aufwand hätte man sich doch sparen können. Ich wäre nach der Vereidigung auch freiwillig mitgekommen. Man hätte mich nur fragen müssen.«

Ein leises Ping, die Fahrstuhltür glitt zu Seite.

»Ach, meinen Sie? Und wem hätten Sie in der Kantine anschließend davon erzählt? Ihrem Zimmergenossen vielleicht oder der hübschen Kollegin, der Sie schon immer imponieren wollten? Nein, das Risiko ist in unserem Fall zu hoch. Manche Dinge erfordern eben ungewöhnliche Maßnahmen.«

Farley betrat den Fahrstuhl. Nico tat es ihm nach.

»Das verstehe ich nicht. Wir arbeiten doch alle für das FBI. Oder habe ich da etwas verpasst?«

»Nein, natürlich nicht. Wir ziehen alle an einem Strang. Mit dem einzigen Unterschied, dass die anderen nichts von uns wissen. Sie müssen zugeben: Ihr ›Rauswurf‹ an der Academy ist eine perfekte Tarnung. Von nun an bringt Sie niemand mehr mit dem FBI in Verbindung. Jeder hält Sie für einen gescheiterten Zivilisten, folglich interessiert sich auch niemand für Sie. Damit sind Sie aus der Schusslinie.«

»Und wer ist der Schütze?«

»Jeder, der etwas Schlechtes gegen unser Land im Schilde führt.«

Farley hielt seinen Unterarm mit dem implantierten Bio-Chip vor einen Scanner und wartete, bis sich der Fahrstuhl in Bewegung setzte. Dann wandte er sich mit ernster Miene an Nico: »Hören Sie, ich will es kurz machen: Offiziell gibt es uns gar nicht. Wir existieren nicht. Weder Sie noch ich, diese Firma hier oder unsere Abteilung. Wir sind Geister, wenn Sie so wollen. Streng genommen weiß nicht einmal der Präsident, dass es uns gibt. Ganz zu schweigen von Kongress und Senat.«

Nico machte ein ungläubiges Gesicht.

»Keine Angst«, sagte Farley. »Wir sind noch immer die Guten. Wir sind die unsichtbaren Engel, die die Nation und den Präsidenten vor der Welt da draußen beschützen.«

Der Fahrstuhl glitt weiter abwärts. Dass das FBI ohne das Wissen der Öffentlichkeit verdeckte Operationen durchführte, erstaunte Nico keineswegs. Das hielt er für eine Selbstverständlichkeit, ohne die Geheimdienstarbeit nicht funktionieren würde. Aber eine ganze Abteilung, von deren Existenz nicht einmal der Präsident etwas wusste? Nico war gespannt, welche Enthüllungen noch auf ihn warteten. Gleichzeitig verspürte er ein gewisses Hochgefühl. Was immer seine Aufgabe sein sollte, man hatte ihn ausgewählt, und sie nahmen sicher nur die Besten und Zuverlässigsten. Je mehr er darüber nachdachte, desto mehr erfüllte ihn der Gedanke mit Stolz. Genau das hatte er sich am Grab seines Vaters geschworen. Er würde das Böse bekämpfen und dem Guten zum Sieg verhelfen.

Der Fahrstuhl kam mit einem lautlosen Ruck zum Stehen. Die Tür glitt sanft zur Seite, aber der schwarze Hüne ignorierte es. Stattdessen fuhr er mit ernster Miene fort:

»Ich weiß nicht, ob Ihnen Henderson bei dem Gespräch vorhin klargemacht hat, welche Bedeutung unsere Aufgabe hat. Ich weiß auch nicht, ob Sie gelesen haben, was Sie unterschrieben haben. Aber wie Sie am eigenen Leib erfahren haben, betreiben wir hier jede Menge Aufwand, damit niemand von uns und unserer Arbeit erfährt. Unsichtbarkeit ist unsere größte Waffe. Sollten Sie also jemals den Fehler begehen, irgendjemandem gegenüber auch nur ein Sterbenswörtchen über das zu verlieren, was Sie hier tun, sind Sie erledigt. Dann werden wir Sie sozusagen mit Ihrer schriftlichen Einwilligung eliminieren. Und glauben Sie mir: Wir werden Sie bis ans Ende der Welt jagen und nicht davor zurückschrecken, einen internationalen Konflikt anzuzetteln, um Sie zu erwischen. Und dann werde ich Ihnen eigenhändig eine Kugel in den Kopf jagen!« Farley stieß seinen Zeigefinger hart gegen Nicos Schulter. »Geht das in Ihr unterbelichtetes Agentenhirn?«

Nico schluckte, was der Hüne offenbar als Zustimmung deutete, denn er stieß ein zufriedenes Grunzen aus.

»Gut, dann verstehen wir uns ja«, sagte er. »Aber denken Sie immer daran: Ich werde niemals zulassen, dass einer meiner Jungs zu einem neuen Snowden-Arsch wird!‹ Wie zum Nachdruck legte er seine riesige Pranke auf Nicos noch immer schmerzende Schulter, dann erschien von einer Sekunde zur anderen ein Lächeln auf seinem kantigen Gesicht.

»So, ab jetzt bin ich wieder der nette Onkel.« Er gab Nico einen versöhnlichen Klaps, der ihn beinahe von den Beinen holte. »Kommen Sie, ich zeige Ihnen Ihren neuen Arbeitsplatz!«

BUCH II
DER AUFTRAG

17

Als Nico aus dem Fahrstuhl trat, rieb er sich verwundert die Augen. Er stand auf einer erhöhten Plattform und blickte in eine mit modernster Technik ausgestattete Halle hinab. Die gesamte Einrichtung erinnerte an ein unter die Erde versenktes Raumfahrtzentrum. Bis zur Decke reichende Monitorwände, gewaltige Serverblöcke, dazu lange Reihen von einzelnen, durch halbhohe Wände abgetrennte Terminals, an denen Männer wie Frauen in ihre Arbeit vertieft waren. Der Bau musste Unsummen verschlungen haben.

»Von der Existenz dieser Einrichtung wissen nur wenige Auserwählte«, erklärte sein Begleiter nicht ohne Stolz. »Und noch weniger bekommen TROJA je zu Gesicht.«

Farley trat neben Nico an das Metallgeländer der etwa drei Meter hohen Plattform. »Und Sie, Agent Stiller, gehören ab jetzt dazu. Ich hoffe, Sie sind sich dieser Ehre bewusst!«

»TROJA?«, hakte Nico neugierig nach. Hatte dieser Henderson nicht denselben Begriff benutzt?

»So lautet das Codewort für die derzeit geheimste Einrichtung der Vereinigten Staaten«, sagte Farley. »Ein sehr passendes, wie Sie bald feststellen werden.«

Die geballte Technik und die Dimension der unterirdischen Anlage beeindruckten Nico.

»Und wozu dient diese geheimste aller geheimen Einrichtungen?«, wollte er wissen.

»Wie ich schon sagte: Wir jagen die Bösen.«

»Im Weltall?«

Auf einem der übergroßen Bildschirme im Raum waren die Umlaufbahnen von unzähligen Satelliten als farbige Linien abgebildet.

»Nein, hiermit!« Farley zeigte sein linkes Handgelenk mit dem implantierten Bio-Chip. »Sie werden staunen, wozu unsere winzigen Aufpasser in der Lage sind.«

Unbewusst fuhr Nico über die Stelle, an der auch bei ihm der Steuerchip für die Nanobots eingepflanzt war.

»Aber ich dachte, das Auslesen der Chips darf aus Datenschutzgründen nur ein Arzt vornehmen«, wandte er vorsichtig ein. »Wurde da nicht erst vor einem halben Jahr ein entsprechendes Gesetz verabschiedet?«

Nicht dass ihn das sonderlich interessiert hätte. Er hielt das ganze Theater um den Datenschutz ohnehin für pure Hysterie und Panikmache.

»Wer redet denn vom Auslesen der Biodaten?« Farley lächelte, als würde ihn so viel Naivität amüsieren. »Nein, glauben Sie mir: Diese winzigen Dinger in Ihrem Körper können viel mehr. Kommen Sie, ich werde es Ihnen zeigen!«

Er führte Nico durch die Reihen der abgetrennten Terminals. Die Männer und Frauen, die hinter den halbhohen Trennwänden nicht wie gebannt auf die Bildschirme vor ihnen starrten, warfen Nico neugierige Blicke zu. Dann blieb Agent Farley so plötzlich vor einem der Terminals stehen, dass Nico beinahe in ihn hineingelaufen wäre. In der Parzelle saß ein Agent vor den Bildschirmen und drehte ihnen den Rücken zu.

»Darf ich vorstellen: Special Agent Davis. Ihr neuer Partner!«, sagte Farley. Er klopfte dem jungen Mann auf die Schulter, woraufhin sich dieser den Kopfhörer herunterriss. Trotz seines grobschlächtigen Aussehens war er Nico auf Anhieb sympathisch. Aus seinem Hörer schepperte überlaute Rockmusik.

»Du bist also der Neue!«, sagte Davis, nachdem er sich von dem Schreck erholt hatte. Er erhob sich und gab Nico die Hand. »Hi. Ich bin Tom.«

Sein längliches Gesicht verlieh ihm die Gutmütigkeit eines Pferdes, doch als Nico seine ausgestreckte Hand ergriff, hatte er das Gefühl, versehentlich in einen Schraubstock geraten zu sein.

»Nico. Nico Stiller«, stöhnte er, während er versuchte, seine Finger zu retten.

»Ich weiß, der Sohn von dem berühmten Typen, den sie in tausend Stücke gebombt haben. Jeder hier kennt die Story.«

»Ach ja? Und wie komme ich zu dieser zweifelhaften Ehre?«, erwiderte Nico kühl. Er rieb sich seine befreite Hand.

»Ganz einfach«, erklärte Davis mit einer Geste, die den

gesamten Raum einschloss. »Wir wissen alles! TROJA kennt keine Geheimnisse, stimmt's, Farley?« Er zwinkerte seinem Vorgesetzten verschwörerisch zu.

Zu Nicos Überraschung ging dieser nicht auf die Spitze ein. Stattdessen knurrte er lediglich: »Dieses vorlaute Klatschweib wird Ihnen alles Weitere erklären.« Und an Davis gewandt: »Du bist ab jetzt verantwortlich dafür, dass er so schnell wie möglich einsatzbereit ist! Ich gebe dir genau vierundzwanzig Stunden dafür!«

Damit ließ er Nico mit seinem neuen Partner allein.

»Setz dich erst einmal!«, forderte ihn Davis auf. »Ich beginne gerade meine Schicht.«

Er zog einen der zwei noch leeren Stühle heran.

»Wie ich sehe, hast du den *Transport* unbeschadet überstanden. Ehrlich gesagt sind wir alle hier der Meinung, dass diese Kidnappingnummer ausgemachter Schwachsinn ist. Aber Sturköpfe wie unser schwarzer Herkules sind der Meinung, es wäre ein schöner Test.«

»Ein Test?« Nico glaubte, sich verhört zu haben. Auf die Erfahrungen, die er in den letzten Stunden gemacht hatte, hätte er wirklich verzichten können. Inklusive der stinkenden Kapuze.

»Es geht um Nerven«, erklärte Davis. »Du kannst es auch Stresstest nennen. Und eines kann ich dir versprechen: Nerven kannst du in dem Laden hier wirklich gebrauchen!«

»Haben sie mit dir das Gleiche gemacht? Ich meine, haben sie dich ebenfalls gekidnappt?«

Davis runzelte die Stirn. »Ich war gerade auf dem Weg zu

meiner Verlobten. Sie weiß bis heute nicht, warum ich nie angekommen bin.«

»Aber das ist …« Nico suchte nach den richtigen Worten.

»Unmenschlich?«, sprang ihm Davis bei. »Glaub mir, das finde ich auch! Das wird sie mir nie verzeihen.« Er lachte bitter. »Aber was soll's? Wir alle hier haben Hendersons beschissenes Papier unterschrieben. Jetzt lassen sie uns nicht mal vom Gelände!«

»Wir sind hier eingesperrt?«, fragte Nico ungläubig.

»Okay, ab und zu können wir mit dem Shuttlebus nach Santa Fe. Aber natürlich nie allein! Insofern kommt es dem Eingesperrtsein ziemlich nahe.« Davis zuckte mit den Schultern.

Nico war mehr als irritiert. Sicher, er war bereit, seinem Land zu dienen und auch harte Opfer zu bringen, aber sich einsperren zu lassen, war eine ganz andere Sache. Jetzt ärgerte er sich, das Papier unterschrieben zu haben, ohne es vorher aufmerksam zu lesen.

»Ist das nicht ein kleines bisschen übertrieben?«, merkte er zögernd an.

»Nenn es, wie du willst!«, zischte Davis leise, während er über die Trennwand lugte, um sich zu vergewissern, dass niemand lauschte. »*Ich* nenne es totale Paranoia. Die haben einfach eine Heidenangst, dass der ganze Laden hier auffliegt.«

»Aber das FBI ist doch nicht die einzige Behörde der Vereinigten Staaten, die eine geheime Abteilung unterhält«, wandte Nico ein. Die respektlose Art und Weise, in der Davis über das FBI redete, störte ihn zunehmend. »Das weiß immerhin jedes Schulkind. Selbst die Regierung führt Operationen im Geheimen durch. Warum also nicht auch wir?«

»Niemand hat behauptet, dass wir zum FBI gehören«, erwiderte Davis. »Farley war zum Beispiel vorher bei der CIA, ich selbst bei der NSA. Diese Einrichtung hier gehört niemandem. Oder allen, wenn du so willst.«

Er verstummte und begann, seinen Arbeitsplatz nach etwas abzusuchen. Nachdem er fündig geworden war, nahm er den Faden wieder auf. »Ich vermute, du hast nicht die geringste Ahnung, was deine zukünftige Aufgabe ist …«

»Nein«, gestand Nico. »Nur, dass es sich um ein geheimes Programm mit Decknamen TROJA handelt. Und dass es irgendwie mit den Bio-Chips zu tun hat. Mehr weiß ich nicht.«

Davis starrte ihn verblüfft an. »Du hast bereits davon gehört?«

»Das erste Mal war vor zehn Minuten«, beruhigte ihn Nico. »Der Agent, der mich hergebracht hat, hat mir gegenüber die Chips erwähnt.«

»Ach so!« Davis schien merkwürdig beruhigt. »Wenn Farley seine Klappe nicht hält, ist das seine Sache. Er ist schließlich der Boss.« Er beugte sich näher zu Nico und raunte leise: »Nimm dich vor ihm in Acht! Er ist nicht halb so dumm, wie er aussieht!«

Das Verhalten seines neuen Partners irritierte Nico mehr und mehr. Allmählich fragte er sich, wer hier unter Paranoia litt. »Können wir nicht endlich zur Sache kommen?«, versuchte er, das Thema zu wechseln. »Was ist meine Aufgabe? Was genau passiert hier?«

Damit meinte er die vielen Computerterminals, die sich rechts und links hinter Trennwänden befanden. Dafür, dass fast alle besetzt waren, ging es in der imposanten unterirdischen Halle verhältnismäßig ruhig zu.

Davis strich sich über sein glatt rasiertes Kinn und verzog dabei sein Pferdegesicht, als würde er nachdenken. Dann reichte er Nico einen Computerausdruck. Es handelte sich um eine Liste mit Namen, hinter einigen standen ID-Nummern, Adressen oder der letzte bekannte Aufenthaltsort.

»Das ist unser Allerheiligstes«, fügte Davis erklärend hinzu. »Die Liste mit unseren Zielen.«

»Überwachen wir die etwa allein?« Nico überschlug die Namen und kam auf etwa dreißig.

»Nein, natürlich nicht!«, erläuterte Davis. Er wirkte belustigt. »Für jede Zielperson ist ein Team zuständig. Wir sind jeweils zu dritt. Stephen, unser dritter Mann, hat gerade seine Freischicht.«

Drei Leute pro Team bedeutete eine Rund-um-die-Uhr-Überwachung, kombinierte Nico blitzschnell. »Und wer legt fest, wer auf der Liste steht?«, wollte er wissen. »Das FBI?«

Davis zuckte mit den Achseln. »Was weiß ich? Die Namen werden ständig aktualisiert. Mal sind es mehr, mal sind es weniger.«

Er stieß sich mit beiden Füßen ab und rollte zu seinem Terminal, um ihn per Stimmbefehl zu aktivieren. Die Bildschirmreihe erwachte aus dem Standby-Modus.

»Unsere bescheidene Aufgabe besteht lediglich im sogenannten *Tracking*«, fuhr Davis fort. »Wir schleichen uns in das Leben der Verdächtigen, ohne dass sie es merken. Wir sind eine Art moderne Geister. Kleine Vorführung gefällig?«

Nico nickte.

»Okay. Dann wollen wir mal!« Davis rieb sich die Hände. *»Zielperson aufrufen!«*

Sofort erschien auf dem Monitor zu seiner Linken das Fahndungsfoto einer zierlichen jungen Frau mit knallrot gefärbten Haaren. Für Nico sah sie wie einer dieser Vintage-Punks aus, die bevorzugt auf öffentlichen Plätzen herumlungerten. Er war gespannt darauf zu erfahren, wie sie es auf die exklusive Liste des FBI geschafft hatte.

»Ihr Name lautet Matsui, Vorname: Beta«, erläuterte Davis. »Zwanzig Jahre, geboren in Fayette, Alabama. Einstufung in Kategorie neun. Die junge Dame ist gegenwärtig das Objekt unseres Interesses.«

»Kategorie neun?«

»Terroristischer Hintergrund.«

Nico beugte sich über die Schulter seines Partners und betrachtete das Foto.

»Besonders gefährlich sieht sie nicht aus«, befand er. »Eher unglücklich.«

»Willst du die Kleine persönlich kennenlernen?« Davis tippte einen Code auf der in die Tischplatte integrierten Tastatur. Auf dem Monitor unmittelbar vor ihm wurden flimmernde Streifen sichtbar, nach und nach entstand daraus das grobkörnige Gesicht eines kleinen Jungen. Er bewegte aufgeregt seinen Mund, aber was aus dem heraussprudelte, war nicht zu hören. Die schwarz-weißen Aufnahmen blieben stumm.

Dann sprang die subjektive Kamera blitzartig auf ein weiteres Gesicht. Es gehörte einem kleinen Mädchen, offenkundig die Zwillingsschwester des Jungen.

»Was ist das für ein Film?«, fragte Nico, ohne den Blick von dem Bildschirm abzuwenden. »Seit wann interessieren wir uns für Kinder?«

Verblüfft nahm er zur Kenntnis, dass er sich bereits als Teil des Teams fühlte.

»Die Kinder interessieren uns nicht«, sagte Davis nüchtern. »Was uns interessiert, ist die Person, die sie ansieht.«

Nico stockte. »Willst du damit sagen …«

Davis schmunzelte. »Exakt. Wir sehen durch ihre Augen. In Echtzeit und eins zu eins. Die Bilder werden allerdings von einer entsprechenden Software gefiltert und beruhigt. Sonst würde uns beim Zuschauen durch die schnellen Augenbewegungen kotzübel.«

»Wie ist das möglich?«, staunte Nico. »Ich meine, wie kann man durch die Augen eines fremden Menschen sehen, ohne dass er etwas davon mitbekommt?«

»Willst du die Kurzfassung für Laien?«

»Würde mir fürs Erste genügen …«

»Also gut, im Grunde ist es ganz simpel«, begann Davis. »Wir bringen die Nanobots im Körper der jeweiligen Zielperson dazu, sich an ihren Sehnerv zu koppeln und die elektrischen Impulse zu kopieren, die das Auge an das Gehirn schickt. Diese senden sie dann an den implantierten Bio-Chip, der sie wiederum via Satellit an einen unserer zentralen Server weiterleitet. Das war's.«

Er nickte in Richtung der turmhohen Serverblöcke, die in einem klimatisierten Raum aus Panzerglas die gesamte Rückwand der unterirdischen Halle einnahmen.

»Dahinten werden die Signale anschließend mithilfe eines Computerprogramms Pixel für Pixel zu einem Bild zusammengesetzt. In unserem menschlichen Gehirn passiert nichts anderes. Wir zapfen nur ein bisschen die Leitung an.«

Nico starrte noch immer fasziniert auf den Bildschirm mit den verpixelten Kindergesichtern. Das Mädchen knabberte verzückt an etwas Länglichem. Wahrscheinlich eine Karotte.

»Und das ist noch nicht alles«, fuhr Davis fort. »Auch wenn es in der Öffentlichkeit bislang nicht bekannt ist – wir haben schon heute via Satellit einen direkten Zugriff auf jeden einzelnen implantierten Bio-Chip. Mit anderen Worten: Wir können uns jederzeit bei unserer Zielperson ›einklinken‹ – wann immer wir wollen und egal bei wem. Solange er Nanobots im Körper hat – und das hat meines Wissens jeder Bürger dieses Landes –, können wir ihm heimlich über die Schulter sehen. Wir sind immer mit dabei und doch unsichtbar. Darüber hinaus eignen sich die Bio-Chips hervorragend dazu, den Aufenthaltsort der jeweiligen Zielperson zu bestimmen und entsprechende 24-Stunden-Bewegungsprofile zu erstellen.«

Davis erweckte den nächsten Monitor per Sprachbefehl zum Leben. Auf ihm erschien eine Landkarte mit einem blinkenden Icon samt den dazugehörigen Koordinaten.

»Es bewegt sich«, stellte Nico überflüssigerweise fest.

»Unsere Süße ist auf der Flucht«, klärte ihn Davis auf. »Stephen war den ganzen Tag an ihr dran.«

Er öffnete eine Textdatei und überflog den Inhalt.

»Laut seinem Protokoll hat sie Boston gegen 13 Uhr verlassen.«

Anschließend zoomte er die elektronische Karte größer.

»So wie es aussieht, befindet sich unsere Zielperson im Moment auf dem Massachusetts Turnpike. Richtung Westen.«

18

Trotz ihrer bleiernen Müdigkeit gelang es Beta nicht, wenigstens für ein paar Minuten abzuschalten. Zum einen waren daran die Zwillinge schuld, die sich ihr gegenüber auf die Sitzbank des Wohnmobils quetschten und sie unermüdlich mit Fragen bombardierten. Zum anderen lag es an ihren ständigen Kopfschmerzen. Dabei fühlte sie sich zum ersten Mal seit ihrer Flucht aus Boston halbwegs sicher. An der Mautstation hatte sich niemand für sie interessiert und auch die alten Leutchen waren bislang wirklich nett zu ihr. Während einer Rast war sie sogar zum Abendessen eingeladen worden.

»Hast du eine Freundin?«, bohrte das Mädchen weiter und biss in eine Protein-Möhre.

»Nein.«

»Und warum nicht?«

»Weil ich keine habe. Ganz einfach!«

»Dann bin *ich* deine Freundin!«, entschied sie. »Aber du musst mit mir ein Spiel spielen! Ich lasse dich auch gewinnen!«

Für ihre fünf Jahre war die Kleine entschieden zu selbstbewusst, wie Beta nicht zum ersten Mal feststellte.

»Ich habe wirklich keine Lust auf Computerspiele«, stöhnte sie. »Außerdem bin ich müde.«

Sofort begann ihr Bruder damit, ein populäres Kinderlied zu trällern:

»NaNo/NaNo – NaNa/NaNa
Wir sind deine Freunde und
machen dich gesund!«

»Jetzt lasst mich endlich in Frieden!«, zischte Beta leise, damit es die Großeltern vorn im Wohnmobil nicht hörten. »Ich muss mich ausruhen.«

»Ich muss mich nie ausruhen«, brüstete sich der Junge daraufhin lautstark. Er stand seiner Schwester in Sachen Unverfrorenheit in nichts nach. »Ich bin nämlich Superman. Magst du Superman? Ich kenne alle Geschichten! Ehrlich.«

»Klar kenne ich Superman!«, sagte Beta. Offenbar waren die altmodischen Helden aus der Jugendzeit ihres Vaters tatsächlich unsterblich. »Aber der Superman, den ich kenne, sieht ganz anders aus als du. Er ist viel größer!«

Sie wusste, dass das gemein war, aber wenn sie weiterhin die nette Tante spielte, ließen die Plagegeister wahrscheinlich nie von ihr ab. Der Junge starrte sie an, dann sammelten sich in seinen Augen dicke Tränen.

»Genau, das finde ich auch!«, pflichtete ihr seine Schwester bei. Sie hatte die Gunst der Stunde erkannt. »Außerdem hat er einen schönen Umhang! Und du hast keinen!«

»Ihr seid beide doof!«, schrie der Junge. Dann krabbelte

er heulend zu seiner Oma auf den Beifahrersitz des Wohnmobils.

»Was ist dahinten los?«, erkundigte sich sein Großvater, während er gleichzeitig zum Überholen ansetzte. Kaum hatte er das Manöver mit dem schwerfälligen Gefährt gemeistert, da zwang ihn ein heranschießender Sportwagen, wieder einzuscheren.

»Rindvieh!«, schimpfte er, während der Porsche an ihm vorbeidonnerte. »Hol dich doch der Teufel!«

19

Fasziniert beobachtete Nico das Geschehen auf dem Bildschirm. Erst ein wutverzerrtes Kindergesicht, dann schnellte die subjektive Kamera durch den Raum und fing das Gesicht eines vom Leben gezeichneten Mannes ein. Offenbar der Großvater des Jungen, der am Steuer des Wohnmobils saß. Mit der Zeit gewöhnte man sich sogar an die mäßige Qualität der Schwarz-Weiß-Aufnahmen und den mitunter abrupten Blickwechsel.

Nicos Herz schlug schneller. Zu wissen, dass man durch die Augen eines fremden Menschen hindurch sah, dass man sehen konnte, was er sah, und dies, ohne dass er etwas davon ahnte, vermittelte ihm ein beschämendes und zugleich unbeschreiblich überlegenes Gefühl. Trotz seiner fehlenden Erfahrung wusste er nach seiner Ausbildung in Quantico genug, um die ungeheuren Möglichkeiten der neuen Technik allmählich zu begreifen. Warum sich länger mit passwortgeschützten Daten und verschlüsselten Kommunikationsleitungen herumschlagen, wenn man die Quelle direkt anzapfen konnte? Wenn man ihr beim Eingeben des Codes quasi über die Schulter sehen konnte? Und das, ohne eine einzige Spur zu hinterlassen? Niemand konnte mehr etwas tun, ohne Gefahr zu laufen, dabei heimlich beobachtet zu werden.

Die neuen Möglichkeiten katapultierten die Arbeit der Nachrichtendienste und der Ermittlungsbehörden in eine völlig andere Dimension. Nico war begeistert. Verglichen damit war das Ausspähen des Internets endgültig Schnee von gestern. Zumal es schon lange keinen ernst zu nehmenden Kriminellen oder Terroristen mehr gab, der seine Pläne sozialen Netzwerken anvertraute oder per E-Mail darüber plauderte. Heutzutage wurde jedes Kind über die »Gefahren« des Netzes aufgeklärt.

»Ist bekannt, wer der Alte hinter dem Steuer ist?«, erkundigte er sich.

Auf dem Monitor war nicht nur ihre Zielperson als Icon dargestellt, auch die anderen Personen in dem Wohnmobil waren mit nummerierten Symbolen versehen.

»Das haben wir gleich!« Davis klickte auf eines der Symbole. »Das System hat das sicher schon gecheckt. Alle Personen, die sich unserer Zielperson auf weniger als drei Meter nähern und einen Chip tragen, werden automatisch erfasst. Damit ist die Identifizierung ein Kinderspiel. Ein Klick genügt. Eine überaus nützliche Sache, wie du noch merken wirst!«

Eine Datei öffnete sich.

»Hier!«, fuhr er fort. »So wie es aussieht, handelt es sich um eine reine Zufallsbekanntschaft.« Davis überflog den Text und gab den Inhalt für Nico wieder: »Der Name des Alten ist Henry McKenzie, 76, wohnhaft in Virginia. Ehemaliger Bauunternehmer. Die Frau auf dem Beifahrersitz ist seine Ehefrau Janet, geborene Holzer. Seit fünfundfünfzig Jahren verheiratet. Beide Rentner. Sie hat starkes Rheuma, er Nierenkrebs im Endstadium. Die Lebensversicherung wurde bereits vor Jahren ausgezahlt. Am 3. April haben die beiden bei ihrer örtlichen Bank einen Kredit beantragt, der nicht bewilligt wurde. Er trinkt offenbar bevorzugt ausländisches Bier, was er jeden Freitag im gleichen Supermarkt einkauft. Die beiden haben eine gemeinsame Tochter. Zurzeit arbeitet sie als Schreibkraft in einem Büro, davor als Krankenschwester. Besucht eine Selbsthilfegruppe für Angehörige von Alkoholikern. Anscheinend trinkt der Schwiegersohn, zumindest ist er bereits mehrfach wegen Verstößen gegen die allgemeine Gesundheitspflicht belangt worden. Ach ja: Laut den besuchten Internetseiten interessiert sich die Tochter für Affen.«

»Affen?«

»Ja. Sie ist Mitglied in diversen Tierschutzorganisationen. Ansonsten ist sie politisch nicht aktiv. Zumindest ist uns nichts bekannt.«

Nico war fasziniert. Offenkundig sammelte das System Informationen aus allen verfügbaren Datenbanken. Nico starrte weiter gebannt auf den Monitor. Die Kamera schwebte durch das Wohnmobil, Sekunden später veränderte sich das Licht und eine Wand rückte bedrohlich nahe. Nico zuckte unwillkürlich zurück. »Sie ist auf der Toilette«, bemerkte Davis ungefragt.

Gemeinsam beobachteten sie, wie sich die Kamera im Kreis drehte und vor einem integrierten Wandspiegel zum Halten kam. Nico schrak zusammen, als er plötzlich dem Blick im Spiegel begegnete. Zum ersten Mal sah er das Gesicht ihrer Zielperson. Das sterile Polizeifoto, das Davis ihm vor wenigen Minuten gezeigt hatte, besaß wie gewöhnlich nur wenig Ähnlichkeit mit der realen Person. In Wirklichkeit hatte die junge Frau überraschend zarte Gesichtszüge. Ohne diese schreckliche Frisur wäre sie sogar hübsch gewesen.

»Dafür, dass man ihrer Freundin die Kehle durchgeschnitten hat, wirkt sie ziemlich fit«, merkte Davis an.

»Was genau ist passiert?« Nico fühlte sich wie ein richtiger Ermittler.

»Du meinst, mit ihrer Freundin? Ihr wurde die Kehle durchgeschnitten. Und danach hat der Irre das Haus abgefackelt. Ziemlich hässliche Sache.«

»Hat sie etwas damit zu tun?«, wollte Nico wissen, während er weiterhin den Bildschirm beobachtete.

»Wer weiß das schon?«, erwiderte Davis ausweichend. »Vielleicht ja, vielleicht aber auch nicht. Sie hat es zumindest nicht selbst getan, das hätten wir mitbekommen. Abgesehen davon ist das nicht unser Bier. Unser Job ist Rund-um-die-Uhr-Überwachung: Wo hält sich die Zielperson auf, welche Wege nimmt sie, mit wem trifft sie sich, welche Telefonnummern tippt sie, welche Kontonummern benutzt sie, mit wem geht sie ins Bett – einfach alles. Wen wir einmal ins Fadenkreuz nehmen, der verliert jegliche Privat– und Intimsphäre. Wir machen ihn zu dem sprichwörtlich gläsernen Menschen und diesmal im wahrsten Sinne des Wortes. Ich vermute, diesem Decroix haben sie längst einen fetten Orden verliehen. Vorausgesetzt, er weiß überhaupt, welche Dienste uns seine kleinen Dinger leisten.«

»Und wohin liefern wir die Ergebnisse? Ich meine, die fertigen Überwachungsprotokolle?«

»Vermutlich an den, der die Anfrage an uns gestellt hat. Was die dann damit machen, interessiert uns nicht mehr. Wir sammeln lediglich Informationen über die Zielperson, werten sie aus und reichen sie weiter.«

Nico betrachtete den Bildschirm, der nach einer Minute des Stillstands wieder in Bewegung geraten war. Die Spitzen zweier Joggingschuhe erschienen, eine heruntergelassene Hose wurde hochgezogen, kurz darauf betätigte ein Zeigefinger den Spülknopf. Nico fühlte sich wie ein schäbiger Voyeur, gleichzeitig konnte er seinen Blick einfach nicht abwenden.

»Könnte man das auch mit mir machen?«, wollte er wissen. Diese Frage brannte ihm schon seit geraumer Zeit auf den Nägeln.

»Du meinst, den Bio-Chip anzapfen und deine Nanobots umprogrammieren?« Davis lachte und wies über die niedrige Trennwand hinweg in die Halle. »Wer weiß, vielleicht sitzt dir ja gerade ein Team von uns im Nacken. Besser, du vergisst das nicht, wenn du das nächste Mal pinkeln gehst: Niemals nach unten schauen!«

20

Als Beta die enge Toilette des Wohnmobils wieder verließ, stellte sie erleichtert fest, dass der Junge auf dem Arm seiner Großmutter eingeschlafen war. Seine Zwillingsschwester war wiederum nur unter der Androhung, nie wieder in den Urlaub mitgenommen zu werden, dazu zu bewegen, in ihre Koje zu krabbeln. Aber am Ende gehorchte auch sie und wenig später waren beide Kinder eingeschlafen. Endlich Ruhe!

Nachdem Beta noch ein wenig mit den alten Leuten geplaudert hatte, die die Nacht durchfahren wollten, machte sie es sich, so gut es ging, auf der schmalen Sitzbank zwischen dem Spielzeug bequem. Sie versuchte, ein wenig zu schlafen, aber sie konnte einfach nicht abschalten. Am Ende gab sie auf. Sie rieb sich ihre brennenden Augen und sah in die Nacht hinaus. Die Lichtkegel der entgegenkommenden Autos huschten vorbei, verloren sich in der Dunkelheit. Sie fragte sich, was sie als Nächstes tun sollte. Wenn Sebastian in dieser Minute bei ihr gewesen wäre, hätte sie ihn um Rat gefragt. Was nicht hieß, dass sie diesen auch befolgt hätte, aber sie hätte immerhin jemanden fragen können. Als sie sich vorzustellen versuchte, wie er auf der Suche nach ihr ganz Boston verrückt machte, musste sie beinahe lachen.

Sie schloss erneut die Augen. Irgendwo weit weg hörte sie, wie sich die Großeltern der Zwillinge leise unterhielten. Soweit sie verstehen konnte, drehte sich das Gespräch um die Ehe ihrer Tochter, beziehungsweise um ihren trinkenden Schwiegersohn. Unwillkürlich musste Beta an ihre eigene Familie denken oder besser an das, was davon nach dem Unfall übrig geblieben war. Was Mom und Dad wohl dazu sagen würden, wenn sie wüssten, in was für einen Schlamassel sie sich gebracht hatte? Ihre Mutter würde aus Sorge bestimmt einen zweiten Tod sterben. Auf jeden Fall würden weder sie noch ihr Vater das Geringste davon begreifen. Ihr Vater war schließlich zeit seines Lebens ein »guter Amerikaner« gewesen. Eines Tages hatte er sich in dem Städtchen, in dem sie damals gelebt hatten, sogar als Bürgermeisterkandidat aufstellen lassen. Die Wahl hatte er natürlich haushoch verloren und Beta konnte sich gut an seinen Hass erinnern. Die Niederlage gegen die »Kommunisten« – so hatte ihr Vater jeden genannt, der nicht mit der Fahne ins Bett ging – hatte ihn nur noch gewalttätiger werden lassen.

Nur seinetwegen hatte sie im Alter von fünfzehn Jahren die Schule geschmissen und war von zu Hause abgehauen. Zum Glück hatte Sebastian sie damals aufgelesen. Von ihm hatte sie gelernt, wie man auf den Bostoner Straßen überlebte. Als Beta dann drei Jahre später die Nachricht von dem tödlichen

Autounfall ihrer Eltern erreichte, hatte sie vor allem Mitleid und Trauer für ihre Mutter empfunden. Sie selbst hatte sich an diesem Tag geschworen, nicht den gleichen Fehler zu begehen. Sie würde niemals heiraten.

21

»Was ist denn jetzt passiert?« Nico stand hinter Davis und deutete auf den Monitor, der schwarz geworden war.

»Ende der Vorstellung!«, erklärte Davis. »Sie hat die Augen geschlossen, wahrscheinlich schläft sie. Aber das lässt sich leicht feststellen.«

Er gab eine kurze Ziffernfolge ein, danach tippte er mit seinem abgebissenen Fingernagel auf den Bildschirm zu seiner Linken. Wie auf einer Intensivstation waren dort Pulsschlag, Atemfrequenz und Sauerstoffgehalt des Blutes in pulsierenden, farbigen Linien dargestellt.

»Wir können den implantierten Chip auch zu dem Zweck nutzen, für den er eigentlich gedacht ist«, erläuterte Davis. »Das heißt, wir haben Zugriff auf sämtliche Biodaten der Person. Wie der Onkel Doktor.«

Nico dämmerte, welche Sprengkraft das alles beinhaltete. Wenn dieses Spähprogramm jemals bekannt würde, wäre der massenhafte Einsatz der Nanotechnologie in der Gesundheitsvorsorge, auf den die Politik und die Haushaltsexperten ihre Hoffnungen setzten, mit einem Schlag diskreditiert. Er wäre bei den Wählern kaum noch durchsetzbar, was wiederum bedeutete, dass die in den letzten zehn Jahren getätigten Investitionen – und die waren gigantisch – ebenso verloren waren wie die medizinischen Erfolge, die seit der Großen Gesundheitsreform erzielt worden waren. Die verheerende Kostenspirale würde sich unweigerlich wieder zu drehen beginnen. Mittlerweile konnte Nico den enormen Sicherheitsaufwand und die beinahe absurde Heimlichtuerei nachvollziehen, die rund um dieses Programm betrieben wurde.

»Stimmt was nicht?«, fragte er. Das unvermittelte Schweigen seines Partners hatte ihn stutzig werden lassen.

Davis kratzte sich hinter dem Ohr und studierte die farbigen Diagramme.

»Mmmh«, machte er. »Puls und Atmung kommen bei der Kleinen nicht wirklich zur Ruhe. Vielleicht hat sie einen Albtraum, was mich nicht wundern würde. So oder so, für uns heißt das die Beine hochlegen und den Autopiloten anschalten. Das System bleibt dann automatisch am Ball. Wir können die Kleine also nicht aus den Augen verlieren.«

Davis lachte über seinen eigenen Scherz. »Was machst du eigentlich morgen, nach deiner ersten Schicht?«

»Keine Ahnung. Wo wohnen wir überhaupt?«

»In den Baracken oben an der Oberfläche. Dort sind auch die Kantine und die Freizeiträume. Falls man das überhaupt so nennen kann. Also – was machst du morgen?«

»Wahrscheinlich schlafen. Weshalb?«

»Morgen steigt eine Abschiedsparty. Einer der Jungs hat seine Zeit abgesessen. Ihm winkt wieder ein normales Leben unter normalen Menschen.«

»Er wird entlassen?«, wunderte sich Nico.

»Nein, sie haben ihm einen Job bei der CIA besorgt. Entlassen wird hier niemand. Wenn deine Zeit vorbei ist, kümmern sie sich um dich. Keine Sorge, ganz lassen sie dich nie aus den Augen.«

Während Davis sich erneut über sein Wortspiel amüsierte, fragte sich Nico, für wie lange er eigentlich unterschrieben hatte.

»Also, bist du dabei?«, drängte Davis.

»Warum nicht? Hier gibt es offenbar ohnehin nichts Besseres zu tun.«

»Eine weise Entscheidung!« Davis verbarg seinen Mund hinter der hohlen Hand und raunte leise: »Es gibt auch etwas zu trinken und richtige Zigaretten! Nicht diese widerlichen, nikotinfreien Pseudoglimmstängel!«

Nico erwiderte nichts darauf. Insgeheim war er jedoch ein wenig schockiert. Alkohol und Zigaretten waren ein schweres Vergehen gegen den neu in der Verfassung verankerten Gesundheitsgrundsatz. Wurde jemand damit auf der Straße erwischt, bedeutete das zwangsläufig ein Strafverfahren. Abgesehen davon, war er als FBI-Agent dazu verpflichtet, ein Vorbild zu sein. Seinen neuen Partner schien das keinen Deut zu interessieren. Stattdessen klopfte ihm Davis freundschaftlich auf den Oberschenkel.

»Komm, hier gibt es im Moment nicht viel zu tun! Ich

zeige dir in der Zwischenzeit deine Unterkunft. Vielleicht ist Stephen ja mittlerweile von den Toten auferstanden. Er wird ebenfalls froh sein, dass unser Team endlich komplett ist. Glaub mir, die Extraschichten haben wir echt satt!«

»Und, wie macht er sich?« Henderson wies auf den Überwachungsmonitor, auf dem sich Nico und Davis angeregt an ihrem Terminal in der Halle unterhielten.

»Bislang sieht es so aus, als könnte er der Richtige sein«, erwiderte Farley. »Aber wir haben uns schon einmal geirrt.«

»Bullshit! Wenn der Junge in Ordnung ist, setzen wir ihn ein!« Henderson machte eine unwirsche Bewegung. »Wir brauchen neue Leute. Das wissen Sie ebenso gut wie ich.«

»Vielleicht verlieren wir sie zu schnell ...«, merkte Farley vorsichtig an.

Der Direktor lehnte sich langsam zurück. Seine Stimme bekam einen schneidenden Unterton.

»Wollen Sie damit vielleicht etwas andeuten?«

»Nein, nein!«, versicherte Farley hastig. »So meine ich das nicht!« Er knetete seine übergroßen Hände. »Ich wollte nur zum Ausdruck bringen, dass wir uns vielleicht nicht so schnell von ihnen trennen sollten. Eben wegen der, äh, Nachschubprobleme.«

»Sicherheit hat oberste Priorität – Sie kennen die Spielregeln! Außerdem können wir die jungen Leute nicht ewig hier einsperren. Früher oder später würde das in einer offenen Meuterei enden. Also verschonen Sie mich mit Ihren Empfindlichkeiten und tun Sie endlich, was ich Ihnen sage! Wir brauchen ihn und deshalb nehmen Sie ihn – basta! Kümmern Sie sich lieber um die laufende Operation. Und sorgen Sie um Gottes willen dafür, dass keine Häuser mehr angesteckt werden! Haben Sie mich verstanden?«

»Ja, Sir.«

Farley verließ den Raum.

22

Das Anwesen verbarg sich in einer spätbarocken Gartenanlage von beeindruckender Größe. Die perfekt geschnittenen, mit dem Zirkel gezogenen Hecken und geometrisch angeordneten Beete entsprachen ebenso wie das Haupthaus Originalplänen aus dem 18. Jahrhundert. Als Besucher hätte man annehmen können, dass jeden Augenblick ein prächtiger Vierspänner durch das geschmiedete Tor die Kiesauffahrt hinaufgerollt kommen und den mit Steinfiguren aus der griechischen Mythologie verzierten Brunnen umrunden müsste. Decroix liebte Details. Böse Zungen behaupteten, er sei geradezu besessen, wenn es um Kleinigkeiten ging, aber er verachtete nun einmal fehlende Genauigkeit. Er verließ seinen Platz am Fenster des Kaminzimmers und griff nach der Karaffe auf dem Beistelltisch. Vorsichtig ließ er einen Fingerbreit der bernsteinfarbenen Flüssigkeit in ein Glas laufen und hielt es prüfend gegen das Fensterlicht. Von diesem über sechzig Jahre alten Dalmore-Whisky wurden nur drei Flaschen abgefüllt, und es hatte ihn eine irrwitzige Summe gekostet, eine davon zu ersteigern. Bedächtig schwenkte er das Glas hin und her. Dann führte er es langsam an seine gespitzten Lippen, nahm einen winzigen Schluck und rollte die Flüssigkeit in der Mitte seiner Zunge von einer Seite zur anderen. Nachdem er sich an der Geschmacksexplosion berauscht hatte, ließ er den Whisky sanft seinen Rachen hinabrinnen und atmete genussvoll ein. Dieses Getränk war ohne Zweifel jeden Dollar wert!

Als sich Decroix einen weiteren Schluck gönnen wollte, wurde er jedoch gestört. Der Helikopter flog so tief über das Haus, dass die Scheiben klirrten. Verärgert trat er mit dem Glas an das Fenster. Neureiche Nachbarn waren eine kaum zu ertragende Plage. In diesem Moment klopfte es dezent an der Tür und sein Butler betrat lautlos das Zimmer.

»Die Herren sind jetzt vollständig, Sir!«

»Sagen Sie ihnen, ich komme gleich!«

Decroix leerte sein Whiskyglas in einem Zug. Er überprüfte den Sitz seiner Krawatte in dem goldgerahmten Spiegel, dann ergriff er seinen Gehstock und begab sich in die Bibliothek. Nachdem er die Flügeltür sorgfältig hinter sich verschlossen hatte, trat er vor ein deckenhohes, mit bibliophilen Schätzen bestücktes Bücherregal und betätigte einen verborgenen Mechanismus. Das schwere Regal fuhr lautlos zur Seite und gab eine abhörsichere Satellitenanlage frei. Decroix schaltete die Anlage in den Konferenzmodus und auf verschiedenen Displays erschienen die Oberkörper von vier Männern.

»Schön, dass Sie endlich Zeit für uns gefunden haben!«, spottete Paul Wyclaff, als Decroix in sein Blickfeld trat. Dem stellvertretenden Direktor der NSA missfiel es, warten zu müssen. Er kniff die Augenbrauen zusammen, wodurch sein spitzes Gesicht noch mehr an einen Falken im Sturzflug erinnerte. »Dann können wir ja endlich beginnen. – *Henderson?!*«

»Eine Sekunde!«, meldete sich Harry Kinsey, der überraschend junge Direktor des NRO, des nationalen Büros für Satellitenaufklärung, zu Wort. »Können wir davon ausgehen, dass diese Leitung auch wirklich sicher ist? Ich habe keine Lust, morgen früh im Internet von unserer Unterredung zu lesen.«

»Ganz meine Meinung!« Patrick O'Neil vertrat den Geheimdienst des Pentagon, die DIA. »Außerdem sind uns die zivilen Einrichtungen nach wie vor dicht auf den Fersen. Soweit wir wissen, interessieren sich sowohl die NASA als auch einige universitäre Institutionen zunehmend für – wie es in dem vertraulichen Quartalsbericht der NASA heißt – ›ungewöhnliche Datenströme, die von einem bestimmten Ort in New Mexico ausgehen‹.«

Er legte das Papier zurück ins Off. Obwohl nur ein Teil seines Oberkörpers von der Kamera eingefangen wurde, konnte man seine bullige Statur erahnen.

»Ich kann Sie beruhigen«, erwiderte Henderson, der FBI-Mann. »Ich habe die Anlage, über die wir gerade miteinander reden, selbst installieren lassen. Sie ist absolut abhörsicher. Und was eventuelle Nachforschungen betrifft: Unsere Tarnfirma in New Mexico bietet jeglichen Service rund um Satelliten an. Alles ganz offiziell. Also sind entsprechende Signale nichts Ungewöhnliches. Außerdem sind wir jederzeit auf eine Betriebsprüfung vorbereitet. Stimmt's, Decroix?«

Der Milliardär murmelte seine Zustimmung. Er war der einzige Zivilist in der virtuellen Runde und bis heute war ihm die Welt der Geheimdienste zuwider. Im Grunde war es eine absurde Situation. Er – einer der reichsten Männer Amerikas – war dazu verdammt, den Goldesel für eine Gruppe von Männern zu spielen, die beschlossen hatten, das Schicksal der Nation selbst in die Hand zu nehmen. Aber hätte er sich überhaupt wehren können? Diese Frage hatte er sich in den letzten Jahren immer häufiger gestellt.

Damals war er ein junger Ingenieur mit hochfliegenden Plänen gewesen. Seine kleine Firma hatte am Anfang gestanden und es waren schwierige Zeiten gewesen. Nanotechnologie war extrem kostspielig und den Investoren und Banken hatte der Glaube an ihre Zukunft gefehlt. Aber er hätte es aus eigener Kraft schaffen können, davon war er heute mehr denn je überzeugt. Nur dann hatten sich plötzlich von einem Tag auf den anderen die Probleme gehäuft. Zuerst stoppten die Behörden wegen angeblicher Lücken im Sicherheitskonzept den Bau der bereits genehmigten Nanofabrik, wenige Tage später klopfte die Steuerfahndung bei Decroix an. Und genau zu dieser Zeit waren plötzlich zwei Männer in dunklen Anzügen in seinem Büro erschienen und hatten ihm einen »Vorschlag« unterbreitet.

Sie hatten ihm angeboten, mit unbegrenztem Kapital in seine neu gegründete Firma einzusteigen und ihr zudem den Weg an die Weltspitze zu ebnen. Als Gegenleistung verlangten sie neben einer angemessenen Gewinnbeteiligung lediglich, dass ihr Engagement geheim blieb und ihre speziellen

Wünsche bei der Entwicklung neuer Produkte berücksichtigt wurden. Damals war ihm gar nichts anderes übrig geblieben, als zu kooperieren, wodurch sich seine Probleme natürlich mit einem Schlag in Luft auflösten: Die Steuerfahndung stellte ihre Ermittlungen ein und die endgültige Baugenehmigung für die neue Fabrik lag noch am nächsten Tag im Briefkasten.

»Decroix?« O'Neil hielt sein gerötetes Gesicht näher vor die Kamera. »Sind Sie noch da?«

»Ja, ja, ich musste mir nur kurz etwas notieren. Schließlich muss einer das Geld verdienen!«

»Ohne uns wären Sie nichts, vergessen Sie das nicht!«, maulte Wyclaff, der NSA-Mann. »Also, Henderson, warum sind wir hier? Kommen Sie endlich zur Sache, Mann!«

Obwohl nur sein Oberkörper von der Kamera eingefangen wurde, konnte man sehen, wie sich der Angesprochene versteifte.

»Es gibt Probleme«, begann Henderson. »Immer mehr Senatoren stehen dem Einsatz von Bio-Chips skeptisch gegenüber. Und auch im Kongress mehren sich Stimmen, die eine Fortführung des Programms zumindest in Zweifel ziehen. Sie verlangen, die Einführung des neuen NX-4-Modells vorerst zu stoppen. Der implantierte Bio-Chip ist in der Bevölkerung nun mal nicht gerade beliebt.«

»Politiker!«, schnaufte O'Neil verächtlich. »Die hängen ihren Arsch doch überall dahin, wo sie Wählerstimmen vermuten. Und so etwas will Amerika beschützen? Gott bewahre uns vor diesen Opportunisten! Von denen haben wir hier im Pentagon schon genug!«

»Wer sind diese Senatoren?«, erkundigte sich Kinsey, der junge NRO-Direktor.

»Das ist im Moment zweitrangig«, erwiderte Henderson. »Viel wichtiger ist: Was unternehmen wir dagegen?«

»Können wir die Störenfriede nicht einfach abschießen?«, wollte Wyclaff wissen.

Henderson nickte. »Jederzeit. Wir haben über jeden von ihnen ein Dossier. Bis auf einen haben alle einen Schwachpunkt.«

»Sie haben Dreck am Stecken?«

»So kann man es ausdrücken.«

»Und was ist mit dem Ausreißer?«

»Bis jetzt haben wir nichts ausgraben können. Der reinste Heilige. Ein Mormone. Aber wir sind am Ball.«

»Warum konstruieren wir dann nicht etwas?«, schlug Kinsey vor. Sein frisch rasiertes, jungenhaftes Gesicht sprühte vor Tatendrang. »Das wäre doch nicht das erste Mal.«

»Die Frage ist doch, ob uns das überhaupt weiterhelfen würde«, gab Henderson zu bedenken. »Wenn wir ihre Karrieren beenden, wäre der Nutzen nur kurzfristig. Es werden Neue kommen, die Leuten nach dem Mund reden, um wiedergewählt zu werden. Unser Kernproblem ist deshalb die öffentliche Meinung. Laut Umfragen sympathisiert bereits mehr als die Hälfte der Bevölkerung mit diesen selbst ernannten Aktivisten der NO-TEC-Bewegung.«

»Die Bilder von dieser Selbstverbrennung neulich waren nicht besonders förderlich«, bestätigte Wyclaff.

»Dann wissen Sie ja, was ich meine«, stellte der FBI-Mann

fest. »Dazu kommen der verhinderte Bombenanschlag letzte Woche und die vermehrten Hackerangriffe.«

»Und wir haben diese Terroristen noch immer nicht gefasst?« O'Neil schüttelte seinen kahlen Schädel. »Was für Versager seid ihr beim FBI eigentlich? Und dabei heißt es doch immer, ihr seid die besten Bullen der Welt.«

Henderson bemühte sich um Geduld. »Diese ›Terroristen‹ agieren aus dem Untergrund heraus. Bis auf wenige Ausnahmen kennen wir nicht einmal die Namen ihrer Anführer. Und bei denen, die wir kennen, bekommen wir keinen Zugriff. Vermutlich haben sie einen Weg gefunden, ihre Bio-Chips zu deaktivieren oder vielleicht sogar zu entfernen.«

»Ich dachte immer, man kann die Dinger nicht so einfach rausnehmen, weil die Nanobots sonst im Körper Amok laufen«, wunderte sich der stellvertretende Direktor der NSA. »Bin ich da etwa falsch informiert?«

»Man kann die Steuerchips entfernen, wenn man die Nanobots vorher deaktiviert«, erklärte Decroix geduldig. »Dazu benötigt man jedoch einen Programmcode und der ist nur wenigen Mitarbeitern meiner Entwicklungsabteilung bekannt.«

»Kann es sein, dass Sie eine undichte Stelle in Ihrem Laden haben?«

»Ausgeschlossen!«, erwiderte Decroix. »Wir haben alle Mitarbeiter überprüft. Henderson kann Ihnen das bestätigen.«

»Das ist korrekt«, sagte der FBI-Mann. »Eine undichte Stelle können wir ausschließen. Sie müssen einen anderen Weg gefunden haben, um die Chips zu deaktivieren. Was wiederum bedeutet, dass uns nichts anderes übrig bleibt, als auf die gute alte Methode zurückzugreifen.«

»Und worin besteht diese *Methode?*« Auf Wyclaffs Habichtgesicht spiegelte sich Skepsis.

Henderson lächelte kalt. »Menschen«, erwiderte er. »Menschen und Idealismus.«

23

Nico beugte sich über das Waschbecken, ließ Wasser in seine Hand laufen und tauchte sein Gesicht hinein. Er fühlte sich wie gerädert, denn die erste Nacht als frisch gebackener FBI-Agent war alles andere als erholsam gewesen. Wie sich herausgestellt hatte, befanden sich die Unterkünfte für die Agenten zwar oberhalb der Erde, aber sie besaßen mehr Ähnlichkeit mit einem Gefängnistrakt als mit einem halbwegs komfortablen Wohnheim. Sein Zimmer verfügte über einen eingeengten Ausblick auf den Hochsicherheitszaun, eine scheppernde Klimaanlage und ein lachhaft kleines Bad mit Toilette und Dusche. Gemessen an den immensen Kosten, die die unterirdische Bunkeranlage samt der Technik verursacht haben musste, war an dieser Stelle augenscheinlich gespart worden. Der Wüstensand hatte den Lack am Fensterrahmen längst weggeschliffen, aus der Dusche und dem Wasserhahn rann spärlich eine lauwarme Brühe von bedenklicher Farbe und das Bett hätte allenfalls ein bekiffter Fakir als bequem bezeichnet.

Dennoch, dass er in seiner ersten Nacht kein Auge zugemacht hatte, lag weniger an dem fehlenden Komfort und dem ungenießbaren Essen, das man in der schmucklosen Kantine serviert bekam – die optimierte Schonkost, die offenbar aus Armeelaboren stammte, hatte er ohnehin kaum angerührt –, nein, seine Ruhelosigkeit war vielmehr den Eindrücken geschuldet, die in den letzten vierundzwanzig Stunden auf ihn eingeprasselt waren. Er war am Ziel seiner Träume, und nicht nur das: Man hatte ihn für ein Programm ausgewählt, das so geheim und wichtig war, dass nur die Besten aller amerikanischen Geheimdienste dafür rekrutiert wurden.

Sein Vater wäre ohne Zweifel stolz auf ihn gewesen. Da spielte es keine Rolle mehr, dass er für den Rest der Menschheit vorerst nicht mehr existierte. Wenn er gewisse Opfer bringen musste, dann war das eben so. Er war ein Soldat im Krieg. Von nun an würde seine Welt in den freien Stunden aus einem mäßig ausgestatteten Fitnessstudio, einem Fernsehraum und einem schmuddeligen Billardzimmer bestehen. Private Laptops und Handys waren laut Davis, seinem Teampartner, für alle an dem Programm beteiligten Agenten strikt verboten, ebenso das Verlassen des Geländes. Erst wenn man die sechsmonatige Probephase überstanden hatte, durfte man in die nächste Stadt, in diesem Fall war das Santa Fe. Und wenn man noch länger dabei war, erhielt man in Ausnahmefällen die Erlaubnis, dort auch zu übernachten. Um welche Ausnahmen es sich dabei handelte, hatte ihm auch Davis nicht so recht zu sagen vermocht.

Nico drehte den Wasserhahn zu und kleidete sich an. Auf

keinen Fall wollte er an seinem ersten Tag zu spät kommen. Er band sich die Krawatte um, überprüfte ihren korrekten Sitz im Spiegel und verließ sein Zimmer. Als er aus dem klimatisierten Gebäude ins Freie trat, schlug ihm die Hitze entgegen. Obwohl es noch früh am Morgen war, brannte die Sonne bereits mit erbarmungsloser Intensität.

»Hey, warte auf mich!«

Nico blinzelte gegen die Helligkeit an. Stephen Oxlade, neben Davis der dritte Agent in ihrem Team, eilte auf ihn zu und schloss sich ihm an. Er hatte Oxlade am Tag zuvor während des Abendessens kennengelernt. Wie Nico schnell herausgefunden hatte, war Oxlade ganz anders gestrickt als Davis. Er schien eher der zurückhaltende, reservierte Typ zu sein. Jede seiner Gesten verriet das reiche Elternhaus und die Ausbildung an einer Eliteuniversität. Trotzdem war ihm sein neuer Partner bei ihrer ersten Begegnung nicht unsympathisch gewesen. Er hatte sich lediglich gefragt, warum jemand wie er beim Geheimdienst anheuerte.

»Aufgeregt?«, erkundigte sich Oxlade, während sie gemeinsam den staubigen Platz überquerten. Er hatte sich wohl oder übel bereit erklärt, Nico während seiner ersten Schicht zur Seite zu stehen.

»Nicht besonders«, erwiderte Nico, was nicht im Entferntesten der Wahrheit entsprach.

»Mmmh.« Oxlade nickte einem Agenten zu, der ebenfalls auf das zentrale Gebäude zustrebte. Nachdem sie sich ins Innere geflüchtet hatten, klopfte er sich den Staub von seinem maßgeschneiderten Anzug.

»Sie sollten endlich unterirdische Verbindungswege bauen«, bemerkte er pikiert. »Die Hitze und der Dreck da draußen sind gelinde gesagt eine Zumutung!«

»Wie lange bist du schon dabei?«, erkundigte sich Nico, während sie auf den Fahrstuhl warteten, der sie in den Bereich unter der Erde brachte. Ein wenig enttäuscht musste er feststellen, dass es sich um einen anderen Aufzug handelte als den, den er beim ersten Mal genommen hatte. Hier saß keine Latino-Schönheit hinterm Tresen. Dafür gesellten sich immer mehr verschlafene Männer und Frauen zu ihnen. Als sie nach unten fuhren, war die Aufzugskabine so voll, dass sie dicht gedrängt standen. Sie alle waren verschiedenster ethnischer Herkunft und unter dreißig, wobei die Männer eindeutig in der Überzahl waren. Obwohl Nico gerade erst dazugestoßen war, fühlte er sich bereits als Teil dieser verschworenen Gemeinschaft, deren gemeinsames Ziel es war, Amerikas Bürger zu schützen und zu verteidigen. Unten angekommen, verteilten sich die Agenten auf ihre Plätze. Als Nico und Oxlade den ihnen zugeteilten Terminal im hinteren Teil der unterirdischen Halle erreichten, wurden sie bereits ungeduldig erwartet.

»Wurde ja auch Zeit!«, maulte Davis. Seine Augen waren vor Müdigkeit gerötet.

»Gab es irgendwelche relevanten Vorkommnisse?«, erkundigte sich Oxlade vorschriftsmäßig.

»Ich sage dir, das ist der langweiligste Job, den wir jemals hatten!«, stöhnte Davis. »Sie hat die ganze Nacht gepennt und sich von den alten Leuten durch die Gegend kutschieren lassen. Keine Ahnung, was an der so wichtig sein soll. Wenn du mich fragst, ist das keine Terroristin, sondern das Liebchen von irgend einem wichtigen Bonzen. Das Ganze ist 'ne Eifersuchtssache, sage ich dir!«

»Es wird schon seinen Grund haben, warum sie auf der Liste steht«, sagte Oxlade gelangweilt. Er trat einen Schritt vor, um einen besseren Blick auf den schwarz-weißen Monitor zu haben. Auf ihm war eine einsame Landstraße zu sehen, die irgendwo am Horizont zwischen den weiten Feldern verschwand.

»Was macht sie gerade?«, fragt er.

»Sie trampt«, erwiderte Davis mit einem Gähnen. »Seit fast zwei Stunden. Bescheuerte Platzwahl, würde ich mal behaupten.«

Er stand auf und streckte sich. Nachdem er sich ausgeloggt hatte, klappte er das unzeitgemäße Notizbuch zu, das er stets bei sich trug. Danach pustete er die Krümel seiner verspeisten Energieriegel von der Steuerkonsole, was von Oxlade mit einem missbilligenden Blick kommentiert wurde.

»Wir sehen uns auf Tommys Abschiedsparty!«, sagte Davis. »Nicht vergessen!« Und an Nico gewandt fügte er hinzu: »Viel Spaß beim Langweilen!«

Dann trollte er sich und Nico nahm auf dem frei gewordenen, ergonomisch geformten Sessel vor den Bildschirmen Platz. Es fühlte sich großartig an.

»Okay, zuerst musst du dich mit deiner ID anmelden!«, erklärte ihm Oxlade.

»Ich habe keine ID«, entgegnete Nico. »Bis jetzt hat mir niemand eine zugeteilt.«

»Doch, hast du!« Oxlade ergriff mit spitzen Fingern Nicos linkes Handgelenk und hielt es über einen unscheinbaren, in die Steuerkonsole integrierten Bio-Scanner. Sofort erschien Nicos Konterfei samt persönlichen Daten auf dem Bildschirm. Mit Genugtuung sah er, dass er bereits als FBI-Agent geführt wurde.

»Und jetzt?«

»Zuerst solltest du dich bei Antritt deiner Schicht auf den neuesten Stand bringen«, erläuterte Oxlade.

Er zeigte Nico, welche Dateien er öffnen musste, um an die Informationen zu gelangen, die das System in den vergangenen acht Stunden automatisch gesammelt und gespeichert hatte. Wo die Zielperson gewesen war, was sie gemacht hatte, mit wem sie zusammengetroffen war – all dies wurde aufgezeichnet und in einem Observationsprotokoll zusammengefasst. Ergänzt wurde dieses von den persönlichen Eindrücken, Beobachtungen und Anmerkungen des diensthabenden Agenten.

»Davis hat recht«, befand Nico, nachdem er das Protokoll durchgescrollt hatte. »Es ist wirklich ruhig gewesen. Außer einem Stopp um 2:23 Uhr kurz vor der Staatsgrenze hat der Wagen nicht angehalten. Die alten Leutchen sind die ganze Nacht durchgefahren. Gegen 6 Uhr haben sie dann den Highway verlassen und unsere Zielperson ist ausgestiegen. Aber warum? Dort ist nichts!«

»Das ist dein Problem«, entschied Oxlade. »Behalte die Kleine einfach im Visier, den Rest erledigt das System! Wenn was ist – ich bin oben im Fitnessraum.«

Als er sich zum Gehen wandte, brandete Jubel in der Halle auf. Nico und Oxlade lugten neugierig über die Trennwand ihres Terminals. Farley, ihr hünenhafter Chef, hatte sich unter der Monitorwand an der Stirnseite der Halle aufgebaut und hielt eine kurze Ansprache, von der sie nur noch die letzten Worte mitbekamen. Dann begann auf dem riesigen Monitor über ihm eine Schwarz-Weiß-Übertragung. Man sah ein leeres Restaurant. Stühle standen verkehrt herum auf ungedeckten Tischen. Die Kamera ruckte plötzlich zur Seite und landete auf einem Mann mit einer Automatic in der Hand. Er schrie etwas, woraufhin die Kamera sofort in Bewegung geriet. Sie stolperte, rappelte sich hoch und flog zwischen den Tischen hindurch. Sekunden später war der Spuk vorbei. Das Letzte, was man in der rasenden Bilderfolge erkennen konnte, waren Männer mit Helm, Maske und kugelsicherer Weste, die sich auf den Flüchtenden stürzten. In diesem Moment wurde der Bildschirm dunkel.

Jubelrufe waren zu hören, einige Agenten applaudierten.

»Was sollte diese Vorführung?«, wunderte sich Nico.

»Du warst soeben bei der Verhaftung des größten Waffenhändlers der Westküste live dabei. Team vier war monatelang an ihm dran. Vermutlich ist heute Morgen die Entscheidung zum Zugriff gefallen.« Oxlade zuckte mit den Schultern. »Du weißt ja, wo du mich findest.«

Bevor Nico etwas erwidern konnte, war er allein in der abgetrennten Parzelle. Er lehnte sich zurück und betrachtete den Schwarz-Weiß-Bildschirm mit den Live-Bildern. Ihre Zielperson stand noch immer am Straßenrand. Ein Auto näherte sich und fuhr, ohne abzubremsen, vorbei. Die Kamera schwenkte mit, während sich von unten ein ausgestreckter Mittelfinger ins Sichtfeld schob. Nico warf einen Blick auf die elektronische Karte. Ihre Zielperson befand sich nahe der Staatsgrenze von Indiana in einem überwiegend landwirtschaftlich genutzten Gebiet. Der nächste größere Ort war ein Kaff.

Was zum Teufel hatte sie dort verloren?

24

Beta schickte dem Auto einen saftigen Fluch hinterher. Das war erst das dritte in einer halben Stunde. Sich hier absetzen zu lassen, war ein Riesenfehler gewesen, aber sie hatte einfach keine Lust mehr gehabt, den Babysitter für die ungezogenen Zwillinge zu spielen. Außerdem brauchte sie dringend Zeit zum Nachdenken. Jetzt, da sie es geschafft hatte, aus Boston herauszukommen, konnte sie vorerst aufatmen. Deshalb hatte sie die freundlichen alten Leute gebeten, sie bei der nächsten Gelegenheit abzusetzen. Was eine Dummheit gewesen war. Seit einer geschlagenen Stunde stand sie jetzt schon an dieser Straßenkreuzung, an der offenbar so gut wie niemand vorbeikam. Beta setzte sich auf den Stein am Fahrbahnrand und massierte sich mit spitzen Fingern die Schläfen. Diese Kopfschmerzen trieben sie noch in den Wahnsinn. Der Wind, der sanft über die blau eingefärbten Weizenfelder rechts und links der Straße strich, brachte nur wenig Erleichterung. Auf Fotos im Netz hatte sie gesehen, dass die Kornfelder früher allesamt gelb gewesen waren. Das war, bevor die Designerpflanzen alle natürlichen Arten verdrängt hatten. Heutzutage waren die Ähren meist rot oder blau, je nach Geschmack des Farmers oder seiner politischen Einstellung.

In dem Moment, in dem sie zu dem Schluss gelangte, dass es besser war, sich zu Fuß auf den Weg zu machen, als auf ein Wunder zu warten, hörte sie ein Auto. Sie sprang auf die Füße und winkte dem Wagen zu. Der rostige Pick-up mit den getönten Scheiben wurde tatsächlich langsamer. Er fuhr im Schritttempo an ihr vorbei, dann leuchteten seine Bremslichter auf. Der Wagen hielt! Ohne zu zögern, lief Beta zu ihm hin.

»Können Sie mich mitnehmen?«, fragte sie über die mehr als zur Hälfte heruntergelassene Scheibe hinweg. Als sie die beiden Typen im Inneren des Wagens sah, bereute sie ihre Frage. Der Fahrer grinste sie mit seinen fauligen Zähnen an, während das picklige Milchgesicht neben ihm sie mit glasigen Augen anglotzte.

»Wo willst du denn hin, Süße?«, fragte der Mann hinter dem Lenkrad. Er war unrasiert und trug ein durchgeschwitztes Shirt mit einem Werbeaufdruck für Katzenfutter. Der etwa zehnjährige Junge auf dem Beifahrersitz war vermutlich sein Sohn. Er machte einen zurückgebliebenen Eindruck.

Beta überlegte fieberhaft, was sie machen sollte. Möglichkeit eins: Sie ging zu Fuß, wozu sie weder die Zeit noch die Lust hatte. Außerdem würde früher oder später eine Polizeistreife vorbeikommen und Fragen stellen. Diese Gegend machte nicht den Eindruck, als würden hier viele Leute zu

Fuß unterwegs sein. Möglichkeit zwei bestand darin, zu den Hinterwäldlern in den Wagen zu steigen.

»Können Sie mich bis zur nächsten Polizeistation mitnehmen?«, improvisierte sie. Etwas Besseres fiel ihr auf die Schnelle nicht ein.

»Polizeistation?«

»Ja. Mein Freund wartet dort auf mich.«

»Und wo soll das sein?« Der Fahrer fuhr mit der Zungenspitze über seine Lippe.

»Orland.« Beta erinnerte sich daran, bei der Abfahrt vom Highway ein Schild mit diesem Ortsnamen gesehen zu haben.

»Ah, Orland!«, murrte der Mann, als sei allein die Erwähnung des Namens eine Todsünde. »Ist mir ein Rätsel, was so ein hübsches Mädchen wie du da will.«

»Ich sagte doch schon, ich bin mit meinem Freund verabredet. Leider hatte ich eine Autopanne. Irgendwo dahinten.« Sie deutete die Straße hinunter.

Der Mann musterte sie, dann spuckte er aus dem Fenster. »Na, ich will mal nicht so sein! Also steig ein, Süße!« Er wandte sich an seinen scheinbar behinderten Sohn: »Und du verpisst dich nach hinten! Wenn ich auch nur einen Mucks höre, setzt es was, kapiert?«

Der Junge rutschte vom Sitz auf die Straße und kletterte auf die Ladefläche, wo er sich zwischen die Plastiksäcke mit undefinierbarem Inhalt kauerte.

Beta kletterte auf den frei gewordenen Sitz. »Ist es noch weit? Bis Orland, meine ich?«

»Nur ein paar Meilen«, grunzte der Mann und fuhr los. Danach verfiel er in Schweigen, was Beta mehr als recht war. Unauffällig inspizierte sie das Innere des Pick-ups. Der Fußraum war mit zerdrückten Getränkedosen, Kleidungsstücken und verdreckten Gummistiefeln zugemüllt. Vor allem Letztere stanken erbärmlich, aber das war nichts gegen den Geruch, den der Mann neben ihr ausströmte. Vermutlich faulten an ihm nicht nur die Zähne. Das staatliche Gesundheitsnetz bot in der Provinz anscheinend weitaus mehr Schlupflöcher, als es in der Stadt der Fall war. Während der Fahrt tauchten in regelmäßigen Abständen am Straßenrand kleinere Farmen auf, aber der Hinterwäldler fuhr weiter stur geradeaus. Allmählich wurde Beta unruhig. Mit jeder zusätzlichen Meile steigerte sich diese Unruhe zu Argwohn, und als sie an einem Schild vorbeikamen, auf dem Orland in der entgegengesetzten Richtung angezeigt wurde, schrillten ihre Alarmglocken endgültig.

»Können wir kurz mal anhalten?« Sie tat so, als habe sie das Schild nicht bemerkt. »Nur kurz. Ich muss mal.«

»Wir sind gleich da!«, brummte der Mann. Er machte nicht die geringsten Anstalten, langsamer zu werden.

Diesmal wurde Beta laut. »Lassen Sie mich raus!«, forderte sie. »Auf der Stelle!«

Wie aus dem Nichts erschien eine abgesägte Schrotflinte in der Linken des Hinterwäldlers. Sie musste neben dem Sitz versteckt gewesen sein. Er legte sich die Flinte auf den Schoß und stieß Beta den Doppellauf brutal in die Seite.

»Ich sagte doch, wir sind gleich da!«

»Mein Freund ist Polizist und …«

»Hältst du mich für blöd?«, lachte der Mann. Es klang wie

das Wiehern eines sterbenden Gauls. »Wenn du wirklich eine Panne gehabt hättest, hätte ich deine Karre am Straßenrand sehen müssen. Außerdem wärst du durch Orland gekommen. Du hättest die Polizeistation gar nicht verfehlen können! Also spar dir deine Geschichten und halt endlich deine vorlaute Klappe!«

Um seinen Worten Nachdruck zu verleihen, rammte er Beta die Läufe seiner Flinte erneut gegen die Hüfte.

25

Nico starrte wie elektrisiert auf den Bildschirm. Ihre Zielperson wurde bedroht! Das war eindeutig eine abgesägte Schrotflinte! Die Frage war, was er jetzt unternehmen sollte. Für eine Situation wie diese hatte ihm niemand Instruktionen erteilt. Wie er auf der elektronischen Karte ablesen konnte, bog der Wagen mit ihrer Zielperson soeben in eine unbefestigte Nebenstraße, die nach wenigen Meilen an einem verlassenen Steinbruch endete. Es brauchte nicht viel Fantasie, um zu erahnen, was der Kerl plante. Nico stand auf und lugte über die Trennwand. Die Parzelle neben ihm war leer, in der auf der anderen Seite saß eine Agentin mit einem Kopfhörer vor ihrem Terminal. Ein Blick über ihre Schulter hinweg ließ vermuten, dass ihre Zielperson gerade Sex hatte. Als er sich gerade dazu durchgerungen hatte, sie um Rat zu fragen, entdeckte er Farley, der zielstrebig auf ihn zukam.

»Was ist los?«, rief sein Vorgesetzter schon von Weitem. »Gibt es irgendwelche Schwierigkeiten?«

»Äh, ja. Ich glaube, ja, Sir!« Die hünenhafte Gestalt des Afroamerikaners schüchterte ihn ein. »Unsere Zielperson ist meiner Einschätzung nach einer akuten Bedrohung ausgesetzt. Mir hat keiner gesagt, wie ich mich in so einem Fall verhalten soll.«

»Lassen Sie mal sehen!«, forderte ihn Farley auf.

Nico nahm wieder vor dem Terminal Platz. Auf dem Schwarz-Weiß-Monitor war eine holprige Straße zu erkennen, die sich durch niedriges Buschwerk schlängelte. »Warten Sie!«, sagte er. »Sie sieht gleich wieder hin!«

Tatsächlich, für den Bruchteil einer Sekunde richtete sich die Kamera nach unten und streifte eine Hand mit einer abgesägten Schrotflinte. Dann blickte sie wieder starr nach vorn auf die Straße.

»Da war es!«, rief Nico. »Haben Sie gesehen?«

Farley schwieg und beobachtete den Monitor. »Was schätzen Sie, hat er mit ihr vor?«

»Ganz ehrlich? Nichts Gutes! Als sie in den Wagen gestiegen ist, hat das System routinemäßig eine Überprüfung vorgenommen. Das heißt, der Computer hat es versucht.«

»Was heißt ›versucht‹? Reden Sie Klartext, Mann!«

»Nun ja, wie soll ich sagen …?« Nico holte tief Luft. »Der Kerl trägt keinen Chip. Wir bekommen kein Signal, Sir!«

Farley warf einen Blick auf die elektronische Karte, auf der das ID-Icon hätte aufleuchten müssen, und murmelte eine Obszönität.

»Wie ist das möglich?«, wollte Nico wissen. »Ich dachte immer, jeder ist dazu verpflichtet, einen Bio-Chip zu tragen.«

Farley gab ihm keine Antwort. Vermutlich wusste er sie selbst nicht. Er beugte sich über Nicos Schulter. »Wo führt diese Straße da hin? Was bedeutet das Zeichen an ihrem Ende?«

»Ein Steinbruch, Sir.«

»Mmmh.« Farley rieb sich sein kantiges Kinn und verstummte erneut.

Nico rutschte unruhig auf seinem Stuhl herum. Er wartete auf eine Ansage. Terroristin hin oder her – bald würde der Kerl den Steinbruch erreicht haben. Und was dann kommen würde, wollte er lieber nicht wissen.

»Äh, Sir, was soll ich tun?«

»Überlassen Sie das mir!«, sagte Farley. Er schien eine Entscheidung gefällt zu haben. »Sie sorgen dafür, dass uns nichts entgeht! Um den Rest kümmere ich mich!«

Farley eilte davon und ließ Nico allein vor den Bildschirmen zurück. Ihm blieb also nichts anderes übrig, als weiterhin tatenlos zuzusehen.

26

Das Buschwerk wurde dichter, mit jedem Meter rückten die Bäume näher an den ausgefahrenen Weg heran. Beta klammerte sich an den Sitz und versuchte, die Schrotflinte zu ignorieren, die ihr bei jeder Erschütterung schmerzhaft in die Seite stach. Sie war sich der Gefahr, in der sie sich befand, nur allzu bewusst. Dieser Irre plante ganz sicher kein Picknick mit ihr und von dem zurückgebliebenen Burschen hinten auf der Ladefläche konnte sie keine Hilfe erwarten. Wenn das wirklich sein Vater war, konnte der Junge selbst welche brauchen. Als sie die asphaltierte Straße verlassen hatten, hatte sie noch gehofft, der Zustand des Forstweges würde den Mann irgendwann dazu zwingen, die Hand von der Waffe zu nehmen. Aber wie sie schnell feststellen musste, umkurvte er die Schlaglöcher auch mit einer Hand so souverän, als kenne er den Weg im Schlaf.

Einmal kamen sie an einem verwitterten Holzschild vorbei, doch die Farbe der Schrift war längst abgeblättert, sodass sie die Buchstaben nicht mehr vollständig entziffern konnte. Beta spürte, wie ihr der Angstschweiß in Strömen den Nacken herunterzulaufen begann. Nach einer weiteren halben Meile lichteten sich die Bäume, und vor ihnen tat sich eine Grube auf, die sich wie eine tiefe Wunde in den Hügel fraß. Die von Sprengstoff malträtierten Felswände ragten steil in den Himmel, ihr Rand war rundum mit verkrüppelten Kiefern gesäumt. Zu ihren Füßen breitete sich eine leblose Trümmerlandschaft aus, nur hier und da krallte sich ein mickriger Busch in den nackten Fels. Der Mann steuerte in die verlassene Grube und hielt zwischen zwei liegenden Felsblöcken. Dann stieg er aus und umrundete den Wagen. Auf der Beifahrerseite angekommen, riss er die Tür auf.

»Raus!«

Als Beta nicht sofort gehorchte, schlug er die Läufe seiner abgesägten Flinte hart gegen ihr Knie. Der glühende Schmerz ließ sie laut aufschreien. Mit zusammengebissenen Zähnen kletterte sie aus dem Wagen.

Der Mann spuckte vor ihr aus.

»Vorwärts!«

Als Beta loshumpelte, wandte er sich an den Jungen, der verängstigt zwischen den Plastiksäcken auf der Ladefläche hervorlugte.

»Du Missgeburt bleibst hier! Wenn ich deine Fresse auch nur von Weitem sehe, schlage ich dich grün und blau!«

Der Bursche zog den Kopf blitzschnell wieder ein, was dem Mann ein zufriedenes Grunzen entlockte. Mit einem schnellen Schritt hatte er Beta eingeholt.

»Da entlang!«

»Hören Sie, können wir nicht ...«

»Schnauze! Ich mag es nicht, wenn Weiber ständig quasseln. Da entlang!«

Beta stolperte vorwärts. Die Eidechsen, die zwischen ihren Füßen umherflitzten, bemerkte sie ebenso wenig wie den Hubschrauber, der in der Ferne zu hören war.

»Stopp, das reicht! Und jetzt ausziehen!«

Beta fuhr herum.

»Nein! Das können Sie doch nicht machen!«

»Und ob ich das kann!« Ein sadistisches Grinsen huschte über das Gesicht des Mannes und ließ seine schwarzen Zahnstümpfe zum Vorschein kommen. »Klamotten runter!«

Als Beta wie angewurzelt stehen blieb, senkte er den Doppellauf seiner abgesägten Flinte.

»Ich kann dir auch 'ne Ladung in den Fuß verpassen. Auch wenn es schade drum wäre. Aber es geht auch ohne ...«

Der Finger am Abzug krümmte sich.

»Halt, warten Sie!«, schrie Beta. »Ich tu ja, was Sie wollen!«

Sie ließ ihre Lederjacke von den Schultern gleiten, dann zog sie sich mit zittrigen Fingern das T-Shirt über den Kopf. Als der Hinterwäldler einen Blick auf ihre nackte Brust erhaschte, fuhr er sich mit der Zungenspitze über die rissigen Lippen.

»Heute ist mein Glückstag, Baby! Wir werden viel Spaß haben, mein Wort drauf!«

Beta stand vor dem Fremden und versuchte, ihre Blöße mit den Armen zu bedecken.

»Okay, das reicht fürs Erste! Jetzt dreh dich um!«

Als Beta nicht sofort gehorchte, zielte er erneut auf ihre Füße. »Mach schon! Ich hab nicht ewig Zeit!«

Nachdem sich Beta widerwillig umgedreht hatte, benutzte der Mann seinen Hosengürtel, um ihr die Hände auf den Rücken zu binden. Das ist das Ende, schoss es ihr durch den Kopf. Dieser Typ war total durchgeknallt. Jetzt konnte sie nur beten, dass er sie am Ende nicht auch noch umbrachte. Aber vielleicht würde das nicht einmal das Schlimmste sein.

Der Mann zwang sie, sich auf den Bauch zwischen die Steine zu legen. Danach legte er die Waffe ab und begann, an seiner Hose herumzunesteln. Beta versuchte verzweifelt, ihre Hände freizubekommen, aber der Gürtel saß zu stramm. Sie schrie um Hilfe, doch ihre Schreie verhallten ungehört zwischen Felswänden. Das ist das Ende, dachte sie erneut, doch da geschah etwas Merkwürdiges: Der Kerl kam ganz nahe an sie heran, und während sie wieder seine ekelhaften Ausdünstungen roch, hielt er plötzlich wie eingefroren mitten in der Bewegung inne. Da sie auf dem Bauch lag, konnte sie nicht genau sehen, was vor sich ging, aber mit einem Mal fiel der Mann wie ein nasser Sack auf sie und presste ihr die Luft aus der Lunge.

Beta stöhnte, das Gewicht des Mannes drohte sie zu ersticken. Sie wartete darauf, dass etwas passierte, aber der Widerling lag auf ihr und rührte sich nicht. Sekunden später spürte sie, wie ihr eine warme, klebrige Flüssigkeit in den Nacken floss. Erneut erfasste sie Panik. Sie wand sich unter dem leblosen Körper, aber erst nach mehreren Anläufen gelang es ihr, das Gewicht endlich abzuschütteln. Beta zog gierig die Luft in ihre Lungen. Nachdem die Sterne vor ihren Augen aufgehört hatten zu tanzen, drehte sie den Kopf zur Seite. Das Gesicht ihres Entführers war nur wenige Zentimeter von dem ihren entfernt. Dort, wo sich sein rechtes Auge befunden hatte, klaffte ein blutiges Loch.

27

Nico war aufgesprungen. Was er gerade auf dem Monitor beobachtet hatte, schockierte ihn. Erst hatte er dabei zusehen müssen, wie ihre Zielperson beinahe vergewaltigt worden wäre, und dann war er Zeuge einer Hinrichtung geworden. Er hatte sofort erkannt, dass der Mann tot war. Jemand hatte ihn erschossen. Gebannt verfolgte er, wie die junge Frau mit hektischen Augenbewegungen die Felswände um sie herum absuchte. Sie entdeckte niemanden. Auch das Ortungssystem, das die Bio-Chips im Umkreis ihrer Zielperson automatisch erfasste, zeigte keine weiteren Personen an. Weder im Steinbruch noch in seiner unmittelbaren Umgebung.

Nico erinnerte sich daran, dass Farley davongeeilt war, um sich der Sache anzunehmen, wie er es ausgedrückt hatte. War es möglich, dass er den tödlichen Schuss befohlen hatte? Wenn ja, kam es einer Exekution gleich. Zudem hätte es bedeutet, dass die ganze Zeit über ein unsichtbares Team in der Nähe ihrer Zielperson gewesen wäre.

Nico war verunsichert. Warum hatte man ihm nichts davon gesagt? Auch Davis oder Oxlade hatten ihm gegenüber kein Wort erwähnt. Und noch eine ganz andere Frage drängte sich ihm zwangsläufig auf: Was war an der junge Frau so wichtig, dass ihre Sicherheit die Hinrichtung eines Menschen rechtfertigte? Auch wenn es sich um einen Vergewaltiger handelte? In dem Dossier, das er über ihre Zielperson zu lesen bekommen hatte, war ihm nichts Weltbewegendes aufgefallen. Daher hatte er sie eher als eine Kleinkriminelle mit verrückten Haaren eingestuft, die lediglich über nicht näher definierte Verbindungen zum terroristischen Untergrund verfügte. Jetzt wurde ihm sein Irrtum bewusst. Eine kleine Taschendiebin würde wohl kaum auf der Liste der geheimsten Abteilung der USA landen. Irgendetwas an ihr musste für die nationale Sicherheit höchste Priorität besitzen.

Auf dem Bildschirm konnte er erkennen, dass die junge Frau panisch mit den Füßen strampelte, um von dem Toten fortzukommen. Dabei suchten ihre Augen immer wieder den Rand der Felswände nach dem unbekannten Schützen ab. Die Software, die die hektische Bilderflut glättete, stieß sichtlich an ihre Grenzen. Immer wieder stockte das Bild für den Bruchteil einer Sekunde. Manchmal erstarrte es sogar. Dann erschien im Blickfeld der Kamera eine weitere Person. Es war der Sohn des Toten.

Der Junge blickte mit offenem Mund auf ihre Zielperson hinab, die, wie Nico vermutete, noch immer mit gefesselten Händen auf dem Boden saß. Jetzt kam sie umständlich auf die Beine. Er hatte den Eindruck, als würde sie etwas zu dem

Jungen sagen, aber der stierte sie nur verständnislos an. Auf Nico hatte er von Anfang an den Eindruck gemacht, als sei er nicht besonders helle.

Plötzlich wurde der Junge von einer unsichtbaren Faust nach hinten gerissen. Er fiel der Länge nach hin und blieb zwischen den Steinen liegen. Nico wagte nicht zu atmen. Er brauchte einige Sekunden, bis er begriffen hatte, dass es einen zweiten Schuss gegeben haben musste.

Der Schütze musste noch vor Ort sein!

28

Endlich gelang es Beta, den Gürtel abzustreifen, der ihre Hände auf dem Rücken gefangen hielt. Sie schleuderte ihn angeekelt von sich und streifte hastig ihr T-Shirt über. Danach rannte sie in Richtung des Pick-ups. Dass irgendwo am Rand der Grube ein unsichtbarer Killer lauerte, der Menschen wie Karnickel erlegte, versetzte sie kaum weniger in Angst als dieser abartige Kerl, der sie vergewaltigen wollte und jetzt tot war. Als sie den Wagen erreichte, fiel ihr schlagartig ein, dass der Widerling den Autoschlüssel abgezogen hatte. Demnach musste er sich noch in seiner Hosentasche befinden. Sie atmete mehrmals tief durch, dann lief sie den ganzen Weg zurück. Bloß nicht anhalten und dem Killer ein Ziel bieten! Als sie die beiden Toten erreichte, tastete sie mit geschlossenen Augen die Hosentaschen des Mannes ab. Der Körper fühlte sich unangenehm warm an, und ihr kam es so vor, als würde der Kerl noch mehr riechen als in lebendigem Zustand.

Als sie gefunden hatte, was sie suchte, zog sie den Schlüsselbund mit spitzen Fingern heraus. Dabei bemühte sie sich krampfhaft, weder den Mann noch seinen toten Sohn anzusehen. Anschließend lief sie zurück zu dem Pick-up, und kaum hatte sie den Motor gestartet, trat sie auf das Gaspedal. Mit durchdrehenden Rädern schoss der Wagen die Schotterpiste hinauf. Als sie den Steinbruch verlassen hatte, raste sie in einem halsbrecherischen Tempo auf dem holperigen Waldweg zurück zur Straße. Die Äste schlugen gegen die Windschutzscheibe und die Löcher in dem unbefestigten Weg ließen den schrottreifen Wagen gefährliche Luftsprünge vollführen. Beta hatte Mühe, nicht die Kontrolle über ihn zu verlieren, aber langsamer fahren wollte sie auch nicht. Bevor sie sich abknallen ließ, fuhr sie lieber gegen einen Baum. Nach einer schier endlosen Meile erreichte sie wie durch ein Wunder unbeschadet die Asphaltstraße.

Mit quietschenden Reifen raste sie weiter. Einfach immer geradeaus. Wohin, das wusste sie selbst nicht. Hauptsache, sie brachte so viel Abstand zwischen sich und den Killer wie nur möglich. Erst als sie sicher war, dass ihr niemand folgte, entspannte sie sich ein wenig. Sie fuhr langsamer und hielt sich an die Geschwindigkeitsbegrenzung. Jetzt konnte sie nur hoffen, dass niemand die fremde Schrottkarre erkannte und sie stoppte. Zudem klebte das Blut des Vergewaltigers in ihren Haaren, was jede Polizeistreife erst recht in den Alarmmodus versetzt hätte.

Während sie angestrengt nach einem Verkehrsschild Ausschau hielt, um herauszufinden, wo sie sich befand, fragte sie sich immer wieder, wer den Hinterwäldler und seinen Sohn erschossen hatte. Man hätte meinen können, sie hätte einen Schutzengel gehabt, der mit Schalldämpfer um sich ballerte, was natürlich Blödsinn war. Beta lief ein Schauer über den Rücken. Sie warf zum tausendsten Mal einen Blick in den Rückspiegel, aber außer einem Vieh-Truck, der nun schon seit fünf Minuten hinter ihr herfuhr, konnte sie nichts Auffälliges feststellen. Dann entdeckte sie endlich ein Verkehrsschild. Zu ihrer Überraschung waren es bis Chicago nicht einmal hundert Meilen. Andererseits stieg mit jeder weiteren Meile die Gefahr, in dem fremden Wagen angehalten zu werden. Sie ging jede Wette ein, dass der fette Chief Inspector sie zur Fahndung ausgeschrieben hatte, weil sie nicht erschienen war.

Beta scherte aus und überholte einen am Straßenrand stehenden Traktor. Mittlerweile war sie sich sicher, dass zwischen den tödlichen Schüssen im Steinbruch und dem Mord an ihrer Mitbewohnerin ein Zusammenhang bestand. Doch welcher? Das ergab alles keinen Sinn. Wenn jemand sie ermorden wollte, warum rettete er sie danach vor dem Vergewaltiger? Und woher wusste er überhaupt, wo sie sich befand? Niemand kannte ihr Ziel.

Beta rieb sich die Augen. Wenn nur dieser latente Kopfschmerz aufhören würde! Dieses Stechen kam und ging, ohne dass sie etwas dagegen tun konnte. Allerdings war das im Moment ihr geringstes Problem. Sie musste den Pick-up loswerden, und zwar so schnell wie möglich. Als sie eine Brücke überquerte, die über einen kleinen Kanal führte, fällte sie eine Entscheidung. Sie bog in den nächsten Feldweg ein, und nachdem sie sich weit genug von der Straße entfernt hatte, ließ sie den Wagen in einem Maisfeld stehen. Danach ging sie zu Fuß zurück zu dem Kanal, wo sie sich an einer uneinsehbaren Stelle das klebrige Blut aus den Haaren wusch.

29

Direktor Henderson hörte seinem Agenten mit versteinerter Miene zu.

»Wie ich schon sagte: Uns blieb keine andere Wahl«, erklärte Farley. »Am Ende hätte er sie vielleicht getötet. Wie wir mittlerweile wissen, ist er in der Vergangenheit bereits mehrmals durch Gewaltdelikte auffällig geworden. Wir können von Glück sagen, dass wir das Team in der Nähe und in der Luft hatten.«

Henderson legte die Stirn in Falten. Er wirkte wenig überzeugt. »Wäre das Ganze nicht unauffälliger gegangen? Zwei Tote mit Kopfschuss, einer davon ein Minderjähriger – das erregt Aufmerksamkeit, die wir nicht brauchen.«

»In diesem Fall gab es keine Alternative. Der Typ hatte keinen Bio-Chip, offenbar waren er und sein Sohn nicht erfasst.«

»Dann sorgen Sie wenigstens dafür, dass die Sache keine Kreise zieht.«

»Ist bereits geschehen«, erwiderte Farley. »Noch wurden die Leichen in dem Steinbruch nicht gefunden, aber ich habe mich vorsichtshalber mit dem zuständigen Sheriff in Verbindung gesetzt. Er wird das Ganze als Jagdunfall zu den Akten legen.«

Henderson massierte den Narbenwulst auf seinem Handrücken und schwieg. Schließlich wechselte er das Thema. »Also gut, fangen wir an! Ich habe einige neue Anfragen auf den Tisch bekommen.«

Er reichte Farley einen Papierausdruck, auf dem etwa zwei Dutzend Namen aufgelistet waren. Als dieser den ersten Namen las, stutze er.

»Ist das *der* Rumford? Der Kongressabgeordnete?«

Henderson seufzte. »Eigentlich ein guter Mann, aber leider bereitet er uns in der letzten Zeit Probleme. Am liebsten würde er die Gesundheitsreform wieder rückgängig machen und den Einsatz unserer kleinen Spione verbieten. Das Gleiche gilt auch für ihn hier.« Er lehnte sich vor und tippte auf den zweiten Namen in der Liste. »Ein Mormone. Seitdem er in den Senat gewählt wurde, kämpft er mit allen Mitteln gegen das Gesundheitsgesetz. In seinen Augen ist die Nanotechnologie das reinste ›Teufelszeug‹. Leider findet er unter den anderen Senatoren immer mehr Zuhörer. Wir brauchen etwas, um die beiden ruhigzustellen. Also sorgen Sie dafür, dass Ihre Leute etwas finden. Wenn sie zu Hause in Frauenkleidern rumlaufen, will ich das wissen! Jeder hat ein Geheimnis, also finden Sie es! Sonst müssen wir einen anderen Weg gehen und das würde mir in diesem Fall leidtun.«

Farley glaubte ihm kein Wort, denn Gefühle oder ein wie auch immer geartetes Gewissen besaß sein Chef ganz sicher nicht.

»Vielleicht sollten wir uns Rumfords Ehefrau etwas näher ansehen«, schlug er vor. »Eine ehemalige Miss America. Wenn man den Society-Blogs Glauben schenken kann, ist sie nicht gerade ein Kind von Traurigkeit.«

»Tun Sie, was Sie für richtig halten! Hauptsache, Sie liefern mir Ergebnisse und die beiden hören auf, uns dazwischenzufunken.«

Der nächste Name auf der Liste gehörte einem prominenten Medienunternehmer, der sich inmitten einer Übernahmeschlacht befand, die seit Wochen die Nachrichten beherrschte.

»Wir wollen nicht, dass er Erfolg hat und den Laden übernimmt«, erklärte Henderson.

»Darf ich fragen, warum nicht?«

»Nein, dürfen Sie nicht!«, kanzelte ihn Henderson ab. »*Ihre* Aufgabe ist es, alles über sein Unternehmen und die Strategie seiner Anwälte herauszufinden. Wie ist er finanziell aufgestellt? Welche Positionen vertritt sein Management? Gab es in der Vergangenheit irgendwelche Verstöße gegen das Arbeitsrecht oder Auslandsgeschäfte mit geächteten Staaten? Wer sind seine Unterstützer, über welche politischen Verbindungen verfügt er? Sie wissen, was ich meine! Setzen Sie ein Team darauf an, das etwas von der Sache versteht. Wir brauchen so viele Interna wie möglich.«

»Privates auch?«

»Selbstverständlich! Allerdings werden wir vorerst keinen Gebrauch davon machen. Er soll nicht ruiniert werden. Wir wollen, dass er weiterhin im Spiel bleibt.«

Der Nächste auf der Liste war ein Fall für die Fahndungsabteilung innerhalb des TROJA-Programms. Es handelte sich um einen flüchtigen Anlageberater, der seine gut betuchte Ostküstenklientel um einen dreistelligen Millionenbetrag betrogen hatte. Farley mutmaßte, dass darunter auch Leute gewesen waren, denen er besser nicht in die Tasche gegriffen hätte. Der nächste Kandidat, ein mehrfacher Kindermörder, war ebenfalls auf der Flucht. Da die herkömmlichen Fahndungsmethoden bislang keinen Erfolg gebracht hatten und die Bevölkerung großen Anteil an dem Fall nahm, war der Mann aus parteipolitischen Gründen auf die Liste gehievt worden. Wahlen standen vor der Tür, und wie Farley von Henderson erfuhr, hatte das *Gremium* deshalb beschlossen, den Sicherheitsorganen und allen voran dem Justizminister zu einem medienwirksamen Erfolg zu verhelfen. Und so ging es weiter. Einige der Personen wurden schon länger auf der Liste geführt, andere waren frisch hinzugekommen.

Der letzte Name war ebenfalls neu. Farley hatte vor Jahren bei einer verdeckten Operation im Ausland mit dem Mann zusammengearbeitet. Es handelte sich um einen in einschlägigen Kreisen bekannten Waffenhändler, dessen sich die CIA seines Wissens hin und wieder bedient hatte. Überrascht nahm er das Kreuz zur Kenntnis. Er wusste, was das bedeutete, wagte aber nicht, danach zu fragen. Sein Gegenüber hätte ihm ohnehin keine Gründe genannt. Das *Gremium* beschloss und diskutierte nicht. Stattdessen kam er auf ein Thema zu sprechen, das ihm nicht weniger unangenehm war.

»Es geht um Agent Davis«, sagte er vorsichtig, nachdem Henderson ihm die letzten Instruktionen erteilt hatte.

Henderson lupfte eine Augenbraue. »Sie meinen dieses kleine Arschloch? Ich dachte, die Sache ist ein für alle Mal vom Tisch!«

»Das ist sie. Seit heute Nachmittag, um genau zu sein. Ich wollte Sie nur informieren.«

»Irgendein Schaden?«, erkundigte sich Henderson.

»Nein. Alles unter Kontrolle, Sir.«

Henderson nahm die Antwort mit einem emotionslosen Nicken zur Kenntnis. »Gut. Dann sorgen Sie dafür, dass sich Vorfälle dieser Art nicht wiederholen. Ich würde nämlich nur ungern auf Sie verzichten müssen …«

30

Die gewaltigen Satellitenschüsseln warfen einen Schatten von der Größe eines mittleren Stadtviertels. Man konnte unter ihnen stundenlang herumwandern, ohne Gefahr zu laufen, von der Wüstensonne gegart zu werden. Irgendein findiger Kopf war deshalb auf die Idee gekommen, die zu den Freizeiteinrichtungen gehörenden Tennisplätze in ihrem Schatten zu platzieren. Sogar eine Joggingstrecke schlängelte sich durch das Halbdunkel der gewaltigen Stahlkonstruktionen. Im Moment war Nico jedoch allein auf der Laufstrecke. Keiner der Agenten, die unter der Erde ihrer Arbeit nachgingen oder in den Unterkünften ihre Freizeit absaßen, ließ sich draußen blicken, woran sicher die noch immer unerträgliche Hitze schuld war. Nico war das nur recht. Im Moment verspürte er nicht die geringste Lust auf Small Talk. Nachdem er seine Schicht beendet und an Oxlade übergeben hatte, hatte er dringend Bewegung gebraucht. Also hatte er seine Laufschuhe geschnappt und war losgetrabt. Eine Beinahevergеwaltigung und die Hinrichtung zweier Menschen – sein erster Tag als FBI-Agent hatte es wahrlich in sich gehabt. Jetzt war er gelinde gesagt ein wenig durcheinander. Das Gefühl der Hilflosigkeit war eine einschneidende Erfahrung gewesen. Sicher, es handelte sich um eine Zielperson, die als Terroristin eingestuft war, aber dennoch war sie immer noch eine Frau. Tatenlos dabei zuzusehen, was dieser widerliche Kerl ihr antun wollte, hatte ihn beinahe verrückt gemacht. Und mit der Exekution des Mannes und seines Sohnes verhielt es sich nicht viel anders: Sie hatte ihn schockiert.

Nico umrundete den baumdicken Stahlträger, der mit einem Betonklotz im staubigen Boden verankert war, ein weiteres Mal und kehrte zu dem Ausgangspunkt seiner Runde unter der ersten Schüssel zurück. Hatte sein Vater während seiner langen Dienstzeit beim FBI ebenfalls mit ansehen müssen, wie Menschen getötet wurden? Oder hatte er gar selbst zur Waffe gegriffen? Nico hatte kein Problem damit, wenn ein Verbrecher seine gerechte Strafe erhielt. Er gehörte sogar zu den Befürwortern der Todesstrafe, auch wenn der größte Teil der Bevölkerung inklusive seiner Mutter sie als »tiefstes Mittelalter« verdammte. Er selbst hielt sich in dieser Hinsicht für einen Realisten. Nicht zuletzt der Tod seines Vaters hatte ihm schmerzhaft vor Augen geführt, dass es da draußen Individuen gab, die sich jenseits aller moralischen Kategorien bewegten. Aber eine Hinrichtung ohne vorherige Gerichtsverhandlung? Wer war hier der Richter?

Nico verfiel ins Gehen und rang nach Luft. Jenseits des Hochsicherheitszauns ließ die Abendsonne die Wüstenlandschaft in einem feurigen Rot erglühen. Je mehr er über das Erlebte nachdachte, desto stärker wurde das Bedürfnis, mit jemandem zu reden. Irgendeiner musste seine Fragen beantworten können. Aber wer? Außer seinen Teamkollegen kannte er bislang niemanden auf dem Gelände und Oxlade war ein arroganter Snob. Blieb also nur Davis, der ihn am Tag zuvor in das TROJA-Programm eingeführt hatte. Auch wenn er aus Davis nicht schlau wurde – der würde ihm vielleicht einige Fragen beantworten können.

Nico warf sich das Handtuch um, das er auf der hölzernen Sitzbank neben dem Tennisplatz deponiert hatte, und kehrte in seine Unterkunft zurück. Nachdem er sich unter der Dusche den Film aus Schweiß und Sand von der Haut geschrubbt hatte, begab er sich auf die Suche. Da Oxlade im Moment am Terminal saß, musste Davis eine Freischicht haben und irgendwo auf dem Gelände zu finden sein. Viele Möglichkeiten, seine Freizeit zu verbringen, gab es in diesem Gefängnis schließlich nicht.

Zuerst durchkämmte Nico die Aufenthaltsräume und die Kantine, und als er Davis dort nicht antraf, erkundigte er sich nach dessen Zimmernummer. Wie er erfuhr, lag seine Unterkunft in dem westlichen Gebäude, unweit der von privaten Sicherheitsleuten bewachten Einfahrt. Nico klopfte an die Tür, und als er keine Antwort erhielt, drückte er die Klinke herunter. Zu seiner Überraschung stellte er fest, dass die Tür unverschlossen war. Wenn er die »Hausordnung« richtig gelesen hatte, die in jedem Flur aushing, wurden die Agenten dazu aufgefordert, ihr Zimmer beim Verlassen stets abzusperren. Nico hatte sich über diese Vorschrift gewundert. Dies war vermutlich eine der am besten bewachten Einrichtungen der Vereinigten Staaten – wer sollte hier etwas aus dem Zimmer eines Agenten stehlen? Neugierig streckte er den Kopf durch den Türspalt. Das Zimmer glich dem seinen bis ins Detail. Schrank, Bett, Tisch, dazu das kleine Bad. Das Bett schien frisch gemacht, was an sich nichts Besonderes war. Wahrscheinlich war Davis im Gegensatz zu ihm lediglich ein ordentlicher Mensch. Was Nico viel mehr erstaunte, war der offen stehende Schrank. Er war leer.

»Davis?«

Nico wusste natürlich, dass sein Rufen unsinnig war, denn es befand sich offensichtlich niemand in dem Zimmer. Aber so fühlte er sich weniger wie ein Dieb, als er eintrat. Er stellte sich vor den Schrank und öffnete ihn ganz. Er war tatsächlich ausgeräumt. Das Gleiche galt für die Schubladen im Nachttisch und das Bad. Keine Zahnbürste, kein Deo – nicht einmal ein Handtuch hing am Haken. Wo war Davis? Konnte es sein, dass er umgezogen war, oder hatte man ihm eine falsche Zimmernummer genannt? Letzteres erschien Nico noch als die plausibelste Erklärung. Als er das Bad wieder verlassen wollte, stutzte er.

Er wusste nicht, warum ihm dieses Detail auffiel, aber unter dem Waschbecken lagen kleine weiße Krümel auf dem Boden. Nico bückte sich, und als er die Brösel näher untersuchte, stellte er fest, dass es sich um Putz handelte. Jemand hatte eine der Wandfliesen unter dem Becken gelockert, und als er vorsichtig dagegen klopfte, fiel sie ihm entgegen. Dahinter verbarg sich eine Mauernische, in der ein Notizbuch lag. Nicos Herzschlag beschleunigte sich. Offenbar hatte sein Partner ein Geheimnis, von dem niemand etwas wissen sollte.

Er blickte sich um, ob er wirklich allein war, dann konnte er der Versuchung nicht widerstehen. Vielleicht war es auch nur die professionelle Neugier eines FBI-Agenten, auf jeden Fall riskierte er einen Blick in das unscheinbare Buch. Die meisten Seiten waren über und über mit winzigen Zahlenkolonnen vollgekritzelt, lediglich auf der letzten Seite waren Namen zu entziffern, die Nico jedoch nichts sagten. Dafür erinnerte er sich an einen Vortrag über Verschlüsselungstechniken, die eine der führenden Koryphäen auf diesem Gebiet während seiner Ausbildung in Quantico gehalten hatte. Deshalb erkannte er sofort, dass es sich bei den Zahlenkolonnen um einen verschlüsselten Text handeln musste. Dass es private Aufzeichnungen waren, hielt er für unwahrscheinlich. Niemand machte sich die Mühe, sein Tagebuch derart aufwendig zu verschlüsseln. Es sei denn, er hatte etwas zu verheimlichen.

Was immer es war, das Davis hier verbarg, Nico wollte auf keinen Fall da hineingezogen werden. Also stopfte er seinen Fund hastig zurück in die Nische und setzte die Kachel wieder an ihren Platz. Dann überlegte er kurz, nahm sie wieder ab und wischte mit seinem T-Shirt die Fingerabdrücke von dem Büchlein. Das Gleiche tat er mit der Wand, nachdem er die Fliese wieder platziert hatte. Danach verließ er fluchtartig das Zimmer. Als er auf den Flur hinaustrat, stieß er zu allem Unglück mit Agent Farley zusammen. Der Hüne fixierte ihn misstrauisch.

»Was machen Sie hier?«

»Ich … ich suche Agent Davis«, stotterte Nico. Er kam sich vor wie ein ertappter Schuljunge.

»Agent Davis ist nicht mehr bei uns«, erklärte Farley kühl.

»Nicht mehr bei uns, Sir?« Nico konnte seine Überraschung nicht verbergen.

»Er hat um seine vorzeitige Entlassung aus dem Programm gebeten.«

»Und wo ist er jetzt?«

»Glauben Sie im Ernst, das würde ich Ihnen sagen?«

»Nein, Sir. Natürlich nicht.« Nico fiel ein, dass man nach Ablauf seiner Dienstzeit hier in der Wüste ohnehin an einer anderen Stelle innerhalb des Geheimdienstapparates eingesetzt wurde. Wahrscheinlich war Davis längst an seiner neuen Dienststelle und freute sich eines zivilen Lebens.

»Sonst noch was?«, raunzte ihn Farley an.

»Nein. Ich … ich wollte nur nach ihm sehen«, log Nico. »Wir waren verabredet. Wir wollten gleich eine Runde laufen.«

Kaum hatte Nico das gesagt, lief es ihm heiß den Rücken herunter. Was, wenn Farley ihn vorhin beim Joggen unter den Satellitenschüsseln gesehen hatte? Er verfluchte seine Neugier. Das versteckte Büchlein hätte er niemals anrühren dürfen. Zum Glück interpretierte Farley seine Unruhe falsch.

»Keine Sorge, Junge. Sobald ich jemanden entbehren kann, werde ich ihn Ihrem Team zuteilen«, sagte er. »Bis dahin müssen Sie und Agent Oxlade leider Sonderschichten fahren. Und jetzt habe ich zu tun!«

Als Farley außer Sicht war, beeilte sich Nico, so schnell wie möglich fortzukommen. Als er das klimatisierte Gebäude verließ, empfand er die Hitze zum ersten Mal als Erleichterung. Gleichzeitig fällte er eine Entscheidung. Von nun an würde er sich aus allem raushalten. Was Davis mit dem Notizbuch vorgehabt hatte, ging ihn nichts an. Auch wenn er sich fragte, warum er es zurückgelassen hatte. Immerhin schien es für ihn einen gewissen Wert zu besitzen, sonst hätte er es nicht so sorgfältig versteckt. Aber das spielte letztendlich alles keine Rolle. Er hatte verdammt lange darum gekämpft, dorthin zu gelangen, wo er jetzt war. Auf keinen Fall würde er seinen Traum durch dumme Neugier aufs Spiel setzen. Wenn seine Zeit in dieser Einöde vorbei war, würde er ebenso wie Davis wieder am Leben teilnehmen. Bis dahin wollte er nichts weiter als seinen Job machen und Verbrecher jagen

31

Der Fischreiher beäugte Beta mit gerecktem Schnabel. Als sie sich bewegte, stakste er mit steifen Beinen davon, als empfände er ihren Anblick als Zumutung. Sie konnte es dem Vogel nicht einmal verübeln. Sie hatte die Nacht unter der Brücke im Freien verbracht, weil ihr das Risiko, planlos in dem Pick-up herumzuirren, zu groß gewesen war. Außerdem hatte sie sich kurz ausruhen wollen, was sich jedoch in dem Moment, in dem sie auf den Kieseln wieder aufgewacht war, als Fehler entpuppt hatte. Sie hatte viel länger geschlafen, als sie beabsichtigt hatte, und jetzt fühlte sie sich, als hätte sie jemand in einen Sack gesteckt und mit Knüppeln auf sie eingedroschen. Jeder Knochen schmerzte. Darüber hinaus hatte sie das Erlebte nicht vergessen können.

Die Bilder vom Tag hatten sie in ihren Träumen immer wieder eingeholt, besonders der tote Junge ließ ihr keine Ruhe. Wer immer die lautlosen Schüsse in dem Steinbruch abgegeben hatte, war ganz sicher kein Amateur gewesen. Aber das war im Grunde lediglich eine Vermutung. Fest stand nur, dass sie in der Patsche saß. Sie wusste nicht einmal, wo sie sich im Moment befand, und die Provinzbullen würden vermutlich nicht lange brauchen, um sie mit den beiden Leichen im Steinbruch in Verbindung zu bringen. Ihre einzige Chance bestand darin, dass die Leichen bislang noch nicht entdeckt wurden. Dass jemand dieses Ekelpaket vermisste, konnte sie sich eigentlich kaum vorstellen. Vielleicht konnte sie seinen Pick-up deshalb doch noch nutzen. Zumindest so lange, bis sie in Chicago war, zurück in der Zivilisation. Auf keinen Fall wollte sie noch einmal trampen.

Nachdem sie sich das Gesicht in dem kalten Fluss gewaschen hatte, stieg sie wieder in den Pick-up, der noch immer in dem Maisfeld stand. Kurz darauf war sie unterwegs in Richtung Chicago. Sie hatte sich ausgerechnet, dass sie etwas weniger als eine Stunde brauchen würde. Wenn alles glattging, schaffte sie es also doch noch rechtzeitig, am vereinbarten Treffpunkt zu sein. Allmählich besserte sich ihre Laune, auch wenn sie wieder diese Kopfschmerzen hatte. In dem zugemüllten Wageninneren stank es grauenhaft, und auch als sie die Scheiben herunterließ, nahm der penetrante Gestank nicht ab. Er wurde eher schlimmer, weil er von den Plastiksäcken auf der Ladefläche auszugehen schien. Besser, sie wusste gar nicht erst, was der Verrückte in den Plastiksäcken hatte, dachte Beta, während sie nach einem weiteren Ortschild Ausschau hielt. Deshalb entdeckte sie die Straßensperre erst, als es bereits zu spät war.

Blitzschnell scannte sie ihre Möglichkeiten. Die Cops hatten die Stelle gut gewählt. Auf beiden Seiten der Straße verliefen tiefe Entwässerungsgräben, sodass ein Verlassen der Straße und damit ein Ausweichen unmöglich war. Auch für einen U-Turn war es zu spät. Die Motorradpolizisten, die hinter der mit Warnleuchten bespickten Absperrung warteten, hätten sie eingeholt, noch bevor sie den klapprigen Pick-up überhaupt gewendet hätte. In Bruchteilen von Sekunden wurde Beta bewusst, dass sie in der Falle saß. Als sie sich im Schritttempo der Absperrung näherte, wurde sie in eine improvisierte Haltebucht dirigiert. Kaum war der Pick-up zum Stehen gekommen, trat eine uniformierte Polizistin an das offene Fenster, während ihr Kollege sie mit der Hand an der Waffe absicherte.

»Würden Sie bitte den Motor ausmachen!« Die Polizistin bedachte Beta unter ihrem Mützenschirm mit einem kühlen, professionellen Blick. Gleichzeitig rümpfte sie ihre Nase, was Beta nicht verborgen blieb.

»Keine Ahnung, was mein Onkel in den Säcken geladen hat!«, erklärte sie hastig. Sie deutete nach hinten auf die Ladefläche. »Ich habe mir den Wagen nur geliehen. Mein Onkel ist ein komischer Kauz, müssen Sie wissen. Liegt irgendwie in der Familie!«

Sie lächelte gequält, was die Polizistin jedoch wenig interessierte. Stattdessen klinkte sie den mobilen Bio-Scanner von ihrem Ledergürtel.

»Würden Sie bitte Ihren linken Arm freimachen, Miss?«, sagte sie ohne eine Spur von Humor.

»Darf ich fragen, warum Sie die Autos anhalten?« Ein jämmerlicher Versuch, Zeit zu gewinnen.

»Reine Routine«, erwiderte die Polizistin, während sie den Scanner aktivierte. »Also, würden Sie bitte …«

Sie hielt das Gerät neben das Fenster. Für einen kurzen Moment war Beta versucht, ihr die Wagentür vor den Latz zu knallen und über die angrenzenden Felder abzuhauen. Was natürlich blanker Irrsinn war. Wahrscheinlich würde man sie über den Haufen knallen, bevor sie bis zehn zählen konnte. Ihr blieb nichts anderes übrig, als zu tun, was man von ihr verlangte. Also schob sie ihren Ärmel hoch und legte das Handgelenk auf die Lesefläche des Scanners. Sobald ein Signalton ertönte, nahm die Polizistin das Gerät wieder an sich.

»Danke, das war's«, sagte sie, während sie auf das Ergebnis im Display wartete.

»Kann ich jetzt weiterfahren?«

»Moment noch«, sagte die Polizistin, ohne ihren Blick zu heben. »Sie sind in Boston gemeldet?«

Offenbar hatte sie die Daten jetzt auf dem Schirm.

»Ja. Ich bin zu Besuch hier«, stöhnte Beta. »Bei meinem Onkel.«

»Und wie ist der Name Ihres Onkel?«

Genau diese Frage hatte Beta befürchtet. Sie fühlte sich wie ein Torwart, der einen Angreifer allein auf sich zustürmen sah. Während sie noch händeringend nach einem Namen suchte, kam es ihr so vor, als habe die Polizistin etwas bemerkt, was sie selbst vom Fahrersitz aus nicht sehen konnte. Jedenfalls klickte sie den Scanner betont langsam zurück an ihren Gürtel. Dann machte sie plötzlich einen schnellen Schritt zurück und zog ihre Waffe.

»Hände auf das Lenkrad!«, schrie sie. »Sofort!«

Die Mündung zielte genau auf Betas Kopf.

»Hören Sie, das Ganze ist …«

»Hände auf das Lenkrad!«, wiederholte die Polizistin. Ihre Stimme drohte sich zu überschlagen. »So, dass ich sie sehen kann! *Harry!*«

Ihre Kollege, der abseitsgestanden hatte, war bereits neben ihr.

»Was ist los?«, fragte er mit gezückter Waffe.

Die Polizistin nickte in Richtung der Ladefläche, ohne ihre Halbautomatik aus Betas Gesicht zu nehmen. Etwas Dunkles tropfte durch den Spalt der Heckklappe und bildete auf dem Asphalt eine glänzende Lache.

Der zweite Polizist näherte sich mit schussbereiter Waffe dem Wagen und lugte vorsichtig auf die Ladefläche. Anschließend steckte er die Waffe zurück in das Holster und hievte einen der stinkenden Säcke herunter. Als er das Plastik mit einem Taschenmesser zerschnitt, kam ein ausgeweidetes Kaninchen zum Vorschein. Auch in den anderen Säcken befanden sich blutige Tierkadaver. Der Polizist wischte sich angeekelt die Hände an seiner Uniformhose ab.

»Fehlalarm«, informierte er seine Kollegin. »Nur die Ausbeute einer Jagd. Einer ziemlich erfolgreichen, würde ich mal behaupten.«

»Kann ich jetzt weiter?« Beta saß auf heißen Kohlen.

Die Polizistin steckte ihre Pistole wieder weg. »Nicht so schnell.«

»Aber ich habe nichts verbrochen!«

Die Polizistin lächelte kühl. »Es gibt da jemanden, der anderer Meinung ist. Deshalb muss ich Sie leider festnehmen.«

Beta umklammerte das Lenkrad. Ihre Hände schwitzten. »Und weswegen?«

»Wegen Verweigerung einer notwendigen medizinischen Behandlung«, klärte die Frau sie auf. »Paragraf dreizehn des Gesundheitsgesetzes. Also – würden Sie jetzt bitte aussteigen?«

Beta kletterte wie ferngesteuert aus dem Wagen. Sie hatte damit gerechnet, dass der Inspector sie zur Fahndung ausgeschrieben hatte oder die beiden Leichen in dem Steinbruch entdeckt worden waren. Diese Scheißkrebszellen in ihrer Brust hatte sie hingegen glatt vergessen. Seit ihrer Flucht aus Boston hatte sie nicht ein einziges Mal an ihren Rot-Status gedacht. Jetzt wusste sie nicht, ob sie darüber erleichtert sein sollte. Widerstandslos ließ sie sich von der Polizistin zu einem vergitterten Mannschaftswagen führen. Dort wurde sie gebeten, ihre Taschen zu leeren.

»Können Sie nicht ein Auge zudrücken und mich einfach gehen lassen?«, flehte sie. »Ich habe niemandem etwas getan. Ich bin doch keine Verbrecherin! Bitte!«

»Tut mir leid, Miss! Gesetz ist Gesetz und ich bin Polizistin. Die Taschen, bitte!«

»Und wohin bringen Sie mich?«

»Wir werden Sie in die nächste Klinik bringen«, erklärte die Beamtin mit professioneller Gleichgültigkeit. »Was die danach mit Ihnen machen, geht uns nichts mehr an.«

Die Polizistin stieß einen lautlosen Pfiff aus, als sie das Geldbündel sah, das Beta aus den Tiefen ihrer Lederjacke zutage förderte. Zusammen mit ihrem Schüsselbund war es das Einzige, was sie besaß.

»Mehr habe ich nicht!«, versicherte sie genervt.

»Umdrehen und Beine spreizen!«

Die Polizistin ging in die Knie und begann, Beta nach versteckten Waffen abzutasten. Als ihre Finger etwas spürten, zog sie ein gefaltetes Papier aus Betas Gesäßtasche. Sie warf einen desinteressierten Blick darauf, faltete den Zettel wieder zusammen und steckte ihn zurück. Danach setzte sie ihre Suche fort. Als sie ihre Leibesvisitation beendet hatte, schloss sie den Bus auf.

»Okay, rein mit Ihnen!«, forderte sie Beta auf.

Kaum hatte Beta auf einer der spartanischen Sitzbänke Platz genommen, fiel die Wagentür mit einem scheppernden Knall zu. Durch das vergitterte Fenster konnte sie sehen, wie die Polizistin an die Straßensperre zurückkehrte, um zusammen mit ihren Kollegen den nächsten Wagen zu überprüfen. Sie spürte, wie ihr Tränen der Wut und der Hoffnungslosigkeit in die Augen schossen. Sie zog die Nachricht, die Sebastian in ihrem Briefkasten gefunden hatte, aus ihrer Gesäßtasche und faltete den Papierfetzen behutsam auseinander.

Ob sie ihr Versprechen jemals würde einlösen können?

32

»Mangolia?« Henderson kniff die Augen zusammen, um die Schrift auf dem Schwarz-Weiß-Monitor besser entziffern zu können. »Was zum Teufel soll das bedeuten?«

»Das wissen wir noch nicht«, meldete sich Oxlade zu Wort. »Die Abfrage der Datenbanken hat keinerlei Treffer gebracht, die einen Sinn ergäben.«

Da es absehbar gewesen war, dass ihre Zielperson an der Straßensperre Schwierigkeiten bekommen würde, hatte Nico Farley alarmiert, woraufhin dieser sofort eine Krisensitzung einberufen hatte. Nun waren alle mit dem Auftrag Nr. 42/82 befassten Personen im sogenannten »War-Room« versammelt und verfolgten gebannt das Geschehen auf dem Wandmonitor. Außer Henderson und Farley saßen Nico, Oxlade und Agent Ramirez mit am Tisch. Maria Ramirez war Nico nur kurz vorgestellt worden. So wie er das mitbekommen hatte, sollte sie den frei gewordenen Platz von Davis in ihrem Dreierteam einnehmen.

»Vielleicht handelt es sich um ein Code- oder ein Passwort«, merkte Ramirez an, nachdem der Papierfetzen aus dem Blickfeld verschwunden war, weil ihn die Zielperson wahrscheinlich wieder eingesteckt hatte. Sie klemmte eine schwarze Locke hinter ihr Ohr und blickte selbstbewusst in die Männerrunde.

»Wenn es ein Passwort ist, stellt sich die Frage, wofür?«, sinnierte Oxlade. »Bis jetzt gibt es weder einen Hinweis auf ein unbekanntes Bankkonto noch irgendetwas Vergleichbares. Es existiert auch kein Internet-Account mit diesem Passwort. Möglicherweise handelt es sich um etwas Privates, ohne Bedeutung für uns.«

Auf dem Wandmonitor blickte die Kamera durch ein vergittertes Busfenster. Neben der Straße waren abgeerntete Felder zu erkennen, in einiger Entfernung unterhielten sich zwei uniformierte Polizisten.

Nico räusperte sich. »Ich glaube nicht, dass das Wort keinerlei Bedeutung besitzt. Warum sollte es jemand sonst in ihrem Briefkasten deponieren? Laut Überwachungsprotokoll wurde die Nachricht von der Zielperson nämlich genau dort gefunden.«

»Und welche Schlussfolgerungen ziehen Sie daraus?«, wollte Henderson wissen.

Alle Augenpaare richteten sich auf Nico.

»Vielleicht handelt sich um eine Botschaft«, erklärte er. »Es wäre doch möglich, dass es sich um eine Art Alarmcode handelt. Ich habe mir die medizinischen Daten zum Zeitpunkt des Fundes genauer angesehen: Die Zielperson wurde durch den Fund des Zettels in einen extremen Erregungszustand versetzt.« Er gab auf der Tastatur einen Befehl ein. Die Schwarz-Weiß-Übertragung verschwand, an ihrer Stelle füllten farbige Diagramme den Bildschirm. Nico benutzte den Cursor. »Hier, genau in der Sekunde, in der die Zielperson den Zettel zum ersten Mal betrachtet, schießt der Puls in die Höhe, Atmung und Blutdruck steigen wie sonst nur unter einer sportlicher Belastung.«

Die anderen im Raum überprüften das Gesagte anhand der abgebildeten Zahlen und Kurven. Allein Oxlade warf Nico vernichtende Blicke zu.

»Also schön, Agent«, bestimmte Henderson knapp, »dann finden Sie heraus, was das zu bedeuten hat. Und jetzt zu unserem eigentlichen Problem: Wie konnte es überhaupt zu der Verhaftung kommen? Ich dachte, ich hätte klare Anweisung gegeben, die Zielperson auf keinen Fall aufzuhalten!«

»Wir haben die Kontrolle nicht kommen sehen«, nahm Farley sein Team in Schutz. »Unsere Systeme konnten sie nicht erfassen, weil sie in keinem Dienstplan eingetragen war. Vermutlich war die Straßensperre eine spontane Entscheidung des Officers vor Ort.«

»Dürfte ich einen Vorschlag machen?« Agent Ramirez hob den Zeigefinger wie in der Schule.

»Dazu sind Sie hier«, brummte Henderson. »Schießen Sie los!«

Nur Farley und er wussten, dass vom Gelingen dieser Operation das Fortbestehen des gesamten TROJA-Programms abhängen konnte.

Ramirez gab sich einen Ruck. Auch sie fühlte sich durch Hendersons kalte Autorität zunehmend eingeschüchtert. Man erzählte sich, er sei früher bei den Navy Seals gewesen.

»Wie wäre es, wenn wir einen medizinischen Notfall auslösen?«, schlug sie vor. »Bei einem der angehaltenen Autofahrer vielleicht. In der Aufregung und dem Chaos könnte ihr die Flucht gelingen.«

»Haben wir die nötigen IDs?«, fragte Henderson in die Runde.

»Ihre und die der Cops«, bestätigte Nico. Er schickte die entsprechenden Chip-Kennziffern mit den dazugehörigen Klarnamen auf den Monitor. Darüber hinaus hatte das System zu jeder aufgeführten Person bereits eine umfangreiche Datenmenge zusammengetragen. Dazu gehörten Geburtsurkunden, Krankenakten, aktuelle und ehemalige Arbeitgeber, eventuelle Vorstrafen, Bankverbindungen, Einkaufsverhalten, getätigte Flugbuchungen, soziale Kontakte, Internetkonten und so weiter. Selbst verstorbene Haustiere und Lieblingsfarbe waren in Sekundenschnelle erfasst worden und auf Knopfdruck abrufbar. Henderson verschränkte die Arme, legte den Finger an seine Nasenspitze und studierte die angezeigten Personen. In dem fensterlosen Raum wurde es so still, dass man eine Stecknadel fallen hören konnte. Am Ende war es Farley, der das Schweigen brach.

»Es gibt keine Garantie, dass es funktioniert«, wandte er ein. »Was ist, wenn ihr die Flucht nicht gelingt? Abgesehen davon, dass wir unter diesen Umständen jemanden umsonst geopfert haben, läuft sie Gefahr, bei dem Fluchtversuch verletzt zu werden. Immerhin wissen die Cops nicht, wer ihnen da ins Netz gegangen ist.«

»Warum nehmen wir nicht einfach mit ihrem Vorgesetzten Kontakt auf?«, warf Oxlade ein. »So wie wir es bei der Brandsache in Boston gemacht haben? Sie können doch mit einem Anruf dafür sorgen, dass man sie wieder laufen lässt. Immerhin geht es um die nationale Sicherheit.«

»Genau das werden wir nicht tun«, erklärte Farley ruhig. »Das wäre kontraproduktiv und würde die Situation nur verschlimmern. Unsere Zielperson weiß jetzt, dass sie nicht zur Fahndung ausgeschrieben ist. Und das, obwohl ihre Freundin ermordet wurde und sie sich klammheimlich aus dem Staub gemacht hat. Das Gleiche gilt für die wundersame Rettung in dem Steinbruch. Wenn man sie jetzt auch noch ohne plausible Erklärung gehen lässt, obwohl ihr G-Status rot ist, wird sie endgültig misstrauisch. Ich an ihrer Stelle wäre es längst.«

»Warum ist sie überhaupt auf Rot gesetzt?«, erkundigte sich Henderson.

»Wir dachten, es würde den Handlungsdruck erhöhen und uns nutzen«, erklärte Farley mit einem Schulterzucken.

»Offensichtlich haben Sie falsch gedacht«, bemerkte Henderson tonlos. »Jetzt gefährdet Ihre glorreiche Idee unser gesamtes Vorhaben.«

Nico horchte auf. Welches Vorhaben? In den Anweisungen, die sie zur Zielperson erhalten hatten, stand nur etwas von Observation.

»Und wenn wir den G-Status ändern?«, erkundigte sich Ramirez. »Wenn sie nicht mehr auf Rot gesetzt ist, gibt es keinen

Grund, sie länger festzuhalten. Die Ärzte könnten behaupten, es sei ein technischer Fehler gewesen. Was in einem gewissen Sinne ja auch zutrifft, wie ich gerade mitbekommen habe.«

Wie Nico vermutete, saß sie bestimmt immer in der ersten Reihe.

Farley schüttelte den Kopf. »Dann hätten wir noch immer einen verdammt glücklichen Zufall. Wie ich Ihnen bereits zu erklären versucht habe, ist es absolut entscheidend, dass die Zielperson von unserer *Anwesenheit* nichts bemerkt.«

Plötzlich zog das Geschehen auf dem Schwarz-Weiß-Monitor an der Wand wieder die Aufmerksamkeit auf sich. Man sah, wie die Wagentür aufschwang und ein abgerissener Mann in den Polizeibus gestoßen wurde. Trotz der mäßigen Bildqualität war für jeden im Raum ersichtlich, dass er betrunken war.

Henderson lehnte sich zurück. »Vielleicht sollten wir das Ganze als Chance sehen«, sagte er mehr zu sich selbst.

Keiner der jungen Special Agents traute sich nachzufragen, was der Direktor damit meinte. Stattdessen spielten sie betreten mit ihren Händen. Mit einem Mal schlug Henderson auf den Tisch. Offenbar hatte er seine Entscheidung gefällt.

»Wir werden Teil zwei der Operation vorziehen«, sagte er. »Auf dem Schlachtfeld geht es darum, die Initiative zu behalten – also improvisieren wir! Im Grunde hätte es gar nicht besser kommen können!« Er wandte sich an Farley. »Ich hoffe, wir sind entsprechend vorbereitet?«

»Wir haben nach Davis noch keinen neuen Kandidaten festgelegt«, gab dieser zu bedenken. »Sie wollten damit warten, bis der richtige Zeitpunkt gekommen ist. Das waren Ihre eigenen Worte, Sir!«

»Dann ist der richtige Zeitpunkt eben jetzt!«, entgegnete Henderson gereizt. »Ich überlasse die Wahl Ihnen. Hauptsache, wir verlieren keine Zeit! Und noch eins«, wandte er sich in die Runde, als sich alle erhoben. »Von nun an will ich über jeden Schritt informiert werden. Ich hoffe, ich habe mich diesmal deutlich genug ausgedrückt!«

33

Das grelle Licht machte sie noch wahnsinnig! Beta stöhnte und drehte den Kopf zur Seite, um der Helligkeit zu entkommen. Sie lag auf einer fahrbaren Liege, ein dünnes Tuch bedeckte ihren nackten Körper und ihre Hand- und Fußgelenke waren mit breiten Klettbändern fixiert. Seitdem die Cops sie in dem Pick-up gestoppt hatten, war ihr Kopfschmerz schier unerträglich geworden. Daran hatte auch die Spritze nichts geändert, die man ihr gegen ihren Willen bei der Einlieferung verpasst hatte. Wo sie sich befand, konnte sie nur vermuten. Irgendwo in der Nähe von Chicago. Den Sicherheitsschleusen nach zu urteilen, durch die man sie wie ein Stück Vieh geschoben hatte, musste es sich um eine dieser neuen »Spezialkliniken« handeln, die dem Gesundheitsministerium direkt unterstellt waren. Genau genommen handelte es sich lediglich um als Krankenhaus getarnte Gefängnisse, wie Beta fand. Plötzlich vernahm sie das Quietschen von Gummisohlen, kurz darauf das Rascheln von Stoff. Sie spürte, wie jemand von hinten an das Kopfende der Liege trat und auf sie herabblickte. Eine Wolke aus Desinfektionsseife und billigem Parfüm umwehte sie. Sie versuchte herauszufinden, wer hinter ihr stand, aber die Fesseln hielten sie unerbittlich fest.

»Okay, Honey! Es geht los«, hörte sie plötzlich eine weibliche Stimme sagen.

Gleichzeitig setzte sich die Liege mit einem harten Ruck in Bewegung. Beta hätte vor Wut schreien können. Die Hilflosigkeit trieb ihr die Tränen in die Augen. Unsichtbare Hände schoben sie einen hell beleuchteten Flur entlang, eine automatische Pendeltür schwang auf, wenige Meter weiter noch eine. Am Ende wurde sie in einen mit lindgrünen Kacheln ausgekleideten Raum bugsiert und allein zurückgelassen. Beta hob den Kopf, so weit sie konnte. Die geballten High-Tech-Instrumente und die tunnelartige Röhre ließen keinen Zweifel daran, dass sie sich in einem OP-Saal befand. Sie zerrte wild an den Fesseln, die ihre Gelenke festhielten. Sie bewegten sich keinen Millimeter.

»Na, na! Sie wollen uns doch nicht wieder davonlaufen, oder?« Eine weitere weibliche Stimme. Ihr warmer Klang erinnerte Beta an die Erzählstimme in einem Hörbuch aus ihrer Kindheit. Kurz darauf schob sich ein vermummtes Gesicht in ihr Blickfeld. Es gehörte einer Frau mittleren Alters mit asiatisch anmutenden Augen. Mund und Nase verbargen sich hinter einem Mundschutz, der die gleiche lindgrüne Farbe besaß wie ihr eng geschnittener Kittel und die Kacheln an der Wand.

»Hallo!«, sagte die Frau, deren Gesichtszüge man hinter

dem Stoff nur erahnen konnte. »Ich bin Dr. Lu, Ihre behandelnde Ärztin.«

»Lassen Sie mich gehen!«

Die Ärztin lächelte hinter ihrem Mundschutz. »Sie wissen, dass ich das nicht kann. Tut mir leid.«

»Dann will ich sofort einen Anwalt sprechen!« Beta riss erneut an den Fesseln, die sie auf der Liege festhielten. »Machen Sie mich los!«

»Einen Anwalt?«, wunderte sich Dr. Lu, während sie ihrer Patientin nebenbei den linken Unterarm mit einer durchsichtigen Paste einschmierte. »Niemand will Ihnen etwas tun. Sie sind hier, damit wir Ihnen helfen können. Also entspannen Sie sich einfach!«

»Wenn Sie mir wirklich helfen wollen, dann lassen Sie mich einfach gehen!« Beta drehte ihren Oberkörper, um die Ärztin direkt anzusehen: »Bitte!«

»Das kann ich nicht«, erwiderte diese in einem mitfühlenden Ton. Sie zog das Tuch fort, das Betas nackten Körper bedeckte. »Ich würde meinen Job verlieren. Und meine Zulassung gleich mit. Als Staatsbürger der Vereinigten Staaten sind Sie nun einmal verpflichtet, zu Ihrer Heilung nach bestem Wissen und Gewissen beizutragen. Und Sie haben sich mutwillig einer dringend notwendigen Behandlung entzogen. Sogar mehrmals, wie ich Ihrer Akte entnommen habe.«

Beta schwieg.

»Vielleicht bekommen Sie jetzt sogar eine Geldstrafe aufgebrummt«, fuhr Dr. Lu fort, während sie den Bio-Scanner auf Betas eingeschmiertem Unterarm platzierte und zuschnappen ließ. »Aber keine Sorge, das kriegen wir schon hin! In dem Gutachten für den Richter spielt die psychologische Verfassung eine wichtige Rolle. Und bei Ihrer Diagnose dürfte es ein Leichtes sein, Argumente zu Ihren Gunsten zu finden.«

Beta spürte, wie die Ärztin sie sanft an der Schulter berührte.

»Ich will nicht, dass man mich aufschneidet!«, platzte es aus ihr heraus.

Die Ärztin bemühte sich darum, sie zu beruhigen. »Aber wer redet denn von aufschneiden?«, lachte sie. »Ich werde die Nanobots in Ihrem Körper lediglich ein wenig umprogrammieren und danach werden wir Sie eine Weile hierbehalten. So lange, bis wir wissen, ob die Therapie erfolgreich war.«

»Und wie lange ist das?«, erkundigte sich Beta zaghaft.

Dr. Lu sah kurz auf den Monitor, auf dem sie Betas elektronische Krankenakte geöffnet hatte. »Mmmh, Mammakarzinom im mittleren Stadium – insgesamt ungefähr sechs Wochen, würde ich vermuten. Vielleicht aber auch acht. Je nachdem, wie unsere kleinen Helfer mit den Aufräumarbeiten in Ihrem Körper vorankommen. Sie werden die Zeit schon überstehen.«

Das blanke Entsetzen erfasste Beta. So lange würde sie es niemals in diesem Klinik-Knast aushalten!

»Jetzt machen Sie doch nicht so ein Gesicht!«, versuchte die Ärztin, sie aufzumuntern. »Sie wollen doch geheilt werden, oder nicht? Ich verspreche Ihnen, dass Sie nicht das Geringste spüren werden. Das meiste werden Sie ohnehin verschlafen. Und wenn Sie Glück haben, sind Sie sogar früher wieder zu

Hause, als Ihnen lieb ist!«, fügte sie mit einem Augenzwinkern hinzu.

»Und wenn es nicht funktioniert?«

»Sie meinen, wenn Ihre Nanobots nicht alle Krebszellen in Ihrer Brust zerstören können?«

Ein kaum wahrnehmbares Nicken.

»Nun, in dem Fall müssten wir Sie tatsächlich aufschneiden«, sagte Dr. Lu, während sie das Computersystem hochfuhr. »Aber ich kann Sie beruhigen: Bis dahin ist es noch ein langer Weg. Jetzt sollten Sie sich einfach entspannen. Sie werden sehen, der Rest geht wie von selbst!«

Als sie keine Antwort erhielt, begann sie damit, ihre nackte Patientin zu verkabeln. Mit geübten Bewegungen trug sie auf die entsprechenden Stellen an Brust und Stirn erneut ein farbloses Kontaktmittel auf, danach befestigte sie die verschiedenfarbigen Elektroden. Zum Schluss stach sie Beta eine Kanüle in die Armbeuge, die einen direkten Zugang zu ihrer Arterie ermöglichte, und bedeckte ihren nackten Körper wieder mit einem Leinentuch.

»Der Schmerz ist gleich vorbei!«, sagte sie. Nachdem sie den Katheterschlauch angeschlossen und den Sitz der farbigen Elektroden ein letztes Mal überprüft hatte, schob sie Beta samt ihrem fahrbaren Untersatz in die röhrenförmige Diagnose- und Operationseinheit. Als die Liege an ihrem Platz eingerastet war, signalisierte eine grüne Lampe die Einsatzbereitschaft der mannshohen Apparatur. Im Inneren der Röhre vernahm Beta ein leises Summen. Wenn sie zwischen ihren nackten Zehen hindurchlinste, konnte sie die Ärztin sehen, wie sie vor der Maschine stand und etwas einprogrammierte. Plötzlich hörte das Tippen auf. Beta spürte, wie sie schläfrig wurde. Das Narkosemittel, das ihr die Maschine in den Blutkreislauf pumpte, begann zu wirken. Sie fühlte sich mehr und mehr wie in Watte gepackt. Nur am Rande registrierte sie, wie die Ärztin den OP-Saal verließ und Sekunden später mit einem Kollegen zurückkehrte.

»Sicher ist es wieder ein Hardwaredefekt«, hörte sie den herbeigerufenen Arzt sagen. Seine Stimme war weit weg.

»Das kann nicht sein«, widersprach die Ärztin. »Alle Systeme arbeiten einwandfrei. Ich habe das schon überprüft. Die Werte müssten demnach korrekt sein.«

Ihr Kollege war einige Sekunden lang still. Dann sagte er plötzlich: »Lass mich mal in die Akte sehen!«

Wieder trat Stille ein. In der engen Röhre war nur das Summen der Lüftung zu hören.

»Mammakarzinom im bereits fortgeschrittenen Stadium?« Die Stimme des Arztes klang irgendwie überrascht. »Die PSA-Werte zeigen nichts Auffälliges an. Sie sind völlig normal. Das Gleiche gilt für die anderen Werte.«

»Genau deshalb habe ich dich gerufen.«

»Aber dann stimmt die Diagnose nicht.«

»Sieht ganz danach aus …«

Beta strengte sich an, jedes Wort mitzubekommen. Es ging um sie, das wusste sie, aber sie fühlte sich so unglaublich müde.

»Wo ist die Patientin denn gemeldet?« Es war wieder der Arzt gewesen.

»In Boston«, erwiderte Dr. Lu. »Dort wurde auch die

Diagnose gestellt. Danach hat sie die Aufforderung, sich unverzüglich behandeln zu lassen, zweimal ignoriert. Deshalb ist sie hier.«

»Dann haben die Kollegen in Boston Mist gebaut. Oder ihre Anlage funktioniert nicht. Hast du die Steuereinheit schon gefüttert?«

»Mit welchem Programm denn? Wo kein Tumor ist, kann ich auch nichts eingeben. Auf was sollte ich die Bots denn ansetzen?«

»Das stimmt auch wieder.«

»Und was jetzt? Sollen wir die Behandlung abbrechen?«

»Das wäre vorerst das Beste«, riet ihr Kollege. »Läuft die Narkose schon?«

»Ja.«

»Na, dann gibt es eben einen Trip auf Staatskosten. Sieh mal, was ist das überhaupt für eine merkwürdige Kennung? *NX-4.* Die ist mir noch nie untergekommen. Vielleicht handelt es sich um ein neues Bot-Modell, das mit unserem alten Kasten nicht kompatibel ist.«

»Du hast recht: Diese Kennung sehe ich auch zum ersten Mal«, staunte Dr. Lu. »Zumindest würde ein neues Modell unsere fehlerhaften Messwerte erklären können. Wer zum Kuckuck ist dieses Mädchen?«

34

Nico drückte seine Stirn gegen das Sicherheitsglas und beobachtete, wie die Landschaft unter ihm dahinflog. In dem Businessjet herrschte eine luxuriöse Ruhe, allein das Glas übertrug die sanften Vibrationen der Triebwerke. Er war der einzige Passagier an Bord, und noch immer konnte er nicht begreifen, dass die Wahl ausgerechnet auf ihn gefallen war. Natürlich hatte er nicht eine Sekunde gezögert und den Auftrag angenommen. Jetzt wurde ihm allerdings zunehmend mulmig zumute. Würde er die Erwartungen, die Henderson und Farley in ihn setzten, auch erfüllen können? Wenn er seine Sache gut machte, konnte er das geheime Programm vielleicht vorzeitig verlassen und auf einen schönen Posten in die Zivilisation zurückkehren. So wie Davis. Er brauchte nur auf die Wälder unter ihm hinabzublicken, um zu wissen, dass er nicht für den Rest seines Lebens in der Wüste hocken wollte. Er liebte den frischen Geruch des Waldes, den Duft der Felder. Das erinnerte ihn an zu Hause. Nico ließ sich wieder in den weichen

Ledersitz sinken und versuchte, sich auf das zu konzentrieren, was ihm in den letzten Stunden eingetrichtert worden war. Außerdem rief er sich alles ins Gedächtnis, was er auf der FBI-Academy über verdeckte Ermittlungen und falsche Identitäten gelernt hatte. Er wollte für alles gewappnet sein, denn er war im Begriff, auf die Jagd zu gehen. Nicht am Bildschirm, sondern ganz real. Und dazu würde er für unbestimmte Zeit in eine fremde Haut schlüpfen und sein eigenes Ich tief in sich einschließen müssen.

Im Nachhinein ergab die Entscheidung des Direktors, einen Undercover-Agenten einzusetzen, durchaus Sinn. Auch wenn sie von der Maßnahme völlig überrascht wurden. Wie ihr Team erfahren hatte, war der Einsatz eines Agenten aus Fleisch und Blut von Anfang an geplant gewesen. Und das aus einem simplen Grund: Sowohl Direktor Henderson als auch Farley gingen davon aus, dass ihre Zielperson von den Bildschirmen verschwinden würde, sobald sie ihr unbekanntes Ziel erreicht hatte. Wie das möglich war, hatten sie nicht zu erklären vermocht, nur, dass es aller Wahrscheinlichkeit nach so kommen würde. Offenbar verfügten die Leute, mit denen sie am noch unbekannten Zielort zusammentreffen würde, über die Möglichkeit, die Bio-Chips zu neutralisieren. Das hatte nicht nur Nico verblüfft. Bislang waren er und die anderen Agents davon ausgegangen, dass niemand in der Lage war, den Verschlüsselungsalgorithmus der implantierten Chips zu knacken. Da mit dem Versagen der elektronischen Überwachung zu rechnen war, hatten sich Henderson und Farley vorsorglich dafür entschieden, in diesem besonderen Fall einen

Special Agent auf die Zielperson anzusetzen. Er sollte den erwarteten Ausfall des Systems kompensieren und weiterhin Informationen liefern. Wie sich herausgestellt hatte, war Davis ursprünglich für diese Rolle auserkoren worden, aber da er aus dem Programm ausgeschieden war, hatte der Direktor Nico den Job angeboten. Natürlich hatte er sofort zugestimmt. In Wahrheit war er angesichts der Verantwortung, die man ihm übertrug, total perplex gewesen.

Noch vor Sonnenaufgang hatte ihn ein Hubschrauber ohne Kennzeichnung zu einer Air-Force-Basis gebracht, wo der Learjet bereits mit laufenden Turbinen auf ihn gewartet hatte. Nico warf einen Blick auf die vergoldete Kabinenuhr. In weniger als einer Stunde würde er landen. Bis dahin durfte er sich wie der Präsident persönlich fühlen. Ein ganzes Flugzeug nur für ihn allein! Vor wenigen Tagen noch hatte er seine FBI-Karriere am Ende gewähnt, und nun flog er zu einem Auftrag, der so wichtig war, dass ihn nicht einmal die Piloten zu Gesicht bekamen. Seit ihrem Abheben von der Air-Base hatte sich niemand in dem Lounge-ähnlichen Passagierraum blicken lassen. Mit einem Mal überkam ihn das grandiose Gefühl, alles in seinem bisherigen Leben richtig gemacht zu haben. Er fragte sich, welche bedeutenden Männer wohl schon in dem weichen Sessel gegenüber gesessen und sich aus der Bordbar bedient haben mochten. Allein die neuen Nanobots, die man ihm kurz vor der Abreise injiziert hatte, bereiteten ihm ein leichtes Unbehagen. Dabei trug er nun schon seit seinem elften Lebensjahr diese winzigen Apparate in seinem Körper. Er hatte sich angewöhnt, die kleinen Maschinen in seiner Blutbahn, so gut es ging, zu ignorieren, so wie jeder andere auch. Nun war das nicht mehr so einfach. Zu wissen, dass seine Augen nicht mehr ihm allein gehörten, war – gelinde gesagt – ein wenig gewöhnungsbedürftig.

»Glauben Sie, er ist der Aufgabe gewachsen?«

Auf dem geteilten Wandschirm des unterirdischen War-Rooms ließ die Schwarz-Weiß-Übertragung eine Flugzeugkabine erkennen; in einem anderen Bildausschnitt bewegte sich ein lilafarbiges Icon mit rasender Geschwindigkeit über die Landkarte Richtung Westen.

»Wir werden es sehen«, erwiderte Henderson kühl. »Er ist nicht besser oder schlechter geeignet als jeder andere, den wir momentan zur Verfügung haben.«

»Aber er ist erst seit wenigen Tagen bei uns«, gab Farley zu bedenken. »Ich finde, wir gehen ein zu großes Risiko ein. Wir hätten ihn vorher testen müssen. Wir wissen so gut wie nichts über ihn.«

Henderson war sichtlich genervt von den Bedenken, die ihm sein Abteilungsleiter vortrug. »Sie müssen zugeben, dass Sie mit Ihrer letzten *Einschätzung* gefährlich danebenlagen …«

»… was wir rechtzeitig korrigieren konnten. Trotzdem: Ich halte die Wahl für ein unkalkulierbares Risiko.«

»Das ganze Leben ist ein unkalkulierbares Risiko!«, fuhr Henderson ihn an. »Sagen Sie mir lieber, wer ihn führen soll!«

»So lange, bis ein anderes Team frei wird, Agent Oxlade und Agent Ramirez.«

»Besitzen die beiden überhaupt Erfahrung in der Agentenführung?«

»Bis jetzt waren sie nur zur Observation eingesetzt. Deshalb werde ich mich wohl persönlich darum kümmern müssen.«

»Tun Sie das!« Henderson warf einen Blick auf den Bildschirm. Die subjektive Kamera sprang durch das Innere des Flugzeugs, streifte den Teppichboden und blieb auf der Kabinentür hängen.

»Ist für die Ankunft alles vorbereitet?«, erkundigte er sich.

»Auf dem Flugfeld wartet bereits ein Krankenwagen. Wenn alles glattgeht, wird er um circa neun Uhr Ortszeit eingeliefert. Ich habe dafür gesorgt, dass unsere Zielperson so lange festgehalten wird.«

»Gut. Gab es sonst irgendwelche Probleme?«

»Die behandelnde Ärztin wollte wissen, warum und weshalb. Nur die übliche Neugier.«

»Und?«

»Ich habe sie unmissverständlich daran erinnert, dass sie eine Angestellte des Gesundheitsministeriums ist.«

Hendersons Mundwinkel umspielte ein zufriedenes Lächeln. »Es ist immer wieder erstaunlich, wie sehr Menschen an ihren erbärmlichen Jobs hängen, finden Sie nicht?«

Nico lockerte den obersten Knopf seines derben Baumwollhemdes, streifte die Turnschuhe ab und legte die Füße auf den leeren Ledersessel gegenüber. Sollten Oxlade und Ramirez an ihren Bildschirmen ruhig vor Neid platzen. Obwohl es schade war, dass er keine Gelegenheit mehr gefunden hatte, seine neue Kollegin ein bisschen näher kennenzulernen. Insgeheim wusste Nico natürlich, dass Maria Ramirez eine Nummer zu groß für ihn war, aber vielleicht würde sich das ja nach seinem erfolgreichen Einsatz ändern.

Er rekelte sich genüsslich in dem samtweichen Leder. Es fiel ihm schwer, sich auf die bevorstehende Aufgabe zu konzentrieren. Immer wieder ging er in Gedanken seine falschen biografischen Daten durch. Familienname, Geburtsdatum und -ort, Schule, Beruf, Krankengeschichte. Ihm waren nur wenige Stunden geblieben, um sich mit seiner neuen Identität vertraut zu machen. Jetzt war er ein vorbestrafter Umwelt-Aktivist, der unheilbar an Leukämie erkrankt war. Nico strich sich über sein Kinn. Es wäre gut gewesen, wenn die Zeit gereicht hätte, um sich einen Bart wachsen zu lassen. Zusammen mit dem rustikalen Outfit, das man ihm auf die Schnelle verpasst hatte, wäre seine Tarnung sicher perfekt gewesen.

Viel größere Sorge als sein glatt rasiertes Kinn bereitete ihm jedoch seine fiktive Krankengeschichte. Wie sollte er glaubwürdig einen an Leukämie erkrankten Menschen simulieren? Farley hatte zwar versucht, ihm alles einzutrichtern, was er in den Datenbänken darüber finden konnte, aber sich in die Rolle eines Todkranken hineinzuversetzen, war ein anderes Kaliber, als bloß in eine fremde Haut zu schlüpfen. Außerdem waren da immer noch die Nanobots in seinem Körper, die sich wahrscheinlich bereits an seine Sehnerven gekoppelt hatten und alles, was er betrachtete, nach New Mexico übertrugen. In der Regel dauerte der Kopplungsvorgang weniger als eine Stunde, dann, so hatte man ihm erklärt, würde er unter Umständen leichte Kopfschmerzen bekommen. Bis jetzt spürte Nico nicht das leiseste Anzeichen. Er hoffte sehr, dass es so blieb.

35

Ein leiser Signalton weckte Beta aus der Narkose. Es dauerte quälend lange, bis ihr benebeltes Gehirn die umherschwirrenden Erinnerungsstücke eingefangen und zu einem Ganzen zusammengefügt hatte. Als ihr bewusst wurde, wo sie sich befand, wollte sie sofort aufspringen, aber es ging nicht. Verstört stellte sie fest, dass sie an dem Bett festgeschnallt war. Sie drehte ihren Kopf. Sie war allein in dem Zimmer. Neben ihr piepte ein weißes Gerät und irgendjemand hatte ihr einen komischen Kittel angezogen. Sie versuchte sich krampfhaft zu erinnern. Zuletzt hatte sie in dieser Operationsröhre gelegen, aber was danach geschehen war, fiel ihr einfach nicht mehr ein. Sie hatte einen Filmriss. Als sie sich aufrichten wollte, um aus dem vergitterten Fenster zu sehen, kam ein Pfleger in das Zimmer. Er hatte einen Vollbart und auf seinem muskulösen Unterarm prangte ein tätowierter Engel.

»Hi, ich bin Marc«, sagte er, während er die Feststellbremse löste.

»Wohin bringen Sie mich?«, wollte Beta wissen.

»Sie werden verlegt.« Marc schaltete das piepende Gerät ab und schob dann Betas Bett an. »Irgendwelche technischen Probleme. Fragen Sie mich nicht!«

Ohne eine weitere Erklärung bugsierte er das fahrbare Bett auf den Flur hinaus.

»Bin … bin ich operiert worden?« Betas Mund war so trocken, dass sich ihre Zunge wie Schmirgelpapier anfühlte.

»Ich sagte doch: Wir haben ein Problem mit Ihren Nanos. Deshalb schicken wir Sie weiter nach Boston. Bei uns sind Sie fehl am Platz.«

»Und warum machen Sie mich dann nicht los?«, beschwerte sich Beta. Dieses ständige Herumgeschobenwerden war erniedrigend. »Ich bin alt genug, um selbst zu laufen!«

»Das bezweifelt keiner, Süße. Aber bei uns genießen die Patienten nun einmal den besonderen Luxus, gefahren zu werden. Wir tun alles, damit sich unsere Kunden bei uns wohlfühlen!«

Beta vermutete, dass es andere Gründe für diese Vorschrift gab. So wie die Gitter vor den Fenstern, an denen sie vorbeirollte, sicher nicht der Taubenabwehr galten. Sie unternahm den Versuch, sich den Weg zu merken, aber nach mehreren Richtungswechseln und Fahrstuhlfahrten gab sie wieder auf. Am Ende landete sie in einer Tiefgarage, in der mehrere Krankenwagen parkten. Der Pfleger stellte das Bett ab, indem er mit dem Fuß die Bremse einrasten ließ, und betätigte die Sprechanlage neben dem Fahrstuhl.

»Ey, was ist los mit euch?«, schimpfte er, als sich die Zentrale meldete. »Wo ist der verdammte Wagen, der zum Transport bereitgestellt werden sollte? Ich stehe hier unten mit der Patientin und kein Schwein ist da!«

»Welche Fallnummer?«, krächzte eine weibliche Stimme zurück.

Der Pfleger las die 12-stellige Nummer von dem Bio-Scanner an Betas Handgelenk ab und diktierte sie genervt weiter.

Nach einer kurzen Pause meldete sich die Frau zurück. »Okay, ich habe dir einen Fahrer geschickt. In zehn Minuten ist er bei dir, also entspann dich. Sehen wir uns heute Abend?«

Die Antwort ging in einem Höllenlärm unter. Ein Krankenwagen kam mit eingeschaltetem Blaulicht in die Tiefgarage gerast. Nachdem der Fahrer den Motor und die Sirene abgestellt hatte, stieg er seelenruhig aus.

»Hi, Marc!«, rief er dem Pfleger zu. »Du siehst aus, als hättest du schlechte Laune!«

»Die in der Zentrale kriegen es einfach nicht hin«, rief der Angesprochene zurück und kratzte seinen Bart. »Wie läuft's bei dir? Alles klar?«

»Abgesehen von meiner Alten und meinem Ischias ist alles in bester Ordnung«, lachte der Fahrer. »Ich bring euch einen Neuzugang. Angeblich einer von den ganz Harten!«

Er ging nach hinten, öffnete die Wagentür und ließ per Knopfdruck eine Trage hinausgleiten. Auf ihr war jemand festgeschnallt, mehr konnte Beta nicht erkennen. Erst als der Fahrer die Trage an den Aufzug rollte und den wartenden Pfleger per Handschlag begrüßte, sah sie, dass es sich um einen jungen Mann handelte. Er hatte feine Gesichtszüge und war ungefähr so alt wie sie. Als sie Blickkontakt mit ihrem Leidensgenossen aufnehmen wollte, drehte der sich demonstrativ von ihr weg.

Idiot!, dachte Beta. Wenn sie nicht in dieser beschissenen Lage wäre, würde sie diesem arroganten Schönling ihre Meinung sagen!

Plötzlich ließ ein Schrei sie zusammenzucken. Der Krankenwagenfahrer, der nur wenige Schritte von ihrem Bett entfernt stand, griff sich an die Schläfen. Dann brach er zusammen und wälzte sich wimmernd auf dem Boden. Beta bekam nicht viel mit, da die Riemen sie auf dem Bett festhielten, aber die Schreie des Mannes waren dafür umso entsetzlicher. Sie hallten von den Betonwänden der Tiefgarage wider und gingen ihr durch Mark und Bein. Der Pfleger ließ sich auf die Knie fallen, um dem Mann zu helfen, aber schon nach wenigen Augenblicken sprang er wieder auf. Er schlug auf den Knopf der Sprechanlage und brüllte in das Mikrofon, dass er mit einem Notfall auf dem Weg nach oben sei. Gleichzeitig packte er seinen röchelnden Kollegen unter den Achseln und schleifte ihn in den Aufzug. Sekunden später schlossen sich die Türen und in der Tiefgarage verbreitete sich eine beängstigende Stille.

36

Nico war bewusst, dass ihm jetzt kein Fehler unterlaufen durfte. Wie man ihm auf der Academy beigebracht hatte, war der erste Kontakt mit der Zielperson entscheidend. Er konnte den Unterschied zwischen Vertrauen oder Misstrauen ausmachen. Derartige Dinge spielten sich im menschlichen Gehirn in Sekundenbruchteilen ab, und hatte das Unterbewusstsein erst sein Urteil gefällt, war es nur sehr schwer zu revidieren. Aus diesem Grund vermied er es tunlichst, Interesse an der jungen Frau zu zeigen, die neben ihm in dem Bett lag. Obwohl er gewusst hatte, dass etwas Ähnliches passieren würde, hatte ihn der Zusammenbruch des Krankenwagenfahrers dennoch betroffen gemacht. Er wusste nicht, was die umprogrammierten Nanobots in dessen Körper angestellt hatten, aber es hatte wie ein Todeskampf geklungen.

Nico zerrte demonstrativ an dem Klettband, mit dem seine rechte Hand an der Trage festgeschnallt war. Es wäre ein Leichtes gewesen, sich zu befreien, denn das Band war locker, aber es war Teil der Inszenierung. Er spürte, wie seine Zielperson ihn aufmerksam beobachtete, deshalb tat er so, als würde es ihn jede Menge Anstrengung kosten, bevor er seine Hand endgültig herauszog. Sobald er es geschafft hatte, befreite er seinen linken Arm, dann öffnete er die Schlaufen an seinen Fußgelenken und glitt von der Trage.

Als er sich davonstehlen wollte, rief ihm Beta hinterher: »Hey! Und was ist mit mir?« Nico drehte sich um. »Lass mich nicht hier hängen! Die Typen kommen sicher gleich zurück!«

Nico tat so, als müsste er das Für und Wider abwägen.

»Komm schon, nur eine Hand!«, bettelte Beta. Sie versuchte, sich aufzurichten.

Nico sah zum Ausgang der Tiefgarage, zögerte, schließlich kehrte er zurück und öffnete den Verschluss an Betas Handgelenk. Kaum war ihre eine Hand befreit, löste sie blitzschnell die anderen Bänder und sprang auf den Boden.

»Danke«, keuchte sie.

»Nichts zu danken.« Nico wandte sich wieder in Richtung Ausgang.

»Wo willst du hin?«

»Abhauen. Was geht dich das an?«

»Weil der Ausgang garantiert bewacht wird. Darum. Außerdem wirst du so nicht weit kommen.«

Nico sah auf seine nackten Zehen, die unter seinem Patientenkittel hervorlugten.

»Besser, wir nehmen den da.« Beta nickte in Richtung des Krankenwagens, in dem Nico transportiert worden war. »Wenn wir Glück haben, kommen wir damit durch.«

Nico beachtete sie nicht, sondern lief zu dem Wagen. Der Schlüssel steckte. Er schwang sich hinter das Lenkrad, doch bevor er losfahren konnte, zwängte sich Beta auf den Beifahrersitz.

»Ich komme mit!«, entschied sie. Auch sie war barfuß und trug lediglich einen kurzen Patientenkittel. »Immerhin war es meine Idee.«

Als Nico sie skeptisch von der Seite musterte, verlor sie die Geduld.

»Jetzt fahr endlich los! Hier sind überall Kameras, falls du das noch nicht bemerkt hast. Oder willst du, dass sie uns wieder auf ihre blödsinnigen Liegen schnallen?«

»Ich kenne dich nicht.«

»Scheiß drauf! Fahr endlich!«

Nico zuckte mit den Achseln, legte den Gang ein und setzte mit durchdrehenden Reifen zurück. Nur nicht übertreiben, ermahnte er sich. Obwohl es ihn mächtig juckte, das Erlernte einmal in der Praxis auszuprobieren. Immerhin war er beim Fahrtraining in Quantico der Beste gewesen, aber das brauchte die junge Frau neben ihm nicht zu wissen. Im Gegenteil, es würde sie nur misstrauisch machen. Er wendete den Wagen etwas langsamer, als er gekonnt hätte, und jagte die Rampe zur Ausfahrt hoch. Als er die rot-weiße Schranke auf sich zukommen sah, umklammerte er mit beiden Fäusten das Lenkrad.

»Festhalten!«

Gleichzeitig gab es einen ohrenbetäubenden Knall. Scheinwerfer splitterten, die Schranke brach aus der Verankerung und der Krankenwagen schleuderte um die eigene Achse. Der Wachmann stürmte aus seinem Glashäuschen, und bevor er überhaupt begriff, was passiert war, raste Nico bereits mit quietschenden Reifen vom Klinikgelände.

»Alles in Ordnung?«, erkundigte er sich, während sie in den Berufsverkehr eintauchten.

Beta ließ den Griff, an dem sie sich festgekrallt hatte, wieder los. Ihr Herz raste. »Das war nicht schlecht! Bist du Stuntman oder so was?«

»Ich reite Rodeos«, erwiderte Nico, während er erneut einen Blick in den Rückspiegel warf. Das war eine Idee der gelifteten Psychologin gewesen, die sie bei der Erstellung seiner falschen Identität zurate gezogen hatten. Vermutlich hatte sie eine verborgene romantische Ader. Er selbst fand die Berufswahl ziemlich dick aufgetragen, obwohl er sich eingestehen musste, dass sich diese »Harte-Jungs-Nummer« gar nicht so übel anfühlte.

»*Rodeoreiter?* Erzähl keinen Quatsch! Ich dachte immer, sich von Pferden schmeißen zu lassen, das machen nur testosterongeschwängerte Bauerntölpel ohne Hirn.«

»Glaub, was du willst!«, brummte Nico. »Dahinten kannst du aussteigen!«

»Kommt gar nicht infrage! In diesem lächerlichen Kittel und ohne Schuhe komme ich nicht mal einen Block weit. Außerdem habe ich kein Geld.«

»Du steigst trotzdem aus! Ich habe schon genug Probleme am Hals.«

»Ach, stell dir vor, da bist du nicht der Einzige«, sagte Beta.

»Deshalb schlage ich vor, dass wir uns schnellstens etwas einfallen lassen. Zwei Leute in diesem Outfit, noch dazu in einem schrottreifen Krankenwagen – wenn du mich fragst, ist das nicht gerade 'ne gute Tarnung, wenn man abhauen will.«

Nico musste ihr recht geben. Der abgerissene Kotflügel hing so knapp über dem Asphalt, dass sie bei jeder Unebenheit einen Funkenregen hinter sich herzogen. Immer wieder blieben Passanten stehen und sahen ihnen nach. Bei der hastigen Einsatzvorbereitung in New Mexico hatte außerdem niemand daran gedacht, dass sie Kleidung brauchten, sobald ihnen die Flucht aus dem Krankenhaus gelungen war. Hoffentlich hatten sie wenigstens nicht die anderen Sachen vergessen!

»Sieh mal im Handschuhfach nach!«, sagte Nico, während er im Windschatten eines Linienbusses dahinkroch, um weniger Aufmerksamkeit zu erregen. »Vielleicht findest du ja was Brauchbares. Mach schon!«

Er registrierte, wie sich die junge Frau neben ihm versteifte, aber dann kam sie seinem Befehl doch nach. Zu ihrer Verblüffung fand Beta im Handschuhfach tatsächlich eine prall gefüllte Brieftasche. In den Fächern mussten einige Hundert Dollar stecken, wie sie blitzschnell überschlug. Als sie tiefer grub, entdeckte sie weiter hinten in dem Fach, verborgen unter Einweghandschuhen und zerknüllten Papiertüchern, Tütchen mit weißen Kristallen und einen sechsschüssigen Revolver.

»Der Typ fährt nicht nur Krankenwagen, der vertickt nebenbei Crystal-Meth«, stellte sie erstaunt fest.

Wenigstens hatte Farley den Revolver nicht vergessen,

dachte Nico. Ohne ihn hätte er seinen Auftrag nur schwerlich erfüllen können. Er wäre zum Improvisieren gezwungen gewesen.

»Gib mir die Waffe!«, forderte er.

»Warum sollte ich?«

»Weil testosterongeschwängerte Bauerntöpel besser damit umgehen können«, erwiderte Nico mit einem Grinsen.

Er musste zugeben, dass die junge Frau neben ihm in dem Kittel wirklich süß aussah. Ganz anders als auf den Fahndungsfotos. Irgendwie weiblicher, trotz dieser knallbunten Frisur. Darüber hinaus fiel es ihm zunehmend schwer, nicht auf ihre Brüste zu starren, die sich unter dem dünnen Stoff nur allzu deutlich abzeichneten. Diesen Spaß wollte er weder Agent Oxlade noch den anderen Jungs an ihren Bildschirmen gönnen. Zu wissen, dass jemand seine Augen benutzte, der Tausende Meilen weit weg unter der Erde hockte, fühlte sich ohnehin seltsam an. Hoffentlich würde er sich noch dran gewöhnen.

»Okay«, sagte Beta, nachdem sie lange gezögert hatte. Sie gab Nico den Revolver. »Ich kann diese Dinger ohnehin nicht ausstehen. Aber von der Kohle behalte ich die Hälfte!«

»Von mir aus«, erwiderte Nico gleichgültig, während er die Waffe an der Seite des Sitzes verstaute. Plötzlich trat er abrupt auf die Bremse.

»Spinnst du?«, kreischte Beta. Sie konnte im letzten Moment verhindern, dass sie durch die Windschutzscheibe flog.

Nico deutete auf die andere Seite, wo über einem Lagerschuppen ein handgemaltes Schild auf einen Kleidermarkt für Bedürftige hinwies. »In dieser Aufmachung können wir nicht einfach in ein Geschäft spazieren und mit dem Geld etwas zum Anziehen kaufen. Aber bis dahin könnten wir es schaffen.«

Beta runzelte die Stirn. Sie war skeptisch. Anderseits kam von ihr auch kein besserer Vorschlag. Also ließen sie den demolierten Krankenwagen stehen und überquerten zur Freude der Leute barfuß und mit wehenden Kitteln die dicht befahrene Straße. Als sie wenig später den Schuppen wieder verließen, waren sie neu eingekleidet. Nico trug eine ausgewaschene Jeans und ein Sweatshirt, während sich Beta mit einem kurzen schwarzen Kleid hatte zufriedengeben müssen. Trotz panischer Wühlerei hatte sie in den Kleiderbergen nicht eine einzige Hose in ihrer Größe gefunden.

»Ich hasse Kleider!«, bemerkte sie, während sie pikiert auf ihre Schuhe hinabsah. Sie waren mindestens eine halbe Nummer zu klein und besaßen eine grauenhafte Farbe, aber wenigstens fielen sie nicht in die Kategorie Holzfäller.

»Und mein Sweatshirt mufft wie ein Paar alte Socken«, ergänzte Nico. »Aber das ist, glaube ich, im Moment unser kleinstes Problem.«

Er legte den Arm um Beta und drängte sie in eine andere Richtung.

»Ey, was soll das?«, empörte sich Beta. »Lass mich sofort los!«

Sie wollte sich aus der Umklammerung befreien, aber Nico hielt sie eisern fest. Er raunte ihr ins Ohr:

»Benimm dich ganz unauffällig!«

Erst jetzt bemerkte Beta den Streifenwagen auf der gegenüberliegenden Straßenseite. Beide Cops waren ausgestiegen. Während der eine in ein Funkgerät redete, umrundete der zweite neugierig den beschädigten Krankenwagen.

»Tu einfach so, als wären wir ein Paar«, flüsterte Nico. »Nur bis zu der Ecke dahinten, danach sind wir außer Sicht.«

Er musste davon ausgehen, dass die Cops nicht in die laufende Operation eingeweiht waren, und so wie er Oxlade und Agent Ramirez einschätzte, würden sie zuallererst zu Farley dackeln, bevor sie etwas unternahmen. Deshalb war es klüger, auf der Stelle zu verschwinden. Der eine Officer glotzte bereits zu ihnen hinüber.

Als Nico Beta mit sich zog, bemerkte er, wie sie sich innerlich dagegen sträubte. Er spürte ihre Angst, aber auch die Hitze, die ihr zierlicher Körper an seiner Seite ausstrahlte. Als sie um die Ecke gebogen waren, nahm er den Arm wieder von ihrer Schulter.

»Danke«, sagte Beta. »Ich habe die Cops nicht gesehen.«

»Schon gut. Kann jedem passieren.«

»Und jetzt? Was hast du vor?«

»Ich muss untertauchen, sonst legen sie mich auf den OP-Tisch. Leider gibt es keinen Weg, um diese verfluchten Dinger loszuwerden.«

Er tippte auf die Stelle, an der sein Bio-Chip im Muskelgewebe steckte.

»Und wenn es doch einen Weg gibt?«, fragte Beta langsam.

»Niemand kann das«, widersprach Nico. »Die Teile lassen sich nicht einfach so rausschneiden. Die Nanobots in deinem

Blut würden sofort Amok laufen. Und den Deaktivierungscode hat bis jetzt noch keiner geknackt.«

»Ach ja? Wer behauptet das?«

Nico hielt inne und sah Beta prüfend in die Augen.

»Du lügst«, stellte er fest.

»Und wenn nicht? Woher willst du das wissen?« Beta hielt seinem Blick stand. »Vielleicht kenne ich ja jemanden, der das kann. Vertrau mir einfach!«

BUCH III
MANGOLIA

37

Maria Ramirez atmete erleichtert auf. Wie sie auf ihren Bildschirmen erkennen konnte, bewegten sich die Bio-Chip-Icons der beiden Streifenpolizisten nicht von der Stelle. Als sie auf die Überwachungskamera an der nächsten Ecke umschaltete, sah sie die beiden Polizisten noch immer unschlüssig neben dem aufgefundenen Krankenwagen stehen. Sie zoomte ihre Gesichter heran. Offenbar wussten sie nicht, was sie mit dem demolierten Fahrzeug anfangen sollten. Sie rührten sich weiterhin nicht vom Fleck, während sich die Symbole von Agent Stiller und ihrer Zielperson immer weiter von ihnen entfernten. Dennoch überlegte Ramirez, ob sie schnell ihren Chef Farley informieren sollte. Nur für den Fall, dass die Cops und ihre Vorgesetzten nicht doch zurückgepfiffen werden mussten.

Wenn man vom Teufel spricht, dachte sie, als sie den kräftigen Hünen über den Rand der Trennwand hinweg auf sich zukommen sah.

»Ich wollte Sie gerade anfunken!«, sagte sie, während Farley neben sie trat und die Bildschirme studierte.

»Ist alles glatt über die Bühne gegangen?«, erkundigte er sich.

»Glatt wäre übertrieben, aber sie haben es geschafft«, berichtete ihm Ramirez. »Die Flucht aus der Klinik war wirklich spektakulär. Schade, dass Sie nicht dabei waren!«

»Wo sind sie jetzt?«

»Immer noch in Chicago. Sie haben sich erst einmal Klamotten organisiert.«

»Klamotten?«

»Sie hatten nur ihre Patientenkittel.«

Farley fluchte. Sie hatten vergessen, außer dem Geld und der Waffe auch Kleidung in dem Krankenwagen zu deponieren. Solche Kleinigkeiten konnten das ganze Unternehmen scheitern lassen.

»Und was machen sie jetzt?«, wollte er wissen.

»Sie sind gerade dabei, ein Auto zu kaufen.«

»Lassen Sie mich mal sehen!«

»Wen wollen Sie?«, fragte Ramirez. »Unsere Zielperson oder Agent Stiller?«

»Stiller.«

»Kommt sofort!« Ramirez klemmte sich eine schwarze Locke hinter das Ohr, tippte einen Befehl ein und Sekunden später wechselte die optische Übertragung auf Nicos Bio-Chip. Die Schwarz-Weiß-Kamera streifte eine lange Reihe von Autodächern, fuhr unter eine geöffnete Motorhaube, dann richtete sie sich auf ein Gesicht. Kariertes Sakko, spitzer Hemdkragen und Zahnpastalächeln. Geldscheine wurden abgezählt, wechselten den Besitzer. Danach sprang die Kamera auf Beta, die offenbar die ganze Zeit über neben Nico gestanden hatte. Sie sagte etwas, das man nicht hören konnte.

»Was meinen Sie? Vertraut sie ihm?« Farley beobachtete nachdenklich das Geschehen auf dem Bildschirm.

»Schwer zu sagen«, entgegnete Ramirez. »Sie scheint vorsichtig zu sein. Auf der anderen Seite sind sie noch zusammen.«

Farley richtete sich wieder auf und runzelte die Stirn. »Hoffen wir, dass er nicht leichtsinnig wird. Immerhin ist er ein blutiger Anfänger.«

38

»Musste es wirklich so eine hässliche Karre sein?«, lästerte Beta, nachdem der Gebrauchtwagenhändler Nico die Schlüssel für den schmutzig braunen Chevrolet ausgehändigt hatte. »Diese Farbe war vor zwanzig Jahren angesagt. Außerdem hättest du handeln müssen. Das war viel zu viel!«

»Und wenn schon«, meinte Nico. »Es ist ja nicht unser Geld.«

»Falsch!«, widersprach ihm Beta. »Die Hälfte gehört mir! Vergiss das nicht!«

»Dafür ist die Kiste sauber«, sagte Nico, während er die Wagenpapiere einsteckte. »Und unauffällig ist sie auch.«

»Ich würde sagen, sie ist grottenlangweilig.« Beta nickte in Richtung des zweisitzigen BMW, der weiter vorn in der Autoreihe angeboten wurde. »Warum nehmen wir nicht den da drüben?«

»Weil wir keinen auf Bonnie und Clyde machen wollen!«, erwiderte Nico. »Die suchen uns – schon vergessen?«

»Okay, okay! Immer mit der Ruhe! War ja nur ein Vorschlag«, sagte Beta. »Aber ich fahre!«

»Kommt nicht infrage!« Nico fuhr lieber selbst, wenn ihm jemand im Nacken saß.

»Du hast keine Ahnung, wohin wir wollen«, erklärte Beta ruhig. »Also gib mir die Schlüssel!«

Sie streckte die Hand aus. Als Nico der Aufforderung nicht nachkam, fügte sie hinzu: »Es liegt an dir. Entweder du kommst mit mir, oder du versuchst selbst, deinen Chip loszuwerden. Aber entscheide dich heute noch!«

Nico zögerte, schließlich händigte er ihr widerstrebend den Schlüssel aus.

»Also schön!«, sagte er. »Du fährst! Aber halte dich an das Tempolimit! Ich hab keine Lust auf eine Verkehrskontrolle!«

Beta verdrehte die Augen. Sie verkniff sich einen Kommentar und stieg in den Wagen. Schon bald hatten sie die Stadtgrenze Chicagos hinter sich gelassen. Von nun an zog ein See nach dem anderen an ihnen vorbei, dazwischen lagen die immer gleichen Vorortsiedlungen. Der Rasen akkurat geschnitten, die Doppelgaragen frisch gestrichen.

»Wie heißt du eigentlich?«, fragte Beta plötzlich.

»Nico. Und du?«

»Beta.«

»Oh, lass mich dein Alpha sein!«, witzelte Nico.

»Haha! Ich sterbe vor Lachen!«

Nico merkte, dass sein Wortspiel nicht so gut ankam. »War nicht so gemeint«, sagte er entschuldigend. »Erzähl mir lieber, wohin wir unterwegs sind.«

»Bist du immer so ungeduldig?«

»Ich fahre ungern in der Gegend herum, ohne zu wissen, wohin. Besonders, wenn die Polizei und das Gesundheitsamt hinter mir her sind.«

»Warum wollen sie dich überhaupt einkassieren?« Beta sah ihn an.

»Das sagte ich doch: weil ich Leukämie habe.«

»Ziemlich ekelige Sache.«

»Sie wollten mir eine künstliche Niere verpassen«, log Nico. »Was wiederum bedeutet, dass ich meinen Job an den Nagel hängen kann.«

»Bei mir ist es nur ein bisschen Brustkrebs«, sagte Beta.

Sie lachte bitter und hielt an einer roten Ampel. Auf einem unbebauten Grundstück warnte ein Plakat des Gesundheitsministeriums mit drastischen Fotos vor dem Genuss von Zucker und fettigen Speisen.

Nico fühlte sich ausgesprochen mies. Er wusste, dass Betas angebliche Brustkrebsdiagnose von Farley lanciert worden war, um sie unter Druck zu setzen. In Wirklichkeit war sie ebenso gesund wie er, aber das musste er natürlich für sich behalten. Allerdings spürte er deutlich, wie sehr sie unter ihrer vermeintlichen Erkrankung litt.

»Warum lässt du dich nicht einfach operieren?« Kaum hatte er das gesagt, wusste er, dass er besser den Mund gehalten hätte.

»Weil ich keine Lust dazu habe!«, blaffte Beta ihn an. »Außerdem lasse ich mich nicht gerne einsperren. Auch nicht in ein Krankenhaus!«

»Warst du mal im Knast?« Diese Frage war mehr als scheinheilig, denn Nico wusste aus Betas Akte, dass sie lediglich einmal unter Jugendarrest gestanden hatte, weil sie mit einer brennenden Zigarette in der Hand erwischt worden war. Soweit er sich erinnerte, musste sie damals fünfzehn oder sechzehn Jahre alt gewesen sein.

»Ich finde, du bist ziemlich neugierig«, bemerkte Beta.

»Ach, bin ich das?«

»Ja, bist du! Warum machst du nicht einfach die Augen zu und schläfst ein wenig? Wenn wir ankommen, wecke ich dich. Es wird sowieso bald dunkel.«

Aber Nico ließ nicht locker. »Weshalb nimmst du mich überhaupt mit?«

»Das war schon wieder eine Frage!«

»Ich bin eben ein neugieriger Mensch. Also: Warum hilfst du mir?«

Beta schwieg. Sie warf einen Blick in den Seitenspiegel und betätigte den Blinker, um zu überholen.

»Vielleicht will ich im Moment nicht allein sein«, sagte sie schließlich. »Reicht dir das?«

39

Die Fassade des Luxushotels war festlich geschmückt. Als die schwarze Wagenkolonne vor dem überdachten Eingang zum Halten kam, brach auf der Stelle ein Blitzlichtgewitter los. Die Türen der Limousinen schwangen auf, Agenten vom Secret Service schwärmten aus und drängten Fotografen und Schaulustige hinter die Absperrung zurück. Kurz darauf entstieg das Präsidentenpaar dem Wagen und schritt von nervösen Sicherheitsbeamten umringt über den roten Teppich. Nachdem die Menschentraube in dem Hotelfoyer verschwunden war, griff Henderson zu seinem Handy.

»Er ist gerade angekommen«, sagte er nur. »Ich komme jetzt hoch.«

Fünf Minuten später klopfte er an die Tür einer Suite im obersten Stock des Luxushotels. Michael Wyclaff, der Direktor der NSA, öffnete ihm.

»Und, alles im Griff?«, fragte er ohne Interesse.

»Es ist wie immer«, erwiderte Henderson. »Wenn der Präsident einen öffentlichen Auftritt hat, sind alle nervös. Zumal wir Hinweise darauf haben, dass es Ärger geben könnte.«

O'Neil, der den Geheimdienst des Pentagon vertrat, fuhr sich mit der Hand über seinen fleischigen Nacken. »Sie meinen wohl: Wegen ein paar Spinnern machen sich mal wieder alle ins Hemd!«

Kinsey, der junge Direktor des nationalen Büros für Satellitenaufklärung, kniff die Lippen zusammen. Dass er und O'Neil sich nicht mochten, war ein offenes Geheimnis. Er hielt die Idee, sich während der Rede des Präsidenten vor den amerikanischen Wohltätigkeitsorganisationen zu treffen, ohnehin für riskant. Aber Henderson hatte ihnen versichert, dass es keinen besseren Ort gebe, weil sich der Secret Service ausschließlich auf eine äußere Gefahr konzentrierte. Außerdem hatten sie eine Entscheidung zu fällen, die gemäß den Regeln nur von ihnen gemeinsam gefällt werden konnte.

»In Ordnung«, sagte Wyclaff, der Vertreter der NSA. »Jetzt, da wir alle hier sind, sollten wir die Sache hinter uns bringen. Also, was unternehmen wir im Hinblick auf diesen lästigen Kongressabgeordneten? Wie ist der aktuelle Stand?«

Die Frage richtete sich an Henderson, den Leiter des TROJA-Programms.

»Wir haben sein komplettes privates Umfeld durchleuchtet«, berichtete dieser. »Meine Leute waren rund um die Uhr an ihm und seiner Ehefrau dran, aber sie haben keinen Ansatzpunkt gefunden. Auch die Fallen, die wir ihm gestellt haben, haben nicht funktioniert. Weder Mädchen noch Geld. Rumford ist geradezu unanständig sauber.«

»Oder er ist verdammt clever!«, warnte Kinsey. Sein schmales Gesicht ließ ihn noch jünger wirken. »Rumford ist schließlich nicht erst seit gestern im Geschäft. Der alte Fuchs ist mit allen Wassern gewaschen. Vielleicht führt er uns alle nur hinters Licht!«

Henderson zuckte mit den Schultern. »Wie dem auch sei: Wir kriegen ihn nicht gegriffen. Zumindest nicht mit den üblichen Methoden.«

»Stimmt es, dass Rumford im Kongress bereits einen Untersuchungsausschuss beantragt hat?«, erkundigte sich Kinsey.

»Ja, hat er«, erwiderte Henderson. »Angeblich sind ihm Gerüchte zu Ohren gekommen, dass bereits die jetzige Bio-Chip-Generation satellitenfähig ist und zu Spionagezwecken genutzt wird.«

»Verdammt, Henderson!«, polterte O'Neil los. »Sie haben in Ihrem Laden eine undichte Stelle!«

»Diese Angelegenheit ist erledigt«, erwiderte Henderson gelassen. »Aber das sagte ich Ihnen schon bei unserem letzten Gespräch. Deshalb sollten wir jetzt lieber überlegen, wie wir mit dem aktuellen Problem umgehen.« Er blickte in die Runde. »Irgendwelche Vorschläge?«

»Wir können den Untersuchungsausschuss unmöglich zulassen«, meinte Kinsey. »Wenn herauskommt, dass die Leute bislang belogen wurden, könnte sich die Stimmung endgültig gegen die Nanotechnologie wenden. Vielleicht würde dann sogar das Implantations-Gesetz infrage gestellt.«

Jedem im Raum war bewusst, was das bedeutete. Würde das Gesetz abgeschafft, das jeden Bürger dazu zwang, von Geburt an einen Bio-Chip samt den dazugehörigen Nanobots in sich zu tragen, wäre das TROJA-Programm tot. Dann würden sie das Werkzeug verlieren, mit dem sie das gesamte letzte Jahrzehnt hindurch die Geschicke Amerikas beeinflusst, ja sogar gelenkt hatten.

»Ich fürchte, uns bleibt nichts anderes übrig, als die Notbremse zu ziehen«, seufzte Wyclaff.

»Jemand anderer Meinung?«, fragte Henderson in die Runde. Als niemand etwas erwiderte, fuhr er fort: »Also schön, damit ist die Entscheidung gefallen. Ich werde mich persönlich darum kümmern und alles Nötige in die Wege leiten.«

Plötzlich klingelte Hendersons Smartphone, mit dem er verschlüsselte Anrufe erhalten konnte. Er zog sich ein paar Schritte zurück und nahm das Gespräch an. Es dauerte vielleicht eine halbe Minute, dann steckte er sein Handy wieder ein.

»Das war Decroix«, erklärte er, als die anderen ihn fragend ansahen. »Irgendwelche nackten Demonstranten haben sein Büro besetzt.«

Gleichzeitig schaltete er die Multimediaanlage des Hotels ein. Im Net-Fernsehen lief eine Sondersendung. Wie ein Nachrichtensprecher berichtete, fanden in diesem Moment im ganzen Land spektakuläre Aktionen der NO-TEC-Bewegung statt. Bei dem Versuch, die koordinierten und nicht genehmigten Protestaktionen zu unterbinden, kam es zu teilweise gewalttätigen Auseinandersetzungen.

»Wenigstens keine weiteren Selbstverbrennungen …«, murmelte Wyclaff, der NSA-Mann.

»Ich fürchte, wir werden gleich selbst Zeuge eines dieser unseligen Happenings sein«, warf Kinsey ein.

Er war ans Fenster getreten und blickte hinaus. Die anderen folgten seinem Beispiel. Auf der Straße vor dem Hotel tauchten immer mehr Schüler auf. Sie strömten, wie auf ein unhörbares Kommando hin, aus allen Himmelsrichtungen zusammen. Jeder von ihnen trug einen Beutel mit roter Farbe, und als sie nahe genug waren, schleuderten sie ihn gegen die Fassade des Luxushotels, an die ein riesiger Nanobot projiziert wurde. Anschließend gingen sie seelenruhig davon. Die ganze Aktion vollzog sich in vollkommener Stille, nicht ein Laut war zu hören.

»Wo kommen die auf einmal her?«, schnaufte O'Neil. »Und was soll dieser Aufmarsch?«

»Das da unten ist ein Flashmob«, erklärte Kinsey über die Schulter. »Man verabredet sich über die sozialen Netzwerke, zu einem bestimmten Zeitpunkt, um etwas Bestimmtes an einem bestimmten Ort zu tun. Ich nehme an, Sie haben in Ihrer Jugend nicht an Dingen dieser Art teilgenommen.«

»Ich habe meine Jugend auf dem Schießplatz verbracht!«, lachte O'Neil dröhnend, und jeder wusste, dass dies nicht der Wahrheit entsprach. O'Neil besaß den Abschluss einer Eliteuniversität und war ganz sicher nicht wegen seines einfältigen Auftretens zum Chef des militärischen Geheimdienstes ernannt worden.

»Wieso sind diese Störenfriede immer noch aktiv?«, blaffte er Henderson an, der neben ihm stand. »Hatten Sie uns nicht zugesichert, Sie würden uns diesen Spuk vom Hals schaffen?«

»Ganz meine Meinung!«, pflichtete ihm Wyclaff bei. »Hinter jeder Bewegung steckt ein Initiator, ein Ideengeber. Wir müssen der Schlange den Kopf abschlagen.«

»Mein Mann ist soeben im Begriff, genau das zu tun«, erwiderte Henderson gelassen.

»Was zu tun?«, hakte O'Neil misstrauisch nach.

»Er schlägt der Schlange den Kopf ab. Genau wie Sie gesagt haben.«

40

Seit Chicago hatten sie kaum ein Wort miteinander gewechselt. Nico hatte zwar mehrfach versucht herauszubekommen, was ihr genaues Ziel war, aber Beta machte weiterhin ein Geheimnis daraus. Sie wollte sich nicht einmal hinter dem Steuer des Chevy ablösen lassen. Also hatte er seinen Mund gehalten und nachgedacht. Jedes Mal wenn er sich an seinen eigentlichen Auftrag erinnerte, wurde ihm abwechselnd heiß und kalt. Dann fühlte sich die geladene Waffe in seinem Hosenbund wie ein glühendes Stück Eisen an. Er stellte sich seine Kollegen vor, wie sie in der Wüste von New Mexico vor ihrem Terminal hockten und alles mitverfolgten. Gleichzeitig fragte er sich, ob Oxlade oder Ramirez wohl gerade Dienst hatten. Wahrscheinlich langweilten sie sich zu Tode, denn sie bekamen nicht viel zu sehen. Seit Stunden fuhren sie jetzt schon durch Laubwälder, die einfach kein Ende nehmen wollten. Doch dann öffnete sich vor ihnen plötzlich eine riesige Wasserfläche. Wie Beta ihm feierlich erklärte, handelte es sich um den sogenannten Oberen See, den größten der Fünf Großen Seen in Nordamerika. Nico fiel sofort ein, dass die Grenze zwischen den Vereinigten Staaten und Kanada mitten durch den See verlief.

Nachdem sie eine Zeit lang am Seeufer entlanggefahren waren, erreichten sie kurz vor Sonnenuntergang einen Ort, der früher einmal vom Fischfang gelebt haben musste. Heute waren es vor allem Touristen, die den Ort am Leben hielten, wie Nico unschwer an den Hotels, den Angel- und Souvenirshops oder dem Bootsverleih ablesen konnte.

»Wir haben Glück!«, rief Beta, als der Hafen in Sicht kam. »Die letzte Fähre ist noch da!«

Sie fuhr auf die Mole und weiter über die heruntergelassene Rampe auf die Fähre. Ihr Chevy war das einzige Auto an Bord. Die wenigen Touristen, die sich die Zeit bis zum Ablegen mit Fotografieren vertrieben, drehten sich nur kurz um. Dann widmeten sie sich wieder der Motivsuche, wobei sie es besonders auf die zahlreichen Möwen abgesehen hatten.

Beta stieg aus und gab dem Ticket-Verkäufer, der sogleich auf sie zukam, das Geld für die Überfahrt. Nico hatte den Eindruck, als hätte sie die Überfahrt schon tausendmal gemacht.

»Aussteigen!«, sagte sie, nachdem sie an den Wagen zurückgekehrt war. »Oder willst du das Beste verpassen?«

Nico gehorchte und trat neben Beta, die sich lässig an die Reling lehnte und auf die weite Wasserfläche des Sees hinaussah. Der Wind spielte in ihrem kurzen Haar, und als die Fähre ablegte, zog sie geräuschvoll die Luft ein.

»Tut was weh?«, erkundigte sich Nico besorgt.

»Nein!«, lachte Beta auf. »Es sind nur Erinnerungen.«

Es war das erste Mal, dass Nico sie lachen hörte.

»Gute oder schlechte Erinnerungen?«, fragte er.

»Die besten!«, erwiderte Beta mit einem Strahlen.

»Du warst schon einmal hier?« Sie war wirklich hübsch, dachte Nico.

»Schon oft«, klärte sie ihn auf. »Früher habe ich hier jedes Mal meine Sommerferien verbracht. Siehst du die Insel dahinten?«

Nico folgte ihrem Fingerzeig. Die Fähre hielt direkt auf den flachen Landstreifen zu.

»Das ist Madeline Island«, erklärte Beta. »Dort sind wir vorerst in Sicherheit. Alles Weitere wird sich fügen. Das hoffe ich zumindest«, fügte sie leise hinzu.

Mit einem Mal wechselte sie aus heiterem Himmel das Thema. »Hast du eine Freundin?«, fragte sie.

Nico war perplex.

»Äh, nein«, stotterte er. Mit dieser Frage hatte er nicht gerechnet.

»Du siehst nicht übel aus«, fuhr Beta fort, während sie sich wieder abwandte und die kreischenden Möwen beobachtete. »Und mal abgesehen davon, dass du ständig mit Fragen nervst, scheinst du ganz okay zu sein. Also: Was ist der Grund?«

»Bist du immer so direkt?«

»Das ist keine Antwort.« Beta drehte sich zu ihm um.

»Weshalb interessiert dich das überhaupt?«

»Nur so.« Beta zuckte mit den Achseln und blickte wieder auf das Wasser.

»Ich … ich war immer beschäftigt«, druckste Nico herum. Er spürte, dass er rot wurde. »Mein Job erfordert viel Reisen, da weiß man nie, wo man morgen ist.«

Was nicht einmal gelogen war.

»Also nur One-Night-Stands«, stellte Beta in einem Ton fest, der wie *Das habe ich mir gedacht* klang.

Nico klappte die Kinnlade herunter. »Aber ich …«

Bevor er seinen Satz beenden konnte, stöhnte Beta mit einem Mal laut auf. Gleichzeitig presste sie ihre Fäuste gegen die Schläfen und biss die Zähne so fest zusammen, dass ihre Kiefermuskulatur hervortrat.

»Alles in Ordnung?«, erkundigte sich Nico besorgt. Er verspürte den beinahe übermächtigen Drang, Beta in den Arm zu nehmen, was ihn wiederum irritierte. Sie war eine Zielperson und er hatte einen Auftrag.

Er musste aufpassen und professionell bleiben. Die junge Frau war eine Terroristin, die auf ihrer Liste stand.

»Kann ich dir irgendwie helfen?«, fragte er.

Beta umklammerte die Reling und stieß die Luft wieder aus. »Nein, nein!«, stöhnte sie. »Es geht schon wieder. Ich habe nur seit Tagen dieses komische Stechen im Kopf. Ich dachte, es wäre vorbei. Keine Ahnung, was das ist. Vielleicht eine Migräne.«

Nico vermutete indessen eine ganz andere Ursache für die Kopfschmerzen. Er selbst spürte nichts von den Aktivitäten der winzigen Roboter, die sich an seinen Sehnerven zu schaffen machten, aber das schien eher die Ausnahme zu sein. Wie man ihm erklärt hatte, konnte das Anzapfen der Nerven zu gelegentlichen »Beeinträchtigungen« führen. Er war froh, dass ihm dies erspart blieb. Auf der anderen Seite wurde die ganze Sache dadurch nur noch unheimlicher. Wenn es wehgetan hätte, würde er wenigstens ständig daran erinnert, dass sich fremde Menschen seiner Augen bedienten. So aber vergaß er immer wieder, dass er nicht allein war.

»Was machen wir auf der Insel?«, fragte er, nachdem sich Beta von der Schmerzattacke halbwegs erholt hatte. »Es wird bald dunkel.«

»Wir warten«, erklärte Beta, während sie sich die Hand auf die Stirn presste.

»Und dann?«

»Dann sehen wir weiter.«

Damit war das Gespräch beendet, denn die Fähre legte bereits an. Als sie mit dem Wagen von Bord rollten, spürte Nico, dass er immer nervöser wurde, je näher sie ihrem Ziel kamen. Weit konnte es nicht mehr sein. Die gesamte Insel war nur wenige Meilen groß, wie er bei der Überfahrt beobachtet hatte. Sein leerer Magen zog sich zusammen, und ihm wurde bewusst, dass er seit Stunden nichts mehr gegessen hatte. Seine Begleiterin hingegen schien begeistert davon, wieder auf der Insel zu sein. Sie strahlte über das ganze Gesicht und plapperte in einem fort irgendein belangloses Zeug. Nico hörte nur mit einem halben Ohr zu. Ständig klang ihm Hendersons Mahnung in den Ohren, dass er auf keinen Fall versagen durfte. Und es war genau diese Verantwortung, die ihm nun wie ein Gebirge auf den Schultern lastete und ihm die Luft raubte.

Nach einer Viertelstunde Fahrt bog Beta von der Inselstraße

auf einen unbefestigten Weg ein, der zum Strand führte. Dann hielt sie vor einem rostbraun gestrichenen Holzhaus mit einem weißen Dach und stellte den Motor ab.

»Wir sind da!«

Es war ein typisches Strandhäuschen mit einer ausladenden, überdachten Veranda und einem dazugehörigen Bootssteg. Allerdings schien es schon länger unbewohnt zu sein, denn die Fensterläden waren zugenagelt und unter dem Vordach hingen dichte Vorhänge aus Spinnweben.

»Das Ferienhaus gehört meinem Onkel«, erklärte Beta, als sie Nicos Gesichtsausdruck bemerkte. »Aber seit seinem Schlaganfall fährt er nicht mehr hier raus. Ich glaube, das letzte Mal muss vor vier oder fünf Jahren jemand hier gewesen sein.«

Das erklärte wahrscheinlich, warum sie in New Mexico nichts von der Existenz des Hauses gewusst hatten. Für seine Kollegen weit weg an ihren Bildschirmen drehte er sich langsam im Kreis. Auf diese Weise konnten sie sich nicht nur von dem Haus, sondern auch von der Umgebung ein Bild machen.

»Und wie lange warst du schon nicht mehr hier?«, fragte er scheinheilig.

»Das letzte Mal, dass ich hier Ferien gemacht habe, ist eine Ewigkeit her. Da war ich noch auf der Schule. Warte!«

Beta kroch unter die Veranda und tauchte mit einem Schlüssel wieder auf. Sie grinste, als hätte sie soeben einen Schatz gefunden.

»Er ist noch da!«

Sie steckte den Schlüssel in das angerostete Schloss, drehte ihn, dann stieß sie mit einem kräftigen Tritt die knarrende Tür auf.

»Sie klemmt schon, seit ich denken kann!«, seufzte sie zur Erklärung. Gleichzeitig gab sie den Weg frei. »Nach dir! Und pass auf, dass du dir nicht den Kopf stößt!«

Nico betrat das Haus. Trotz der offenen Tür war es im Inneren stockduster. Er wollte sich gerade auf die Suche nach einem Lichtschalter machen, da ließ ihn eine Stimme aus dem Dunkeln zusammenfahren:

»Wenn du auch nur einen Schritt machst, bist du tot!«

41

Special Agent Farley rieb sich das kantige Kinn. Das gefiel ihm ganz und gar nicht. Der Monitor war schwarz, und auch die Symbole, die bislang Nicos und Betas gegenwärtigen Aufenthaltsort auf der elektronischen Karte metergenau angezeigt hatten, waren erloschen.

»Wie lange ist das schon so?«, erkundigte sich Farley.

»Seit etwa einer Minute«, teilte ihm Ramirez mit. »Sie waren plötzlich weg. So, als hätte jemand einen Schalter umgelegt und die Bio-Chips einfach ausgeknipst.« Sie schielte nach oben zu ihrem Vorgesetzten. »Was soll ich jetzt tun, Sir?«

Farley überging die Frage. Stattdessen wollte er wissen, wo genau der Kontakt abgebrochen war. Ramirez wandte sich dem Kartenbildschirm zu.

»Der letzte Kontakt fand auf Madeline Island statt. Das ist hier!« Sie bewegte den Cursor auf die kleine Insel. »Genauer gesagt, kam er aus einem Ferienhaus. Es gehört dem Onkel unseres Lockvogels.«

Farley runzelte verärgert die Stirn. »Wieso wusste ich nichts von dem Haus?«

»Wir wussten davon«, verteidigte sich Ramirez. »Das System hat sowohl den Onkel als auch seinen Immobilienbesitz aufgelistet. Aus unerfindlichen Gründen wurde jedoch kein entsprechender Querverweis hergestellt. Deshalb ist das Haus nicht als möglicher Zielort erkannt worden.«

»Sonst noch was?«

»Nicht viel.« Ramirez klickte eine Datei an. »Der Onkel scheint politisch unauffällig zu sein. Er ist seit einem Schlaganfall bettlägerig. Aber aus den Daten geht hervor, dass unsere Zielperson als Kind häufiger den Arzt auf der Insel besucht hat. Meist wegen ihres Heuschnupfens. Wahrscheinlich hat sie dort ihre Ferien verbracht.«

Während sie Arztberichte, Rezeptquittungen und Krankenkassenabrechnungen auf den Bildschirm holte, trat Henderson überraschend zu ihnen in die Parzelle. Sein Hubschrauber musste gerade erst gelandet sein.

»Okay, bringen Sie mich auf den letzten Stand!«, verlangte er. »Ich muss gleich weiter nach Washington. Also fassen Sie sich kurz!«

»Wir haben sie verloren«, erklärte Farley. »Auf einer kleinen Insel im Oberen See.«

»Das war zu befürchten.« Henderson nickte. »Haben wir brauchbare Satellitenbilder?«

Ramirez tippte sofort die GPS-Koordinaten ein und schaltete auf die konventionellen Satellitenbilder um. Dann zoomte sie näher heran. Ein Hausdach wurde sichtbar, halb verdeckt unter Bäumen. Es gab einen Bootssteg, auf der Wiese vor dem Haus stand ein Auto. Niemand war auf dem Grundstück zu erkennen.

»Wie sieht es mit der Nachbarschaft aus?«, wollte Henderson wissen.

»Augenblick!« Ramirez gab ein paar weitere Befehle ein, dann fasste sie die Informationen zusammen, die das System in Sekundenschnelle aus den Datenbänken zusammentrug.

»Auf beiden Seiten befinden sich weitere Ferienhäuser«, referierte sie vom Bildschirm. »Das rechts steht zurzeit leer, der Besitzer ist ein Versicherungsvertreter. Er befindet sich im Moment mit seiner Frau auf einer Mittelmeerkreuzfahrt. Auf der anderen Seite wohnt ein ehemaliger Ornithologie-Professor. Den Einkäufen nach zu urteilen wohnt er das ganze Jahr dort. Der Mann ist steinalt, beinahe neunzig. Laut medizinischer Akte geben ihm die Ärzte nur noch wenige Wochen.«

»Und was ist mit den anderen Personen, die auf der Insel gemeldet sind?«

»Die habe ich bereits ebenfalls durchlaufen lassen.«

Ramirez warf einen Blick auf die Ergebnisse ihrer automatischen Abfrage.

»Leider Fehlanzeige«, sagte sie. »Allem Anschein nach gibt es bei keiner der Personen Hinweise oder Auffälligkeiten, die auf eine Verbindung zu den Terroristen schließen lassen.«

»Soll ich unsere Leute losschicken?«, wandte sich Farley an seinen Direktor. »Sie sind bereits auf der Insel.«

»Nein, sie sollen weiter auf Abstand bleiben«, entschied Henderson nach einer kurzen Pause. »Wenn wir die Leinen einholen, will ich sichergehen, dass der Fisch auch im Netz zappelt. Und noch wissen wir nicht, ob er wirklich bei ihnen ist.«

»Und wenn er uns wieder durch die Lappen geht?«, gab Farley zu bedenken.

»Diesmal wird er das nicht«, klärte ihn Henderson auf. »Dafür habe ich gesorgt. Agent Stiller hat klare Anweisungen von mir erhalten. Er weiß, was auf dem Spiel steht!«

42

Im Dunkeln konnte Nico nur schemenhafte Konturen ausmachen. Er war sich sicher, dass es mindestens zwei Personen waren. Das Gerät, in das man seinen linken Arm geklemmt hatte, summte leise und fühlte sich warm an.

»Okay, jetzt streck deinen Arm langsam nach hinten!«, befahl man ihm.

Das Summen hatte aufgehört. Als er nicht reagierte, packte ihn jemand am Handgelenk und drehte seinen Arm brutal auf den Rücken. Dann band man ihm die Hände mit einem Kabelbinder zusammen.

»Du kannst jetzt Licht machen!«, sagte die Stimme.

Eine Taschenlampe ging an. In ihrem Schein erkannte Nico zwei Männer in schwarzen Overalls. Der eine trug einen Vollbart und einen Zopf. Mit seinem vom Wetter gegerbten Gesicht sah er aus wie eine Romanfigur von James Fenimore Cooper, während der Zweite eine randlose Brille trug und leicht übergewichtig war.

Zu seiner Überraschung fiel Beta dem Langhaarigen um den Hals.

»Michael!«, rief sie. »Endlich!«

Auch wenn keine aktuellen Fotos von ihm existierten, wusste Nico dennoch sofort, wen er vor sich hatte: Michael Matsui, den landesweit gesuchten Gründer der NO-TEC-Bewegung.

Beta war seine Schwester – auch das wusste er mittlerweile. Bei dem Briefing vor seiner Abreise hatte man sein Team endlich vollends aufgeklärt. Wie sich zu ihrer Überraschung herausgestellt hatte, war Beta nur ein Lockvogel, um ihren untergetauchten Bruder aufzuspüren. Das eigentliche Ziel der laufenden Operation war stets Michael gewesen, der Kopf der Protestbewegung.

»Nicht jetzt!« Michael befreite sich aus der Umarmung seiner Schwester.

»Durchsuch ihn!«, sagte er zu seinem Begleiter. Er leuchtete Nico ins Gesicht, sodass dieser instinktiv die Augen zusammenkniff. Gleichzeitig wandte er sich an seine Schwester.

»Was hat dieser Typ hier zu suchen?«, fragte er sie drohend.

»Er hat mir geholfen«, erwiderte Beta. »Also lass ihn in Ruhe! Er ist in Ordnung.«

»Er hat eine Waffe!«, rief der Begleiter ihres Bruders aus, als er die Pistole und das Geld aus dem Krankenwagen bei Nico entdeckte.

»Die Pistole gehört uns beiden«, erklärte Beta bestimmt. »Wir haben sie auf der Flucht mitgenommen. Das ist alles. Also hör endlich auf damit!«

Nico wurde durch das Licht der Taschenlampe geblendet. Dennoch konnte er spüren, wie Betas Bruder vor ihm stand und ihn musterte.

»Du hast meine Frage noch nicht beantwortet«, hörte er ihn sagen. »Wer zum Teufel ist dieser Kerl?«

Nicos Mund wurde trocken. Er schluckte. Plötzlich bekam er eine Heidenangst. Hoffentlich ließen ihn Farley und die anderen nicht im Stich, wenn es hart auf hart kam.

»Er gehört zu mir«, erwiderte Beta trotzig. »Basta! Lass uns lieber darüber nachdenken, wie wir von hier wegkommen.«

»Sie hat recht«, stimmte ihr der Freund ihres Bruders zu. »Die Chips sind zwar jetzt deaktiviert, aber sie dürften wissen, wo wir ungefähr sind. Es ist nur eine Frage der Zeit, bis sie sich zum Handeln entschließen.«

»Danke, Ethan!«, sagte Beta. »Zum Glück sind nicht alle so paranoid!«

Ihr Bruder nahm die Lampe herunter. »Ist es draußen schon dunkel?«

Ethan schlich zur Tür und spähte hinaus.

»Ich denke, wir können es versuchen«, sagte er. Er kehrte zurück und nickte in Nicos Richtung. »Und was machen wir mit ihm?«

»Der kommt mit!«, entschied Beta. Sie stellte sich an Nicos Seite. »Ich habe ihm versprochen, dass ihr ihm helft. Entweder wir gehen beide oder keiner!«

Michael leuchtete ihr ins Gesicht und setzte an, etwas zu sagen, aber dann nahm er die Lampe wieder herunter und knipste sie aus. Offenkundig wusste er, dass man mit seiner

Schwester nicht gut diskutieren konnte, wenn sie diesen Ton anschlug. Stattdessen fluchte er leise und sah auf das beleuchtete Zifferblatt seiner Uhr. Schließlich gab er das Zeichen zum Aufbruch. Nico wurde in die Nacht hinausgestoßen und stolperte mit den anderen zusammen zum Seeufer. Dort versteckten sie sich in der Nähe des Bootsstegs. Dann gab Michael mit seiner Taschenlampe ein Signal, das umgehend draußen auf dem See beantwortet wurde. Sekunden später hörten sie einen Motor und nur wenige Augenblicke danach schälte sich ein Boot aus der Dunkelheit. Als es am Steg längsseits ging, wollte Beta bereits losrennen, aber Michael hielt sie zurück.

»Wir gehen zu Fuß!«, sagte er.

Das Boot, von dem nur Umrisse zu erkennen waren, legte bereits wieder ab und verschwand ohne sie an Bord in der mondlosen Nacht.

»Aber …« Beta verstand die Welt nicht mehr.

»Sie sollen denken, dass wir an Bord gegangen sind«, erklärte ihr Michael.

»Und was machen wir?«

»Morgen, wenn sich die Aufregung gelegt hat, kommt ein anderes Boot. Also los! Wir haben noch einen Fußmarsch vor uns.«

Auf sein Kommando hin brach die kleine Gruppe in die Nacht auf. Nico stolperte vorwärts, ohne auf den Weg zu achten. Mit Schrecken hatte er vernommen, dass sein Chip deaktiviert worden war. Vermutlich hatten die Terroristen dazu das unförmige Gerät benutzt, das der Brillenträger an seinem Gürtel trug. Jetzt konnte er nur hoffen, dass sie in New Mexico wenigstens mit den herkömmlichen Beobachtungssatelliten weiter an ihm dranblieben. Aber wahrscheinlich verfolgten seine Kollegen jetzt das Boot, das irgendwo da draußen auf dem schwarzen See herumschipperte, während sich ihre Gruppe immer weiter durch das Dickicht der Insel schlug. Nein, er brauchte sich erst gar nichts vorzumachen.

Ab jetzt war er auf sich allein gestellt.

43

Nachdem sie dem Trampelpfad im Schein der Taschenlampen etwa eine halbe Stunde lang gefolgt waren, erreichten sie die andere Seite der schmalen Insel. Michael führte sie zu einem Haus, das direkt an der Uferstraße lag. Auf ein Klopfzeichen hin wurden sie von einem Mann mit schlohweißen Haaren eingelassen. Er war in eine dicke Strickjacke gehüllt, und obwohl der Herbst gerade erst seine Finger auszustrecken begann, brannte in dem Kamin bereits ein behagliches Feuer.

»Ich habe euch schon erwartet«, begrüßte sie der Hausherr, nachdem er die Tür sorgfältig wieder verriegelt hatte. Als er Beta bemerkte, stieß er einen Laut des Erstaunens aus.

»Du meine Güte! Das kleine Mädchen von damals ist aber erwachsen geworden«, rief er. »Komm, lass dich umarmen! Wie schön, dich nach so langer Zeit wiederzusehen!«

Beta ließ die innige Umarmung mit einem seligen Lächeln über sich ergehen. Dann schüttelte der Mann Michael und seinem Begleiter die Hand.

»Hi, Ethan!«, sagte er. »Mal wieder zu Besuch? Wie lebt es sich drüben auf der anderen Seite des Sees?«

»In Wahrheit ist es auch nicht viel besser als hier«, stöhnte Ethan. »Aber die Kanadier lassen uns wenigstens in Frieden. Zumindest bis jetzt noch. Außerdem gibt es da drüben noch richtiges Essen!«

Als der Hausherr Nico ebenfalls die Hand reichen wollte, bemerkte er zum ersten Mal dessen Fessel. Er warf Michael einen fragenden Blick zu, woraufhin dieser nur eine Grimasse zog.

»Frag sie!« Michael nickte in Richtung seiner Schwester, ließ sich in den Kaminsessel fallen und streifte seine Handschuhe ab. »Er gehört angeblich zu ihr. Keine Ahnung, wer der Kerl ist …«

»Moment mal«, meldete sich Ethan zu Wort. »Bevor wir hier weitermachen – hast du vielleicht etwas zu essen, Dan? Ich sterbe vor Hunger.«

»In der Küche sind ein paar Äpfel und Salat«, sagte Dan. »Alles aus eigenem Anbau.«

»Kein schön gebratener Fisch aus dem See?« Ethan klang enttäuscht. »Bist du jetzt etwa auch zu diesen Gesundheitsfanatikern übergelaufen?«

»Gesund ernährt habe ich mich schon immer«, erwiderte Dan mit einem Schmunzeln. Dann fügte er ernst hinzu: »Aber das ist meine Privatsache. Ich habe etwas dagegen, wenn man die Menschen zwingt. Und genauso wenig mag ich Fesseln in meinem Haus!«

Beta reagierte sofort. Sie holte eine Schere, und bevor ihr

Bruder dagegen protestieren konnte, durchtrennte sie den Plastikstreifen, mit dem Nicos Hände aneinandergebunden waren.

»Danke!«, sagte Nico und rieb sich seine schmerzenden Handgelenke.

Michael ließ ihn keine Sekunde aus den Augen. »Du bist uns noch immer eine Erklärung schuldig, Schwesterherz!«

Nachdem Nico sich ebenfalls gesetzt hatte, begann Beta mit ihrem Bericht. Sie erzählte ihrem Bruder von dem Mord an ihrer Mitbewohnerin und davon, wie sie seine Nachricht im Briefkasten gefunden hatte. Danach sei sie sofort aus Boston geflohen, um hierher auf die Insel zu kommen. Die versuchte Vergewaltigung im Steinbruch erwähnte sie nicht, wie Nico auffiel. Sie schilderte lediglich ihr Pech bei der Polizeikontrolle und wie sie nur dank seiner Hilfe aus der Klinik entkommen konnte.

»Dann ist meine Warnung also zu spät gekommen!«, stellte Michael fest, nachdem seine Schwester geendet hatte. Offenbar wusste er über ihre Krebsdiagnose Bescheid, denn er verlor kein Wort darüber.

»Wovor wolltest du sie denn warnen?«, erkundigte sich Dan, der Betas Schilderung aufmerksam gelauscht hatte. Er legte einen weiteren Holzscheit ins Feuer. Wie Nico inzwischen herausgehört hatte, war der pensionierte Highschool-Lehrer ein Freund von Betas Onkel, mit dem sie während ihrer Inselferien oft fischen gewesen waren. Abgesehen davon schien er ein tatkräftiger Sympathisant der Untergrundbewegung zu sein.

»Wir wussten, dass irgendetwas in der Art kommen würde«, erläuterte Michael. »Deshalb die Warnung. Meine Schwester sollte sich rechtzeitig in Sicherheit bringen.«

»Aber warum wollen sie mich umbringen?« Beta verstand die Welt nicht mehr. »Ich mache ja nicht einmal bei euch mit. Ich halte mich aus allem raus.«

»Ich glaube nicht, dass sie dich umbringen wollten«, beruhigte sie ihr Bruder. »Sie wollten dir nur Angst machen, damit du Kontakt mit mir aufnimmst. Wahrscheinlich war deine Freundin lediglich zur falschen Zeit am falschen Ort.«

Nico musste stillschweigend anerkennen, dass Michael im Gegensatz zu ihm die Zusammenhänge sofort durchschaut hatte.

»Und wenn du dich irrst?«, fragte Beta ihren Bruder. »Wieso bist du dir so sicher, dass sie nicht mich wollen?«

»Wir haben einen Informanten«, nuschelte Ethan, als er mit einem angebissenen Apfel aus der Küche kam. Michael versuchte, seinen Freund mit einem Wink zum Schweigen zu bringen, aber der fuhr unbekümmert fort.

»Unsere Quelle ist absolut zuverlässig«, prahlte Ethan. »Sie sitzt quasi im Zentrum.«

»Was ist das für ein Informant?«, fragte Beta neugierig.

Auch Nico spitzte die Ohren. Bislang hatte er in das Kaminfeuer gestarrt und so getan, als ginge ihn das alles nichts an. Jetzt konnte er seine Aufregung nur mühsam verbergen.

»Wir sind nicht allein!«, mahnte Michael und nickte in Nicos Richtung.

»Doch, sind wir«, widersprach ihm Beta.

»Und wenn er ein Spitzel ist?«

»Ich verbürge mich für ihn«, sagte Beta. »Ohne ihn wäre ich jetzt nicht hier. Und jetzt Schluss damit!«

Nico wäre am liebsten im Erdboden versunken, denn je mehr Beta sich für ihn einsetzte, desto elender fühlte er sich. Natürlich hatte er gewusst, dass Lügen und Täuschen zu einem Undercovereinsatz dazugehörten. Das Dumme war nur, dass Beta keineswegs die gefährliche Terroristin war, auf die man ihn vorbereitet hatte. Sie war ihm in der kurzen Zeit sogar irgendwie vertraut geworden. Er mochte ihre spröde Art und die Verletzbarkeit, die darunter hervorschimmerte. Absurderweise weckte sie in ihm den Beschützerinstinkt. Gleichzeitig kamen ihm jedoch immer wieder Hendersons letzte Worte in den Sinn. Bevor er in das Flugzeug gestiegen war, hatte ihn sein Vorgesetzter zur Seite genommen und gefragt, ob er wisse, warum sein Vater ein Held gewesen war. Als Nico die Frage verneinte, hatte Henderson ihm die Antwort gleich mitgeliefert: weil er bereit gewesen sei, jeden Preis zu zahlen, um Amerika und die Freiheit zu verteidigen. Anschließend hatte er noch einmal betont, wie gefährlich Michael und seine Bewegung waren. Nicht weil sie Bomben warfen oder Attentate verübten, sondern weil sie die Leute aufwiegelten und damit die innere Sicherheit bedrohten. Deshalb mussten sie *eliminiert* werden, wie er es ausgedrückt hatte. Nico hatte geschluckt und einfach nur genickt. Er hatte diesen Auftrag unbedingt gewollt. Er hatte sich um jeden Preis beweisen wollen. Jetzt begann er, seinen naiven Ehrgeiz allmählich bitter zu bereuen.

44

Das stattliche Haus lag in einer der teuersten Wohngegenden Washingtons und war auch im Dunkeln leicht zu finden. Als Henderson aus dem Wagen steigen wollte, klingelte sein Handy. Er warf einen kurzen Blick auf die Nummer, zog die Wagentür wieder zu und scheuchte seinen Fahrer aus dem Auto. Erst danach nahm er das verschlüsselte Telefongespräch entgegen.

»Wollen Sie mich auf den Arm nehmen?«, fragte er, nachdem er schweigend zugehört hatte. »Und was soll das bedeuten: *Sie finden sie nicht?*«

Es entstand eine Pause, in der Henderson seine wachsende Ungeduld nur mühsam zügeln konnte.

»Und wie erklären Sie sich das?«, zischte Henderson. »Sie können sich doch nicht in Luft aufgelöst haben! Auch wenn die Chips nicht mehr senden. Also nehmen Sie verflucht noch mal Kontakt zu unserem Agenten vor Ort auf!«

Er hörte kurz zu, dann explodierte er erneut: »Dann machen Sie ihn ausfindig! Und wenn Sie ganz Wisconsin auf den Kopf stellen müssen!«

Damit war das Gespräch beendet. Henderson steckte das Handy weg und stieg aus.

»Sie warten hier!«, herrschte er seinen Fahrer an. Dann durchquerte er den ausgedehnten Vorgarten, stieg die Marmorstufen hoch und drückte schlecht gelaunt auf den pompösen Klingelknopf.

Nachdem er ein zweites Mal geläutet hatte, erschien ein Mittvierziger in der Tür. Er trug einen dezent gestreiften Bademantel und war sichtlich ungehalten.

»Wissen Sie, wie viel Uhr es ist?«, herrschte Rumford den späten Besucher an.

Henderson zückte seinen FBI-Ausweis. »Es tut mir leid, Herr Abgeordneter. Aber ich muss Sie dringend sprechen.«

Rumford nahm den Ausweis entgegen und prüfte ihn von allen Seiten. Anschließend gab er ihn zurück.

»Kommen Sie herein«, forderte er Henderson auf. »Ich wünsche Ihnen, dass es wirklich so wichtig ist, wie Sie behaupten!«

»Das ist es!«, erwiderte Henderson mit einem kalten Lächeln. »Es geht gewissermaßen um Leben und Tod.«

Rumford reichte seinem Besucher gerade einmal bis zur Schulter, und obwohl er Pantoffeln an den Füßen hatte, wirkte er keineswegs peinlich berührt. Sein streitbarer Charakter und sein Selbstbewusstsein waren im Kongress ebenso bekannt wie gefürchtet.

»Ist etwas passiert, Liebling?«, rief Rumfords Frau aus dem ersten Stock. Sie klang besorgt.

»Nein, Schatz, alles in Ordnung!«, krähte ihr Mann zurück. »Nur Geschäfte!« Und an Henderson gewandt sagte er: »Kommen Sie, hier drin sind wir ungestört!«

Rumford führte den Besucher in sein Heimbüro. Als er ihm etwas anbieten wollte, lehnte Henderson dankend ab.

»Also, worum geht es?«, wollte Rumford wissen.

Henderson kam ohne Umschweife zur Sache: »Ich bin hier, um mit Ihnen über den Antrag zu reden, den Sie im Kongress gestellt haben.«

»Sie meinen den Untersuchungsausschuss, der klären soll, ob die medizinischen Nanobots zu Spionagezwecken missbraucht werden?«

Henderson nickte. »Ehrlich gesagt wundere ich mich über den Aufwand. Die ganze Angelegenheit basiert lediglich auf Gerüchten. Soweit mir bekannt ist, gibt es keinerlei konkrete Beweise für einen wie auch immer gearteten Missbrauch. Warum also diese Verschwendung von Zeit und Geld? Es wäre besser, Sie würden Ihren Antrag zurückziehen.«

Rumford stierte ihn verblüfft an. Plötzlich huschte ein Funkeln über sein rundes Gesicht.

»Wollen Sie mir etwa drohen, Mister … äh … Henderson?«, fragte er.

»Nennen wir es mal so: Ich möchte Ihnen einen Rat ans Herz legen.«

Rumford hob das Kinn und knöpfte seinen Bademantel enger: »Nun, allein die Tatsache, dass Sie mir hier gegenübersitzen, zeigt mir, dass ich richtigliege. Warum sollten Sie sonst mitten in der Nacht bei mir vor der Tür stehen? Also halten

Sie mich nicht für einen Trottel, Mister wie auch immer! Wie heißt es doch: kein Rauch ohne Feuer!«

»Vielleicht überdenken Sie Ihre Entscheidung noch einmal in Ruhe«, wandte Henderson ein.

»Wagen Sie ja nicht, mir zu drohen!«, ereiferte sich Rumford. »Leute wie Sie sind eine Bedrohung für die Demokratie! Sobald eine neue Technik am Horizont auftaucht, zerbricht sich Ihresgleichen den Kopf darüber, wie Sie diese neue Errungenschaft für Ihre finsteren Zwecke nutzen können. Das war bei der Erfindung des Telefons so, bei der Satellitentechnik und auch beim Internet. Warum sollte es diesmal anders sein?« Rumford war hochrot angelaufen. »Und deshalb werde ich alles tun, um die Bürger Amerikas vor Leuten wie Ihnen zu schützen. Das verspreche ich Ihnen!«

Als Henderson nichts erwiderte, fuhr Rumford in einem etwas ruhigeren Ton fort: »Ich trage diese verfluchten Nano-Dinger übrigens nur in mir, weil ich ein gesetzestreuer Bürger bin. Aber ich versichere Ihnen, dass ich alles mir Mögliche tun werde, um dieses unsägliche Gesetz zu kippen. Amerikaner dürfen nicht länger dazu genötigt werden, Maschinen in ihrem Körper zu tragen, über die sie keine Kontrolle haben!«

Henderson ließ die Belehrung mit unbewegter Miene über sich ergehen. Nachdem der Kongressabgeordnete verstummt war, räusperte er sich.

»Ich möchte trotzdem noch einmal an Ihr Verantwortungsbewusstsein appellieren«, sagte er. »Ziehen Sie Ihren Antrag zurück und ich werde Sie nicht weiter belästigen. Ansonsten bin ich gezwungen, andere Maßnahmen zu ergreifen.«

Rumford sprang auf, wobei sich der Gürtel seines Bademantels löste und auf den Teppich fiel.

»Wer sind Sie überhaupt?«, empörte er sich. »Und was bilden Sie sich ein? Verlassen Sie sofort mein Haus! Sonst rufe ich die Polizei!«

Henderson blieb seelenruhig sitzen und holte sein Handy hervor. Während er dem erbosten Abgeordneten mit einem Wink befahl zu schweigen, führte er ein kurzes Telefonat.

»Code 9-2«, sagte er, danach steckte er das Telefon wieder ein.

»Verlassen Sie sofort mein Haus!«, empörte sich Rumford.

»Also gut«, erwiderte Henderson. »Ganz wie Sie wollen. Niemand wird mir vorwerfen können, ich hätte Sie nicht gewarnt.«

Mit kaltem Blick musterte er Rumford von oben bis unten, dann stand er auf. *Code 9-2* stand für eine akute Hirnblutung. Wenn man berücksichtigte, dass Rumfords Nanobots etwa dreißig Sekunden nach Erhalt der Satellitenbefehle mit ihrer Arbeit beginnen würden, dann müsste es vermutlich in weniger als zwei Minuten vorbei sein.

Henderson blickte sich ein letztes Mal um. Dann wandte er sich zum Gehen und verließ das Haus, ohne Rumfords Ehefrau aufzuwecken.

45

Die Schatten des prasselnden Kaminfeuers tanzten über die Wände des gemütlichen Zimmers. Dan fuhr sich mit seinen dürren Fingern durch das schlohweiße Haar.

»Es gibt tatsächlich einen Whistleblower?«, nahm der pensionierte Lehrer den Faden wieder auf. »Hoffen wir, dass sie ihm nicht auf die Schliche kommen. Sonst droht ihm das gleiche Schicksal wie dem armen Kerl, der sich angeblich in seiner Zelle erhängt hat.«

Ein Spion in den eigenen Reihen! Nico versuchte, seine Erregung zu verbergen, indem er ein Gähnen vortäuschte und sich ausgiebig streckte. Wenn dieser Verräter wirklich existierte und er seine Identität herausfinden könnte, würde das seinen eigentlichen Auftrag in den Hintergrund treten lassen. Dann könnte er seinem Land einen noch viel größeren Dienst erweisen. Und dies, ohne jemanden umbringen zu müssen.

Michael behagte das Thema ganz und gar nicht.

»Wir haben seit Tagen nichts von ihm gehört«, sagte er

knapp. Er zog den Reißverschluss seines Overalls auf. »Vielleicht ist er längst wieder abgesprungen. Oder es war von Anfang an ein Spinner.«

»Auf jeden Fall hätten wir ohne seine Hilfe den Code für die Bio-Chips nie geknackt«, wandte Ethan ein. »Keine Ahnung, wie er an den Programmschlüssel gekommen ist. Er muss über einen direkten Zugang zur NTEC-Entwicklungsabteilung verfügen. Deshalb glaube ich nicht, dass er einer von diesen Wichtigtuern ist.«

Nico deutete auf den Scanner, den Ethan auf dem Tisch abgelegt hatte. Er konnte seine Neugier nicht länger zügeln.

»Habt ihr die Chips etwa mit dem Gerät da deaktiviert?«, fragte er scheinheilig.

»Jepp, habe ich selbst zusammengeschraubt«, erklärte Ethan stolz. »Ohne den Apparat hätten sie uns längst erwischt.«

»Und nach der Deaktivierung kann man die Chips entfernen?«, erkundigte sich Beta. Sie warf Nico einen schnellen Blick zu. »Das müsste doch möglich sein.«

»Das ist es«, erwiderte Ethan. Er schob die Brille auf seiner Nase zurecht. »Allerdings würde ich das nur jemanden machen lassen, der etwas davon versteht. Sonst geistern dir deine Nanobots unkontrolliert durch die Blutbahn, und wer weiß, was diese winzigen Roboter ohne ihre Steuerungseinheit so alles anrichten?«

»Also tragt ihr gar keine Chips mehr«, folgerte Nico.

»Stimmt«, erwiderte Michael. »Und wir werden so lange dafür kämpfen, bis niemand mehr gezwungen wird, sich diese Teufelsdinger einpflanzen zu lassen.«

»Dein Wort in Gottes Ohr!«, fügte Dan hinzu.

»Habt ihr euch mal getroffen?«, bohrte Beta. »Ich meine eure Quelle. Was war das für ein Typ?«

Nico hätte sie für ihre Neugier umarmen können. Er spitzte wieder unauffällig die Ohren.

»Getroffen haben wir ihn nur ein Mal«, erwiderte Michael widerstrebend. »Seinen Namen hat er uns nicht verraten.«

»Natürlich nicht!« Beta machte eine ärgerliche Handbewegung. »Aber was hat er euch angeboten? Er wird doch nicht nur Kontakt mit euch aufgenommen haben, um dich wegen mir zu warnen, oder? Und woher wusste er überhaupt, dass ihr euch nach Kanada abgesetzt habt?«

Ethan streckte seine nackten Füße näher ans Feuer. »Wir wissen nicht, wie er uns aufgespürt hat. Der Kontakt kam auf Umwegen zustande. Nun warten wir darauf, dass er sich wieder meldet. Er hat uns nämlich Beweise dafür versprochen, dass es ein streng geheimes Spionageprogramm gibt, das irgendwie mit den Bio-Chips zu tun hat.«

Nico hielt es kaum auf seinem Sitz.

»Wenn wir so einen Missbrauch beweisen könnten«, seufzte Dan, »würde die Öffentlichkeit vielleicht endlich aufwachen.«

»Und danach hat er sich nie mehr gemeldet?«, wollte Beta wissen.

»Nein«, erwiderte Ethan. »Aber dafür hat er uns nach unserem Treffen seltsamerweise eine Reihe Fotos übergeben.«

»Was denn für Fotos?« Beta brannte vor Neugier.

Da Ethan ohnehin alles ausplauderte, gab ihr Bruder seinen Widerstand auf.

»Fotos von Leuten«, erläuterte er. »Wir sollten mithilfe unseres Netzwerkes herausfinden, wo diese Personen leben. Als Gegenleistung für die versprochenen Dokumente gewissermaßen.«

»Kann ich die Fotos mal sehen?«, drängelte Beta.

»Warum nicht?«, sagte Ethan. »Es sei denn, unser *Big Boss* hat irgendwelche Einwände.«

Als Michael nur mit den Schultern zuckte, zog Ethan ein Tablet aus der Beintasche seines Overalls. Nachdem er die entsprechende Datei aufgerufen hatte, reichte er ihn weiter. Nico sah Beta über die Schulter. Die Fotos zeigten die Gesichter von rund einem Dutzend Männer und Frauen. Sie waren verschiedener ethnischer Herkunft, aber alle waren Anfang zwanzig und blickten mit ungewöhnlichem Ernst in die Kamera. Nico vermutete sofort, dass es sich bei ihnen um junge Agenten handelte. Nicht zuletzt die dunkelblauen Anzüge und der kurze Haarschnitt legten diesen Schluss nahe. Vermutlich stammten die Bilder aus irgendwelchen Personalakten. Dieser mysteriöse Informant musste wirklich über erstklassige Zugänge verfügen!

»Und habt ihr gemacht, worum er euch gebeten hat?«, erkundigte sich Beta. »Habt ihr den Aufenthaltsort dieser Leute herausgefunden?«

»Drei von ihnen haben Selbstmord begangen, fünf weitere sitzen in der Psychiatrie«, berichtete ihr Bruder. »Über die Übrigen haben wir trotz unserer Kontakte nichts rausbekommen.«

Beta war bestürzt.

Nico ging es nicht viel anders. »Und ihr seid ganz sicher?«, wollte er wissen.

Michael nickte nur.

»Und was ist das hier für ein Foto?« Beta tippte auf den Bildschirm, woraufhin sich ein weiteres Bild öffnete. Es zeigte einen Mann auf einem öffentlichen Platz inmitten einer Menschenmenge. Sein Kopf war mit einem roten Stift eingekreist. Nico blieb die Luft weg. Trotz der Entfernung, aus der die Aufnahme gemacht worden war, erkannte er die Person sofort: Es war Davis, sein verschwundener Teamkollege, der ihn in das geheime TROJA-Programm eingeführt hatte. Dieses längliche Gesicht mit den roten Ohren war unverwechselbar.

»Das ist unsere Quelle«, kommentierte Michael den fragenden Blick seiner Schwester. »Wir haben ihn bei unserem Treffen fotografiert, um mehr über ihn herauszufinden. Leider vergeblich.«

Nico hatte das Gefühl, als würde man ihm den Boden unter den Füßen wegziehen. Konnte es sein, dass Davis tatsächlich ein Verräter, ein Whistleblower war? Und warum hatte er Betas Bruder gebeten, die Männer und Frauen auf den Fotos ausfindig zu machen? Er war sich fast sicher, dass es sich um junge Agenten handeln musste. Weshalb wurden sie in psychiatrischen Klinken behandelt und warum hatten einige von ihnen Selbstmord verübt?

Den Rest des Abends verbrachte Nico wie in Trance. Gleichzeitig rasten seine Gedanken. Ethan war bereits auf dem Sofa eingeschlummert, während Beta, ihr Bruder und Dan nur noch in Erinnerungen an vergangene Zeiten schwelgten. Nico hatte die Augenlider geschlossen und gab vor zu dösen. In Wahrheit herrschte in seinem Inneren das absolute Chaos. Mit einem Mal fiel ihm das versteckte Notizbuch wieder ein, das er zufällig in Davis' Unterkunft gefunden hatte. Wenn sein verschwundener Partner tatsächlich ein Verräter war, musste Nico unbedingt Kontakt mit seinen Vorgesetzten in New Mexico aufnehmen. Gleichzeitig fiel ihm ein Stein vom Herzen, denn angesichts der Bedrohung, die ein Spion in den eigenen Reihen darstellte, verlor sein ursprünglicher Auftrag zweifellos an Bedeutung. Vielleicht würde ihm die Ausführung, vor der er sich mittlerweile so sehr fürchtete, auf diese Weise sogar erspart bleiben.

46

Als Nico aus dem Sessel hochschreckte, stellte er überrascht fest, dass es draußen bereits hell war. Der Kamin war erloschen, kalter Rauch hing in dem niedrigen Raum.

»Guten Morgen!«, rief Dan aus der Küche. »Wie wär's mit einem Hagebuttentee?«

»Äh, nein danke!«, rief Nico verschlafen zurück. »Haben Sie vielleicht einen Kaffee?«

Er hatte schon seit einer gefühlten Ewigkeit keinen anständigen Kaffee mehr getrunken. Und damit meinte er nicht diese angeblich gesundheitsfördernde Ersatzbrühe, die man seit Neustem überall aufgeschwatzt bekam.

»Mit Bohnenkaffee kann ich leider nicht dienen«, sagte Dan, als er aus der Küche kam. »Den Bezugsschein für meine monatliche Ration verschenke ich an meinen Nachbarn. Ich selbst mache mir nichts aus dem Zeug.«

Nico quälte sich aus dem unbequemen Sessel und versuchte, seine schmerzenden Glieder zu sortieren.

»Wo sind eigentlich die anderen?«, erkundigte er sich vorsichtig. Noch hegte er die Hoffnung, dass sie lediglich früher aufgestanden waren und vielleicht ein Bad im See nahmen. Aber Dan belehrte ihn eines Besseren.

»Beta, Michael und Ethan sind fort«, erklärte der ehemalige Pädagoge. »Sie sind noch vor Sonnenaufgang aufgebrochen, um die Dunkelheit auszunutzen.«

Nicos Müdigkeit war wie weggeblasen.

»Und wo sind sie hin?«, wollte er sofort wissen.

»Über den See nach Kanada.«

»Etwa mit einem Boot?«

»Nein, sie laufen zu Fuß!«, scherzte Dan. »Natürlich mit einem Boot! Womit sonst? Es kam heute Morgen bei Tagesanbruch.«

Er kehrte in die angrenzende Küche zurück. Von dort aus rief er: »Willst du jetzt nicht doch einen Tee? Ich habe gerade einen frisch aufgebrüht!«

»Meinetwegen!«, knurrte Nico.

Sie hatten ihn sitzen lassen! Nun stellte sich die Frage, was er tun sollte. Der klammheimliche Aufbruch von Beta und ihrem Bruder änderte natürlich alles. Komischerweise fühlte er sich irgendwie hintergangen. Ausgerechnet er, der ihnen nichts als Lügen aufgetischt hatte, fühlte sich jetzt verraten. Besonders Betas heimliches Verschwinden versetzte ihm einen empfindlichen Stich. Auf der anderen Seite war Hendersons Auftrag damit endgültig hinfällig geworden. Vielleicht war es gut so, wie es war. Es gab ja immer noch Davis.

Als Dan mit zwei Tassen in den Händen zurückkehrte,

nahm er eine davon dankend entgegen. Er probierte einen Schluck von dem selbst gebrauten Getränk und schüttelte sich. Es schmeckte widerlich.

»Ach ja, fast hätte ich es vergessen!«, sagte Dan plötzlich. Er stellte seine Tasse ab, ging zu der Kommode und entnahm der obersten Schublade einen Briefumschlag, den er Nico feierlich überreichte.

»Für dich …«, fügte er augenzwinkernd hinzu.

Nico riss den Umschlag auf. In ihm befand sich ein Papierbogen mit nur wenigen, hastig hingekritzelten Zeilen:

Sorry, dass ich mich nicht verabschieden kann, aber wir müssen sofort weg. Michael hat eine dringende Nachricht erhalten. Wenn Du Hilfe brauchst, wird Dan wissen, wie Du mich erreichen kannst . . .
Viel Glück!
Beta

Nico faltete das Papier langsam wieder zusammen. Beta vertraute ihm offenkundig noch immer, was ihn zutiefst beschämte.

Er wog seine nächsten Schritte ab. Sollte er Dan bitten, Kontakt zu Beta aufzunehmen? Aber welchen Grund konnte er vorbringen, um ihr weiterhin zu folgen? Wenn er seine Tarnung aufrechterhalten wollte, war es nur logisch, dass sich ihre Wege wieder trennten.

Außerdem musste er Farley so schnell wie möglich vor dem Verräter in ihren eigenen Reihen warnen. Vielleicht sabotierte

Davis jetzt schon ihre weiteren Schritte! Er musste zurück nach New Mexico.

»Schlimm?«, erkundigte sich Dan, der Nicos Miene aufmerksam beobachtet hatte.

»Nein«, erwiderte Nico knapp. »Gibt es hier auf der Insel einen Flughafen?«

»Eher ein Flugfeld. Es ist nicht groß, aber man kommt überall hin. Wenn du möchtest, bringe ich dich dorthin und rede mit einem Freund von mir. Er ist Pilot und fliegt häufig rüber nach Detroit.«

»Das wäre prima!« Nico stand auf. »Wann können wir starten?«

Dan stieß einen Seufzer aus. »Wenn es wirklich so dringend ist, rufe ich ihn gleich mal an. Aber denk dran, ein alter Mann ist kein Rennpferd. Also lass mich erst meinen Tee trinken!«

Nachdem Dan seine Tasse geleert und seinen Anruf getätigt hatte, brachen sie endlich auf. Nicht einmal zwei Stunden später landete Nico in Detroit. Er bedankte sich bei dem klapprigen Piloten, der ihn mit endlosen Anekdoten aus seiner Zeit als Rettungsflieger gequält hatte, und nahm ein Taxi zum Metro Airport. Dort erstand er mit dem Geld aus dem Krankenwagen, das Beta ihm fairerweise dagelassen hatte, ein Flugticket nach Santa Fe. Während er vor dem Gate auf den Boarding-Aufruf für seine Maschine wartete, ging er im Geiste noch einmal durch, was er Henderson zu berichten hatte. Es würde nicht einfach werden, dem Direktor wieder unter die Augen zu treten.

Der Flug zurück nach New Mexico verging ohne besondere Vorkommnisse. Als er schließlich in Santa Fe landete, überlegte Nico, ob er seine Ankunft in der Zentrale ankündigen sollte. Aber dann entschied er sich aus einer spontanen Laune heraus dagegen. Der Chip in seinem Unterarm war noch immer deaktiviert. Somit war er für seine Kollegen weiterhin unsichtbar. Wenn er es sich recht überlegte, war er zum ersten Mal seit seiner Rekrutierung frei. Wenn auch nur für wenige Stunden.

Nico beschloss, seine Freiheit zu nutzen. Es war eine verrückte Idee, aber er hatte bereits im Flugzeug ständig darüber nachdenken müssen. Wenn Davis wirklich ein Verräter war, warum hatte er sich dann für den Verbleib der jungen Männer und Frauen interessiert? Das passte nicht zu einem Whistleblower. Hier ging es um eine andere Sache. Und da war noch etwas, das ihn beschäftigte: Warum befanden sich einige der jungen Männer und Frauen in psychiatrischer Behandlung oder hatten Selbstmord begangen? Michael hatte behauptet, dass dies der Fall war, und weshalb sollte er lügen? Nico war verunsichert. Er spürte, dass an der ganzen Sache etwas faul war. Um ihn herum geschahen Dinge, die er nicht verstand. Als er in ein Taxi stieg, um in die Innenstadt zu fahren, kam ihm eine Idee. Er musste sich Klarheit verschaffen, und deshalb bat er den Fahrer, ihn zu der bekanntesten psychiatrischen Klinik in Santa Fe zu fahren. Er wusste, dass dies einem Schuss ins Blaue gleichkam, aber einen Versuch war es immerhin wert.

Nach einer kurzen Fahrt durch den Berufsverkehr stand

er im Eingangsbereich der Klinik. Um ihn herum herrschte ein Kommen und Gehen und mit einem Mal kam er sich ziemlich albern vor. Als er die Klinik bereits wieder verlassen wollte, sprach ihn eine Frau an.

»Kann ich Ihnen vielleicht weiterhelfen?«, erkundigte sie sich. »Ich arbeite hier.«

»Äh … nein, danke«, erwiderte Nico schnell. Doch dann überlegte er es sich anders.

»Halt, warten Sie, vielleicht können Sie mir doch helfen!«, rief er der Frau hinterher, bevor sie durch die Glastür verschwand.

Sie blieb stehen und drehte sich zu ihm um. »Was denn jetzt: helfen oder nicht helfen?«

»Helfen!«, rief Nico und eilte ihr nach.

»Ich suche einen … äh … Freund von mir«, improvisierte er. »Wir waren zusammen auf der Schule. Er soll erst seit ein paar Tagen hier sein.«

»Und wie ist der Name Ihres Freundes?«

»Davis. Tom Davis.«

Die Frau, offenbar eine Schwester, die gerade aus ihrer Mittagspause zurückkehrte, überlegte kurz. Dann schüttelte sie den Kopf. »Nein, tut mir leid. Einen Davis haben wir hier nicht.«

»Er ist leicht zu erkennen!«, versuchte es Nico. »Er hat ein ziemlich langes Gesicht mit – wie soll ich sagen – auffälligen Ohren. In der Schule haben wir ihn immer ›Pferdegesicht‹ genannt. Ich weiß, das war nicht nett.«

Nico lächelte gequält.

Die hilfsbereite Schwester strahlte: »Ach, Sie meinen Armstrong? Ja, der ist seit Anfang der Woche bei uns in Behandlung. In der geschlossenen Abteilung.«

»Ich hatte ganz vergessen, dass er den Namen seiner Frau angenommen hat«, behauptete Nico hastig. »Darf ich zu ihm?«

Die Schwester musterte ihn mit gerunzelter Stirn. Er trug noch immer die Secondhandklamotten, die Beta und er bei ihrer gemeinsamen Flucht auf dem Kleiderflohmarkt erstanden hatten.

»Wer waren Sie noch einmal?«, wollte sie wissen.

»James Taylor«, log Nico. »Ein alter Schulfreund. Wie gesagt, ich bin auf der Durchreise und will ihm nur gute Besserung wünschen.«

Die Schwester schwankte, doch am Ende seufzte sie.

»Warum nicht?«, entschied sie. »Kommen Sie mit! Bislang hat ihn noch niemand besucht. Dabei könnte der Arme dringend ein wenig Aufmunterung gebrauchen. Vielleicht könnten Sie ja einmal mit seinen Angehörigen reden.«

Nico folgte ihr durch die Glastür. Sie passierten zwei Sicherheitsschleusen, kurz darauf standen sie vor einer nummerierten Tür. Bevor die Schwester ihn hineinließ, ermahnte sie ihn:

»Bitte lassen Sie die Tür offen stehen. Sie besitzt innen keine Klinke. Ich ziehe mich nur schnell um und bin gleich wieder da!«

Nico blickte ihr nach, dann gab er sich einen Ruck und betrat das Zimmer. Die Vorhänge vor dem Fenster waren zugezogen und ließen nur wenig Licht herein. Trotzdem konnte er in dem Halbdunkel erkennen, dass in dem Bett ein Mann lag. Nico hielt inne. Was machte er hier überhaupt? Er wollte gerade die Flucht ergreifen, da stieß der Mann einen Schrei aus, der ihm das Blut in den Adern gefrieren ließ. Gleichzeitig richtete er sich im Bett auf und glotzte den fremden Besucher an. Nico erstarrte: Es war tatsächlich Davis, sein ehemaliger Teampartner!

Nachdem er seine Bestürzung überwunden hatte, trat er näher an das Bett.

»Hi!«, sagte Nico.

Davis zeigte keine Reaktion. Er starrte ihn nur immer noch mit aufgerissenen Augen an. Als Nico jedoch einen weiteren Schritt machte, schlug sein ehemaliger Partner plötzlich um sich. Nico wich erschrocken zurück.

»Okay, okay, beruhige dich! Ich bin es nur! Erkennst du mich nicht?«

Davis' gehetzter Blick irrte durch das abgedunkelte Krankenzimmer. Es war offensichtlich, dass er vor irgendetwas furchtbare Angst hatte.

Nico traute sich nur langsam, näher zu treten.

»Ich bin es, Nico«, versuchte er es erneut. »Was ist passiert? Wissen Farley und Henderson, dass du hier bist?«

Als Nico die Namen ihrer Vorgesetzten erwähnte, stieß Davis einen entsetzlichen Schrei aus. Tränen liefen über sein eingefallenes Gesicht, und er begann, laut zu schluchzen.

»Nein … nein … nein …!«

Nico war erschüttert. Noch vor wenigen Tagen war sein Partner putzmunter gewesen. Davis hatte ihn sogar zu einer

Party überreden wollen und jetzt war er ein psychisches Wrack. Was war mit ihm in so kurzer Zeit geschehen?

»Und, hat er Sie wiedererkannt?«, fragte die Schwester, als sie zurückkehrte.

»Äh, wir, ich …«, stammelte Nico.

»Leider ist er völlig verwirrt«, fuhr die Schwester fort, die nun einen Kittel und bequeme Schuhe trug. Sie ging zum Fenster und zog die Vorhänge auf, woraufhin Davis erneut einen Schrei ausstieß. Er verfiel in ein ängstliches Wimmern.

»Was fehlt ihm denn?«, erkundigte sich Nico erschrocken.

»Wir wissen es nicht. Die Ärzte sind mit ihren Untersuchungen noch nicht fertig. Aber wenn Sie mich fragen, gibt es nur eine Erklärung.« Die Schwester strich ihrem Patienten zur Beruhigung über die schweißglänzende Stirn. »Irgendein schreckliches Erlebnis muss den armen Kerl so traumatisiert haben, dass er den Verstand verloren hat.«

47

Die Kantine von ORBIT SERVICES war kaum besucht. Um diese Tageszeit versahen die meisten Agenten ihren Dienst in der unterirdischen Anlage. Farley stocherte lustlos in den kalten Nudeln herum und träumte von einer Portion saftiger Spareribs, so wie er sie in seiner Jugend gekannt hatte. Als er Agent Oxlade aufgeregt auf sich zueilen sah, verging ihm der Appetit erst recht. Er schob den Teller missmutig von sich.

»Er ist zurück!«, rief Oxlade, noch bevor er den Tisch seines Vorgesetzten erreicht hatte.

»Wer ist zurück?«, erkundigte sich Farley, als sein Agent vor ihm stand und nach Luft rang.

»Agent Stiller, Sir!«

Farley sprang auf, wobei er den Stuhl umstieß. »Haben Sie Direktor Henderson schon informiert?«

»Ja, habe ich! Er befindet sich noch in Washington und wird nicht vor morgen früh hier sein.«

»Gut.« Der Hüne setzte sich in Bewegung. »Wo ist er jetzt?«

»In seiner Unterkunft«, schnaufte Oxlade, der neben ihm hertrabte.

»Dann holen Sie ihn, verdammt noch mal! Ich will ihn auf der Stelle sehen!« Farley ballte seine Faust. »Er wird uns einige Fragen beantworten müssen, verlassen Sie sich darauf!«

Zehn Minuten später erschien Nico in Begleitung von Oxlade in dem fensterlosen Besprechungsraum. Special Agent Farley trommelte bereits ungeduldig mit seinen Fingern auf der Tischplatte.

»Da ist ja unser verloren gegangener Agent!«, bellte er, als er Nico erblickte. »Setzen Sie sich!«

Nico gehorchte.

»Also, ich höre!« Farley faltete seine riesigen Hände und beugte sich bedrohlich über den langen Konferenztisch.

»Was wollen Sie wissen, Sir?«, fragte Nico. Sein Mund fühlte sich trockener an als die Wüste oben an der Erdoberfläche.

Farley grunzte. »Nun, da wäre zum Beispiel die Frage, aus welchem Grund Sie sich seit über vierundzwanzig Stunden nicht mehr gemeldet haben. Ich hoffe für Sie, dass Sie wenigstens Ihren Auftrag erfüllt haben.«

»Nein, Sir«, gestand Nico. Er fühlte sich wie ein Verbrecher in einem Verhör.

»Was für einen Auftrag?«, wunderte sich Oxlade.

»Das geht Sie nichts an!«, stauchte ihn Farley zusammen. Dann wandte er sich wieder an Nico. »Also lebt er noch. Das wird dem Direktor nicht gefallen. Henderson und ich haben auf Sie gesetzt, ist Ihnen das klar?«

Es war offensichtlich, dass der Hüne seinen Ärger nur mühsam unter Kontrolle hielt. Nico war froh, nicht mit ihm allein zu sein. Erst stockend, dann zunehmend flüssiger schilderte er nun, wie ihn Beta zu einem Ferienhaus geführt hatte, wo er von ihrem Bruder und einem Komplizen überwältigt worden war. Danach hätten sie das Ablenkungsmanöver mit dem Boot gestartet. Nur Dan, den ehemaligen Highschool-Lehrer, bei dem sie die Nacht verbracht hatten, ließ er unerwähnt. Er hätte selbst nicht sagen können, warum.

Farley legte die Stirn in Falten und schwieg. Oxlade rutschte auf seinem Stuhl hin und her. Offenbar brannten ihm einige Fragen unter den Nägeln, aber er traute sich nicht, sie tatsächlich zu stellen.

»Und wie haben diese Kerle es geschafft, Ihren Bio-Chip zu deaktivieren?«, wollte Farley wissen.

»Sie hatten so ein Gerät«, sagte Nico. »Es war nicht viel größer als ein mobiler Bio-Scanner. Damit können sie die Chips in den Ruhezustand versetzen. Mehr weiß ich nicht. Es war dunkel und alles ging schnell.«

Nico fühlte sich wie jemand, der in einem Treibsand feststeckte und nun im Begriff war, langsam zu versinken. Dennoch erzählte er nichts von dem Informanten, der Betas Bruder und seinen Leuten den Schlüsselcode zum Deaktivieren zugespielt hatte. Auch nichts von seinem Besuch in der psychiatrischen Klinik und seinem Verdacht, dass Davis dieser Verräter war. Es war eher ein Gefühl, das ihm riet, es besser für sich zu behalten.

»Kann ich jetzt gehen?«, fragte er, nachdem er geendet hatte und Farley weiter schwieg.

Der Afroamerikaner betrachtete ihn, als wisse er nicht, was er von der ganzen Sache halten sollte.

»Sie können gehen, wenn Sie alles zu Protokoll gegeben haben«, befand er. »Inklusive einer genauen Beschreibung der Terroristen. Agent Oxlade wird Ihnen dabei helfen. Ich werde mich in der Zwischenzeit mit den kanadischen Grenzschutzbeamten in Verbindung setzen. Wenn wir wüssten, wo genau sie wieder an Land gegangen sind, wären wir wenigstens einen Schritt weiter.«

Oxlade gab sich erstaunt. »Ich dachte, die Kanadier spielen nicht mehr mit, seitdem wir ihren Premier verwanzt haben.«

»Tun sie auch nicht«, korrigierte ihn Farley. »Sie schmollen immer noch. Aber ich kenne auf der anderen Seite jemanden, der mir noch einen Gefallen schuldet. Also machen Sie sich an die Arbeit! Ich will den Bericht spätestens in einer halben Stunde auf meinem Schreibtisch haben.«

Nachdem Farley fort war, legte Oxlade die Beine auf den Konferenztisch und grinste. »Erzähl mal, wie war sie denn so?«

»Wer?« Nico war verwirrt.

»Na, unsere Kleine!«, lachte Oxlade. »Stell dich nicht so an: Abgesehen von der Frisur ist sie doch ganz süß und du warst immerhin nah an ihr dran.«

»Rutsch mir den Buckel runter!«, erwiderte Nico genervt. »Erstens bin ich müde und zweitens ist sie nicht *unsere Kleine*. Also lass uns den Mist hinter uns bringen, in Ordnung?«

»Ist ja schon gut, Mister Superagent!« Oxlade machte eine abwehrende Geste und stand auf, um sich an ihren Terminal zu begeben. »Man wird ja wohl mal fragen dürfen.«

Nachdem Nico seine gefilterte Version der Ereignisse noch einmal detailliert zu Protokoll gegeben hatte, war er endlich erlöst. Er fuhr mit dem Personalaufzug nach oben, und als er an der Erdoberfläche aus dem Gebäude trat, empfand er die sengende Hitze zum ersten Mal als befreiend. Plötzlich wusste er, was er tun würde. Denn eines war ihm während des Rapports klar geworden: Bevor er Davis als Verräter an den Pranger stellte, musste er auf Nummer sicher gehen. Er musste wissen, ob sein ehemaliger Teampartner wirklich ein Whistleblower war. Außerdem musste er herausfinden, wieso er von einem Tag auf den anderen den Verstand verloren hatte. Sein Bauch sagte ihm, dass das unmöglich ein Zufall sein konnte.

48

Nico änderte die Richtung. Statt sich in sein Zimmer zu begeben, ging er zu dem flachen Bauwerk hinüber, in dem sich Davis' ehemalige Unterkunft befand. Wenn er Glück hatte, war sie noch nicht wieder belegt worden. Als er in den Flur kam, spähte er zuerst nach rechts und links. Wäre der Chip in seinem Arm noch aktiv gewesen, hätte er sich diese Aktion niemals getraut, dachte er. Adrenalin schoss durch seine Adern, denn ihm war nur allzu bewusst, dass er mit dem Feuer spielte. Als er Davis' Zimmer am Ende des Ganges unverschlossen vorfand, schlüpfte er sofort hinein.

So wie es aussah, war es tatsächlich noch nicht wieder bewohnt. Nichts hatte sich verändert. Nirgendwo lagen persönliche Gegenstände herum. Nico ging sofort in die Knie und klopfte die Wand unter dem Waschbecken nach der lockeren Fliese ab. Als er sie gefunden und vorsichtig herausgelöst hatte, fiel ihm das Notizbuch entgegen. Er steckte es hastig unter sein Hemd und platzierte die Fliese wieder an der Wand.

Danach sah er zu, dass er schnell aus dem Zimmer kam. Er traute sich erst wieder zu atmen, nachdem er sich in seiner eigenen Unterkunft eingeschlossen hatte. Was zum Kuckuck hatte er getan?

Er zog Davis' Buch unter seinem Hemd hervor und schmiss es auf das Bett, als wäre es vergiftet. Dann starrte er es minutenlang an. Am Ende siegte seine Neugier und die bittere Erkenntnis, dass er ohnehin schon nichts mehr zu verlieren hatte. Er hatte bereits Dinge für sich behalten und gelogen. Niemand würde ihm je wieder einen Auftrag anvertrauen. Wenn er Glück hatte, würde Henderson ihn lediglich für den Rest seiner Agentenlaufbahn in einem dunklen Kellerarchiv verfaulen lassen.

Nico schlug die erste Seite auf. Sie war dicht beschrieben, wobei der Text ein heilloser Buchstabensalat zu sein schien. Allein die Überschriften über den Absätzen waren klar lesbar. Es handelte sich jeweils um einen Wochentag und das dazugehörige Datum, was ihn vermuten ließ, dass er Davis' Tagebuch in den Händen hielt. Aber warum war es verschlüsselt? Nico war frustriert. Um den Code zu knacken und den Text lesbar zu machen, würde er Tage, wenn nicht sogar Wochen brauchen. Auch wenn er auf der FBI-Academy viel über Verschlüsselungstechniken gelernt hatte.

Enttäuscht klappte er das kleine Buch wieder zu. Mit einem Mal stutzte er. Auf dem hinteren Buchdeckel konnte er mit den Fingerkuppen eine winzige Erhebung spüren. Als er den Pappeinband behutsam mit dem Fingernagel löste und die obere Schicht abzog, entdeckte er eine Speicherkarte. Sie ähnelte denen, die üblicherweise in professionellen Fotokameras Verwendung fanden.

Nicos Pulsschlag beschleunigte sich sofort. Ihm war klar, dass er Kopf und Kragen riskierte, aber er konnte nicht anders.

Als er zurück unter die Erde fuhr, herrschte in der Zentrale wie immer rege Betriebsamkeit. Die meisten Überwachungsplätze waren mit Agenten besetzt. Einige liefen umher, andere unterhielten sich über die Wände der Parzellen hinweg. Nico zog unwillkürlich den Kopf zwischen die Schultern, so, als wolle er sich unsichtbar machen. Dabei achtete ohnehin niemand auf ihn. Dennoch war er froh, als er seinen Arbeitsplatz erreichte und hinter der Trennwand abtauchen konnte. Da Ramirez, Oxlade und er noch keinen neuen Auftrag erhalten hatten, war ihr Terminal vorerst verwaist. Sämtliche Geräte waren abgeschaltet. Nico startete den Computer und einen der zahlreichen Bildschirme. Danach schob er die briefmarkengroße Speicherkarte in den dafür vorgesehenen Slot. Was er nun zu sehen bekam, verschlug ihm nicht nur die Sprache. Seine Welt stürzte wie ein Kartenhaus in sich zusammen.

Auf der Speicherkarte befanden sich Dutzende streng geheimer Dokumente. Schon an den Überschriften ließ sich ihre Brisanz erkennen. Wie aus den Unterlagen hervorging, wurde das TROJA-Programm vor über einem Jahrzehnt von einer Handvoll Männer allein zu dem Zweck ins Leben gerufen, Amerika nach ihren Interessen zu lenken. Und dies an den Parlamenten vorbei und ohne Wissen des jeweiligen Präsidenten. Nico konnte kaum glauben, was er da las. Dieses sogenannte *Gremium* missachtete nicht nur die Verfassung und geltendes Recht, es schwang sich auch zum Richter über Leben und Tod auf. Die vielen mit Kreuzen versehenen Namenslisten sprachen eine eindeutige Sprache.

Nico war zutiefst erschüttert. Als er von Henderson den Auftrag erhalten hatte, Betas Bruder zu eliminieren, hatte er noch geglaubt, zumindest auf der richtigen Seite zu stehen. Jetzt wurde ihm bewusst, dass er kurz davor gewesen war, einen Mord zu begehen, der ihn unter Umständen lebenslang hinter Gitter gebracht hätte. Und da war noch etwas. Etwas, das ihn sofort in Todesangst versetzte. Wie aus den Dokumenten hervorging, wurden die jungen Agenten, die für das TROJA-Programm rekrutiert worden waren, nach einer gewissen Zeit planmäßig ausgetauscht. Wenn frische Rekruten kamen, wurden die alten jedoch nicht an eine neue, weniger geheime Dienststelle versetzt, wie man sie glauben machte. In Wahrheit wurden sie vielmehr einer chemischen Gehirnwäsche unterzogen. Das Ergebnis dieser »Sonderbehandlung« hatte er selbst erlebt, als er seinen ehemaligen Partner in der Klinik getroffen hatte.

Jetzt konnte Nico nachvollziehen, warum Davis mit Betas Bruder Kontakt aufgenommen hatte. Er hatte sie alle dadurch retten wollen, dass die schmutzigen Details des Programms öffentlich bekannt wurden. Aber sie mussten ihm zuvor auf die Schliche gekommen sein, denn nun existierte er nicht mehr. Man hatte ihn und sein Wissen für alle Zeiten ausgelöscht. Nico rang mühsam um Fassung. Zugleich stieg Panik in ihm auf. Dass ein paar Männer ein derart aufwendiges Geheimprogramm aufbauen konnten, ohne entdeckt zu werden, hätte er nie für möglich gehalten. Nicht in Amerika, dem Land, das er liebte und dem er dienen wollte.

Mit zittrigen Fingern entfernte er die Speicherkarte und versteckte sie in seinem Strumpf, danach fuhr er den Computer eilig wieder herunter. Nico musste sich zwingen, ruhig zu bleiben. All die Männer und Frauen, die rechts und links neben ihm gewissenhaft ihren Aufgaben nachgingen, würden am Ende in der Psychiatrie landen! Beinahe wäre er aufgesprungen, um sein Wissen laut herauszuschreien. Aber das wäre natürlich einem Selbstmord gleichgekommen. Bevor seine Kollegen begriffen hätten, worum es überhaupt ging, hätte Farley ihn aus dem Verkehr gezogen. Wie er beim Überfliegen der Dokumente gelesen hatte, waren die Wachen am Tor keine normalen Sicherheitsleute. Sie hatten unter anderem Befehl, gegen jeden mit Waffengewalt vorzugehen, der versuchte, ohne Erlaubnis das Firmengelände von ORBIT SERVICES zu verlassen.

Nico lugte vorsichtig über die Trennwand. In der unterirdischen Überwachungszentrale ging alles seinen gewohnten Gang. Auf der tennisplatzgroßen Monitorwand lief eine schwarz-weiße Liveübertragung. Daneben war ein Steckbrief der sendenden Zielperson eingeblendet. Nico ließ sich wieder zurück auf den Drehstuhl fallen. Was sollte er jetzt tun? Die winzige Speicherkarte in seinem Strumpf fühlte sich an, als hätte sie das Gewicht eines Ziegelsteins. Wie Davis in den Besitz der TROJA-Dokumente gelangt war, konnte er sich nicht erklären. Auf jeden Fall war er selbst ebenso erledigt, sollte man ihn damit erwischen. Auf der anderen Seite, wenn man es genau betrachtete, war er das so oder so. Wenn alles nach Plan lief, würde man ihn ohnehin irgendwann kaltstellen. Ihn würde das gleiche Schicksal ereilen wie Davis und all die anderen jungen Männer und Frauen, die man in den letzten zehn Jahren eiskalt geopfert hatte, um das Programm geheim zu halten.

49

Die Nacht war ein einziger Albtraum. Nico wälzte sich schweißgebadet auf dem harten Bett, ohne auch nur eine Sekunde Schlaf zu finden. Die betagte Klimaanlage schepperte leise, ein Moskito surrte an seinem Ohr. Er durchlitt Todesangst, gleichzeitig sann er verzweifelt über einen Ausweg nach. Er wollte weder in der Psychiatrie enden noch in der Wüste verscharrt werden, aber ihm fiel einfach keine Lösung ein. Je mehr er grübelte, desto mehr wurde ihm bewusst, dass er in einer tödlichen Falle saß.

»Hey, Stiller! Pennst du noch?« Jemand schlug mit der Faust gegen die Tür. »Du hast fünf Minuten! Henderson will dich sehen. Ich soll dich zu ihm bringen!«

Die Stimme gehörte Oxlade. Nico starrte weiter an die Decke. Dann quälte er sich hoch und kleidete sich wie in Trance an. Während er sich vor dem Spiegel die Dienstkrawatte band, fühlte er sich wie ein Verurteilter auf dem Weg zum Schafott. Henderson würde sich nicht mit seinen fadenscheinigen Erklärungen zufriedengeben. Er würde wissen wollen, warum er Michael hatte entkommen lassen. Nico machte sich auf das Schlimmste gefasst. Henderson durfte auf keinen Fall erfahren, dass er die Dokumente zu Gesicht bekommen hatte. Wenn ihm sein Leben lieb war, durfte er weder Davis noch die Speicherkarte erwähnen.

»Ich erwarte einen ausführlichen Bericht!«, empfing ihn Henderson in seinem Büro.

Nicos Eingeweide zogen sich zusammen. Ihm wäre es lieber gewesen, Oxlade würde ihn nicht allein lassen, aber der stahl sich auf Zehenspitzen davon.

»Wo soll ich anfangen, Sir?«, fragte er.

Henderson musterte ihn mit seinem unheimlichen, eisblauen Blick. »Ich will wissen, was passiert ist. Von Anfang an. Und kommen Sie ja nicht auf den Gedanken, mich für dumm zu verkaufen!«

Schon bei ihrer ersten Begegnung hatte ihn Henderson eingeschüchtert. Jetzt, da er wusste, mit welcher Selbstverständlichkeit der ehemalige Elitesoldat Menschen opferte, wurde aus dem Respekt pure Angst. Aber das durfte er sich unter keinen Umständen anmerken lassen. Also begann er mit klopfendem Herzen zu berichten. Er schilderte noch einmal das Zusammentreffen mit ihrer Zielperson und wie er auf der Insel von Michael und seinem Komplizen überwältigt worden war. Danach hatte man ihn einfach zurückgelassen.

»Mehr weiß ich nicht«, sagte Nico, nachdem er geendet hatte.

Henderson hatte ihm zugehört, ohne ihn ein einziges Mal

zu unterbrechen. Jetzt wechselte er in einen gefährlich beiläufigen Ton.

»Und wohin sind die Terroristen Ihrer Meinung nach geflohen?«, erkundigte er sich.

»Über die Grenze nach Kanada, nehme ich an«, antwortete Nico. Wie man ihm in der Agentenausbildung beigebracht hatte, log man am besten nah an der Wahrheit entlang.

»Und Ihnen war es nicht möglich, den Auftrag zu erfüllen, den ich Ihnen erteilt habe?«

»Leider nein, Sir!« Nico rann der Schweiß in Strömen die Wirbelsäule hinab. »Ich war die ganze Zeit über gefesselt. Außerdem wurde ich bewacht. Es gab einfach keine Gelegenheit.«

Henderson massierte die hässliche Narbe auf seinem Handrücken. Eine Angewohnheit, die Nico als beunruhigend empfand.

»Erklären Sie mir, wie diese Terroristen es geschafft haben, Ihren Bio-Chip abzuschalten«, forderte ihn Henderson auf.

»Da gibt es nicht viel zu sagen«, erklärte Nico. »Sie hatten so einen kleinen Kasten. Er sah wie selbst gebaut aus. Wie genau er funktioniert, weiß ich allerdings nicht. Wie ich schon sagte, wurde ich die ganze Zeit über wie ein Gefangener behandelt.«

Henderson sezierte ihn erneut mit seinem Blick. Vermutlich überlegte er, auf welche Weise er ihn am einfachsten loswerden sollte, malte sich Nico aus. Er starb tausend Tode.

»Dürfte ich einen Vorschlag machen, Sir?«, sagte er. Die Idee war ihm zuvor während seines Berichts gekommen. »Ich habe … äh … etwas beobachtet, was vielleicht einen neuen Ansatz bieten könnte.«

Als Henderson nichts darauf erwiderte, fuhr er fort.

»Ich habe zufällig mitbekommen, wie die Terroristen etwas in einem unterirdischen Depot vergraben haben. Wahrscheinlich handelt es sich um eine Art Briefkasten. Ich könnte mir vorstellen, dass die ins Ausland geflohene Führungsriege auf diese Weise mit ihren Gefolgsleuten hierzulande kommuniziert.«

Nico trat von einem Fuß auf den anderen. Für einen Schluck Wasser hätte er alles gegeben.

»Und warum fällt Ihnen das erst jetzt ein?«, fragte Henderson scharf.

»Ich war mir erst nicht sicher«, erklärte Nico eilig. »Aber jetzt bin ich es: Sie haben dort etwas deponiert. Da war so ein gezackter Felsen, nicht weit von der Straße. Wo genau, kann ich leider nicht sagen. Sie müssen verstehen: Es war Nacht, und wir waren mit nur einer Taschenlampe unterwegs. Aber wenn ich dort wäre, würde ich die Stelle sofort wiedererkennen. Garantiert!«

Nico setzte alles auf eine Karte, denn inzwischen war ihm bewusst, dass er im Grunde nur eine Chance besaß, aus der ganzen Sache unbeschadet herauszukommen. Er musste Davis' Job zu Ende bringen. Nur wenn die Dokumente an die Öffentlichkeit gelangten und das geheime Programm aufflog, bestand für ihn die geringe Aussicht darauf zu überleben. Für einen kurzen Moment überlegte er sogar, die Speicherkarte einfach der erstbesten Netzzeitung oder TV-Station zuzuspielen. Aber angesichts der Möglichkeiten, die das TROJA-Programm Henderson und seinen Hintermännern zur Verfügung stellte, wurde ihm genauso schnell klar, dass in diesem Land nichts mehr ohne die Billigung dieser Männer geschah. Sie würden eine Veröffentlichung garantiert zu verhindern wissen. Deshalb musste er unbedingt zurück auf die Insel und mit Beta Kontakt aufnehmen. Ihr Bruder Michael war jetzt seine letzte Chance.

Hendersons erhobene Augenbraue verriet seine Skepsis.

»Bitte, Sir!«, schob Nico hastig hinterher. »Ich weiß, dass ich versagt habe. Deshalb würde ich meinen Fehler gerne wiedergutmachen. Geben Sie mir die Chance! Wenn ich noch einmal auf die Insel kann, finde ich das Versteck bestimmt.«

»Und was ist mit Ihrem Bio-Chip?«

Nico brauchte ein paar Sekunden, bevor er begriff, was der Direktor meinte. Instinktiv berührte er seinen linken Unterarm. »Mein Chip ist noch abgeschaltet.«

Henderson lehnte sich zurück. »Sie wissen, dass wir ihn wieder aktivieren müssten?«

»Ja, Sir, selbstverständlich. Das ist natürlich kein Problem.«

Nico wurde das Gefühl nicht los, dass Henderson ihn durchschaute. Umso mehr überraschte ihn seine Zustimmung. Er konnte sie sich nur damit erklären, dass Henderson herausfinden wollte, warum er unbedingt auf die Insel zurückwollte. Dennoch griff er nach dem Strohhalm. Mit einem aktiven Chip im Körper war es zwar praktisch unmöglich, sich der Überwachung zu entziehen, aber immerhin kam er hier raus. Und wenn er einmal das Gelände verlassen hatte, würde ihm schon etwas einfallen. Während er seine Erregung nach außen hin nur mühsam verbergen konnte, schickte er ein stummes Stoßgebet nach dem anderen in den Himmel. Henderson schien noch immer über seinen Vorschlag nachzudenken. Zumindest tat er so.

»Gesetzt den Fall, ich schicke Sie zurück auf diese Insel«, sagte er nach einer Weile. »Wie war noch ihr Name …?«

»… Madeline Island, Sir!«, ergänzte Nico schnell.

»Wie auch immer«, knurrte Henderson. »Sie werden auf keinen Fall allein dorthin gehen. Das ist Ihnen doch klar?«

»Selbstverständlich, Sir!«

»Und noch eins«, fügte Henderson hinzu. »Sie bekommen diese zweite Chance nur, weil ich Ihren Vater kannte und Agent Farley ein gutes Wort für Sie eingelegt hat. Wenn es nach mir ginge, würde ich Sie sofort aus dem Programm entfernen. Für Schwächlinge und Versager haben wir hier nämlich keinen Platz!«

Nico bedankte sich mit einem dicken Kloß im Hals. Inzwischen wusste er nur zu gut, was sein Gegenüber unter *aus dem Programm entfernen* verstand.

50

Als der Learjet noch vor Tagesanbruch in Richtung Norden abhob, befand sich lediglich Agent Ramirez mit an Bord. Sie hatte von Henderson den Auftrag erhalten, Nico zu begleiten. Jetzt beäugte sie ihn immer wieder argwöhnisch von der Seite. Er hatte keinen blassen Schimmer, welche Instruktionen man ihr mit auf den Weg gegeben hatte, aber ihrem distanzierten Verhalten nach konnte es nichts Erfreuliches gewesen sein. Insgeheim hatte er gehofft, Henderson würde ihm Oxlade als Aufpasser mitgeben, denn der eingebildete Snob ließ sich sicher leichter abschütteln. Ramirez war dagegen ein anderes Kaliber. Im Moment war sie das personifizierte Misstrauen. Und das war noch freundlich ausgedrückt. Seit dem Start in New Mexico verhielt sie sich ihm gegenüber so, als hätte er die Pest. Vielleicht konnte ja ein wenig Konversation die eisige Atmosphäre etwas lockern.

»Wo werden wir eigentlich landen?«, erkundigte er sich.

Agent Ramirez machte ein Gesicht, als wäre sie von einer

Schlange gebissen worden. Schließlich ließ sie sich zu einer Antwort herab.

»Auf einer Militärbasis nahe dem Zielort«, sagte sie tonlos.

»Warum nicht auf der Insel?«

»Weshalb fragst du *mich* das?«, erwiderte Ramirez knapp. »Vielleicht ist die Landebahn zu kurz, was weiß ich!«

Sie schlug ihre schlanken Beine übereinander und sah demonstrativ aus dem runden Fenster. Vermutlich hielt sie ihn für einen ausgemachten Versager oder einen Verräter, dachte Nico. Je nachdem, was man ihr erzählt hatte. Andererseits war es zweitrangig, was sie über ihn dachte. Sobald die Maschine gelandet war, musste er sie loswerden. Wie das gelingen sollte, war ihm allerdings schleierhaft. Der Feind befand sich gewissermaßen in seinem Körper. Henderson hatte den Chip in seinem Unterarm wieder aktivieren lassen, er sendete wieder, und gewiss hockte in dieser Sekunde ein Agententeam vor dem Bildschirm und bediente sich seiner Augen. Er fragte sich, ob sie auch Ramirez' Augen benutzten. Zu vermuten war es.

Als die Maschine zur Landung ansetzte, drohte ihm die Luft wegzubleiben. Nur mit Mühe gelang es ihm, Ramirez gegenüber seine Angst zu verbergen. Auf dem Rollfeld wurden sie von einem sympathischen Air-Force-Leutenant begrüßt, der ihnen einen Mietwagen aushändigte und eine gute Fahrt wünschte. Fragen stellte er nicht. Zweifellos hatte er die entsprechenden Anweisungen erhalten. Nach einer ereignislosen Fahrt erreichten sie gegen Mittag schließlich Bayfield, den verschlafenen Ort, von dem aus die Inselfähre ablegen sollte.

Diesmal lag das Fährschiff nicht im Hafen, und so musste sich Ramirez in die Warteschlange einreihen, die aus zwei weiteren Pkw bestand.

Jetzt oder nie!, dachte Nico.

»Scheiße, dahinten!«, rief er und wedelte hektisch mit dem Arm.

»Was ist los?«, erkundigte sich Ramirez, während sie sich alarmiert umdrehte.

»Dahinten! Ich glaube, das war einer von diesen Terroristen. Nimm sofort Kontakt mit der Zentrale auf! Ich hänge mich an ihn dran.«

»Aber …« Ramirez war hin- und hergerissen. Immerhin hatte sie den Auftrag, ihn nicht aus den Augen zu lassen.

Aber Nico ließ ihr keine Wahl. Bevor sie ihn aufhalten konnte, war er schon losgelaufen. Sie wurde völlig überrumpelt. Als Nico nach hundert Metern einen Blick über die Schulter warf, sah er Ramirez fluchend an ihrem Handy herumfummeln. Jetzt konnte er nur hoffen, dass Oxlade oder wer auch immer gerade am Terminal saß für ein paar Minuten abgelenkt war.

Nico bog um die Ecke und stürmte in den Laden für Angelzubehör, der ihm schon bei seinem ersten Besuch aufgefallen war. Dort erstand er einen ganzen Karton mit Senkblei, das sonst zum Beschweren der Angelschnüre verwendet wurde.

Als er damit begann, das Blei flach zu klopfen, und den Verkäufer zugleich um einen Verband bat, wunderte sich dieser. Und noch mehr staunte er, als sein seltsamer Kunde die Bleiplättchen mithilfe der Mullbinde um seinen linken Unterarm wickelte. Die ganze Prozedur dauerte nur wenige Minuten, dennoch hatte Nico das Gefühl, er würde eine Ewigkeit in dem Geschäft zubringen. Als er mit seinem Armverband wieder auf die Straße trat, blickte er sich sofort nach Ramirez um. Wie es schien, war sie ihm nicht gefolgt.

Jetzt konnte er nur hoffen, dass seine provisorische Bleimanschette die Satellitensignale seines Bio-Chips tatsächlich unterbrach. Aber das würde er schon bald wissen. Denn falls nicht, würden ihn Henderson und Farley innerhalb einer halben Stunde gestellt haben.

Trotz des Risikos, Ramirez in die Arme zu laufen, entschied sich Nico dazu, zum Fähranleger zurückzukehren. Er musste auf die Insel und das ging nur mit der Fähre. Bis er ein anderes Boot gefunden hatte, würde viel zu viel Zeit vergehen. Als er vorsichtig um die Hausecke spähte, konnte er Ramirez sehen. Sie lief nervös neben dem Mietwagen hin und her, denn die Fähre war bereits im Begriff, in den Hafen einzulaufen. Vermutlich witterte sie bereits den Braten. Nico zog sich wieder zurück. Nachdem er sich einen schnellen Überblick über die örtlichen Gegebenheiten verschafft hatte, musste er sich eingestehen, dass es unmöglich war, unbemerkt an Bord der Fähre zu gelangen, solange Ramirez dort auf und ab tigerte. Doch dann kam ihm der Zufall zu Hilfe.

Als ein voll besetzter Reisebus an dem Fähranleger hielt, brach sofort ein heilloses Durcheinander aus. Gut gelaunte Ausflügler strömten schnatternd aus dem Bus und bevölkerten den Pier. Ramirez wurde vom Personal der Fährlinie gebeten, in ihren Wagen zu steigen, um entweder auf das Schiff zu fahren oder den Weg freizugeben. Nico erkannte die einmalige Gelegenheit sofort. Er mischte sich unter die verdutzten Ausflügler und nutzte den Pulk, um unbemerkt über die Rampe auf die Fähre zu gelangen. Dort schloss er sich in einem kleinen Raum ein, der zur Aufbewahrung von Werkzeug diente. Erst als das Vibrieren der Motoren keinen Zweifel mehr daran ließ, dass die Fähre abgelegt hatte, traute er sich wieder aus seinem Versteck. Als er an die Reling trat und vorsichtig über die fröhlich schwatzenden Senioren hinwegschaute, konnte er Ramirez' schwarzen Lockenkopf erkennen. Sie stand am Pier und blickte der auslaufenden Fähre nach.

51

Henderson drehte den Ton der Videoübertragung leiser und verschränkte die Hände im Nacken. Dieser Zivilist Decroix ging ihm mit seinen ewigen Bedenken auf die Nerven. Er hatte es ohnehin für einen Fehler gehalten, ihn derart aufzubauen. Dieser Schlappschwanz hätte niemals so wohlhabend und einflussreich werden dürfen. Aber man hatte ihn überstimmt. Das *Gremium* vertrat die Ansicht, dass der Milliardär ihrer Sache noch immer mehr nutzte als schadete.

Henderson stellte den Ton wieder lauter. Leider war Decroix mit seinem Vortrag noch nicht zu Ende.

»… und deshalb muss ich Sie noch einmal warnen!«, lamentierte er in die Kamera. Im Hintergrund war das riesige Panoramafenster seines Büros zu erkennen. »Die Testreihen sind noch nicht abgeschlossen. Es wäre unverantwortlich, NX-4 jetzt schon für den massenhaften Einsatz freizugeben. Denken Sie nur an die Schadenersatzklagen, die uns drohen, falls das rauskommt!«

»*Uns* droht nichts«, erwiderte Henderson gelassen. »Außerdem ist die Entscheidung längst gefallen. Wir brauchen die leistungsfähigeren Nanobots so schnell wie möglich. Das Gesetzgebungsverfahren läuft bereits.«

»Aber ich dachte, der Kongress stellt sich quer«, wunderte sich Decroix.

»Sehen Sie keine Nachrichten?«, erwiderte Henderson. »Der Abgeordnete Rumford ist leider einem Schlaganfall erlegen. Er wurde gestern Morgen von seiner Frau tot aufgefunden.«

Decroix wollte etwas sagen, verstummte aber wieder.

»Damit ist der Untersuchungsausschuss endgültig vom Tisch«, fuhr Henderson fort. »Also hören Sie auf, mir auf den Wecker zu gehen!«

Er beendete die Übertragung. In dem Moment, in dem Decroix' Antlitz von dem Bildschirm an der Wand verschwand, stürmte Agent Oxlade in den Konferenzraum.

»Er ist wieder weg!«, keuchte er atemlos.

Henderson verzog keine Miene. »Wer ist weg?«

»Agent Stiller! Er ist einfach nicht mehr auf unseren Monitoren!«

»Und was ist mit Agent Ramirez?«, wollte Henderson wissen. »Sie hatte Befehl, ihm nicht von der Seite zu weichen!«

»Sie hat sich vorhin gemeldet«, erklärte Oxlade. »Angeblich hat Stiller einen Terroristen erkannt und ist ihm gefolgt.«

»Und wo ist er jetzt?«

»Sie weiß es nicht. Aber sie schwört Stein und Bein, dass er nicht auf der Fähre war. Sie glaubt vielmehr, dass er nie auf die Insel wollte.«

»Dann orten Sie ihn!«

»Das habe ich versucht, aber während ich Ramirez gesprochen habe, ist der Kontakt irgendwie abgerissen. Sein Chip sendet keine Signale mehr.«

Henderson stieß einen Fluch aus. »Weiß Farley Bescheid?«

Oxlade hatte kaum genickt, da platzte der Hüne auch schon herein. Seiner Miene nach zu urteilen, musste etwas Schwerwiegendes vorgefallen sein. Nachdem er den jungen Agenten Oxlade aus dem Raum geschickt hatte, wandte er sich ohne Umschweife an Henderson.

»Wir haben ein neues Problem. Das automatische Sicherheitsprogramm hat einen unerlaubten Zugriff gemeldet. Laut Eintrag in der Protokolldatei hat Agent Stiller an Terminal Nummer zwölf Dokumente hochgeladen, die als streng vertraulich eingestuft sind.«

»Und was waren das für Dokumente?«

»Alles, was mit dem TROJA-Programm zu tun hat!«

Henderson fluchte. »Ich wusste, dass man ihm genauso wenig trauen kann wie seinem Vater! Wie ist er überhaupt da dran gekommen?«

»Ich vermute, dass die Kopien von Davis stammen. Vielleicht hat er sie ihm zugesteckt oder Stiller ist zufällig darauf gestoßen. Keine Ahnung. Auf jeden Fall dürfte er über alles informiert sein.«

»Hat er die Kopien bei sich?«

»Ich weiß es nicht.«

»Wir hätten Davis viel schneller aus dem Verkehr ziehen müssen!«, erregte sich Henderson.

»Jetzt werden wir nichts mehr von ihm erfahren, fürchte ich«, bemerkte Farley.

»Höre ich da etwa so etwas wie Mitleid heraus?«, fragte Henderson scharf.

»Nein«, sagte Farley. »Agent Davis war ein Verräter.«

»Dann sind wir uns ja einig«, schnaubte Henderson. Er nahm seine Automatic aus der Schublade, überprüfte sie und schob sie in sein Schulterholster. »Ich hatte von Anfang an das Gefühl, dass an der Geschichte, die Stiller uns aufgetischt hat, etwas nicht stimmte. Also nehmen Sie Kontakt mit Ramirez auf und sorgen Sie für einen Wagen, der uns zum Airport bringt. Ich will spätestens in sechzig Minuten in der Luft sein!«

52

Nico mied die Straße und schlug sich stattdessen querfeldein durch die Büsche. Die Orientierung fiel ihm nicht schwer, denn die Insel war flach und nicht sonderlich groß. Dennoch geriet er immer wieder in eine Sackgasse; mal wurde das Unterholz zu dicht, dann musste er einer Gruppe Mountainbike-Fahrern ausweichen. Als er die andere Seite der Insel erreicht hatte, lief er das letzte Stück am Strand entlang, bis er das Haus des Lehrers zwischen den Bäumen entdeckte. Vorsichtig schlich er näher. Niemand schien zu Hause zu sein. Trotzdem war er auf der Hut. Es konnte genauso gut eine Falle sein. Plötzlich knackte irgendwo ein Ast. Nico wirbelte herum. Nur wenige Meter von ihm entfernt kämpfte sich Dan aus dem Gestrüpp. Offenbar kam er vom Angeln, denn er balancierte eine Angelrute auf seiner Schulter, während er in seiner Rechten einen zerbeulten Eimer schleppte.

»Willst du zu mir?«, erkundigte er sich, als sei es nichts Besonderes, dass jemand um sein Haus schlich.

»Gott sei Dank!« Nico war erleichtert. »Ich dachte schon …« Er ließ den Satz unvollendet.

»Was dachtest du?« Dan bemerkte die selbst gebastelte Manschette an Nicos linkem Unterarm.

»Du musst mir helfen!« sagte Nico rasch. »Ich muss unbedingt mit Beta und ihrem Bruder sprechen! Sie hat gesagt, wenn ich sie brauche, sollte ich mich an dich wenden.«

»So, hat sie das?«, bemerkte Dan schroff. Er war sichtlich misstrauisch.

»Ja, das hat sie«, drängte Nico. »Bitte, ich habe nicht viel Zeit! Sie sind hinter mir her!«

Dan zögerte, doch als er die Verzweiflung in Nicos Gesicht erkannte, lenkte er ein.

»Am besten, ich setze erst einmal einen Tee auf«, sagte er und ging an Nico vorbei ins Haus.

»Ich habe wirklich nicht die Zeit«, drängelte Nico, während er ihm folgte. »Ich muss sofort mit Beta sprechen. Bitte! Wann kann ich sie sehen?«

»Überhaupt nicht«, entgegnete Dan. Er lehnte das Angelgerät gegen die Wand und trug den Eimer mit seinem Fang in die Küche.

»Zuerst erzählst du mir, was so dringend ist«, rief er. »Danach sehen wir weiter.«

Nico stand händeringend im Raum. Schließlich ließ er sich mit einem Seufzer in den altertümlichen Kaminsessel fallen. Da er nicht wusste, ob seine improvisierte Bleimanschette wirklich funktionierte, rechnete er jeden Moment damit, dass Hendersons Killer hereinstürmten. Trotzdem blieb ihm nichts anderes übrig, als dem ehemaligen Highschool-Lehrer alles zu beichten. Sowohl über das geheime TROJA-Programm und seinen Partner Davis als auch über seinen ursprünglichen Auftrag, Michael zu eliminieren. Am Ende seiner Schilderung saß Dan einfach nur da und schien seine Fingernägel zu studieren. Schließlich hob er den Kopf.

»Dann bist du also ein FBI-Agent«, stellte er fest.

»Ich wollte mal einer werden!«, erwiderte Nico voller Verbitterung. Dan betrachtete ihn mit einem traurigen Blick.

»Du hast uns angelogen und getäuscht.«

Nico wusste nicht, was er darauf erwidern sollte. Er machte sich selbst die heftigsten Vorwürfe. Vor allem, weil er Betas Vertrauen so schamlos missbraucht hatte.

»Und jetzt hast du diese Geheimdokumente bei dir?«, fragte Dan. »Habe ich das richtig verstanden?«

Nico bückte sich und fingerte die Speicherkarte aus seinem Strumpf.

»Hier ist alles drauf«, erklärte er. Als Dan danach greifen wollte, steckte er sie wieder zurück.

»Die bleibt besser bei mir«, entschied er.

Dan musterte ihn erneut gründlich. Er schien innerlich zu schwanken.

»Wie soll ich dir trauen?«, fragte er irgendwann. »Wer sagt mir, dass es nicht ein weiterer Versuch ist, Michael zu töten? Vielleicht haben dir diese Leute ja einen neuen Auftrag erteilt. Oder sie erpressen dich. Dein Leben gegen das von Michael.«

»In dem Fall hätte ich dir niemals von meinem ursprünglichen Auftrag erzählt«, wandte Nico ein.

»Das stimmt«, musste Dan einräumen. »Das wäre in der Tat töricht gewesen.«

Nico saß auf heißen Kohlen. Dans gemächliche Art machte ihn langsam, aber sicher wahnsinnig.

»Also, wie sieht es aus? Kannst du Kontakt mit Beta und ihrem Bruder aufnehmen oder nicht?«, drängte er. »Michael muss die Dokumente an die Öffentlichkeit bringen. Die Welt muss erfahren, was da vor sich geht! Sonst ist Davis umsonst in der Irrenanstalt gelandet.«

Und mir wird es nicht anders ergehen, fügte er im Geiste hinzu. Dan schien indessen noch immer zu überlegen, ob er das Risiko eingehen sollte, Nico zu vertrauen. Zumal dieser ihm nicht versichern konnte, dass seine improvisierte Bleimanschette wirklich funktionierte. Am Ende begab er sich jedoch an seinen Schreibtisch. Er klappte seinen Laptop auf und verschickte eine kurze Nachricht. Wahrscheinlich über ein soziales Netzwerk, wie Nico vermutete.

»Und was jetzt?«, fragte er ungeduldig.

»Wir warten auf eine Antwort«, erklärte Dan.

»Und wann wird die kommen?«

»Keine Ahnung. In fünf Minuten, in fünf Stunden – je nachdem«, sagte er. »Willst du nicht doch einen Tee? Ich denke, es ist an der Zeit, endlich das Wasser aufzusetzen.«

Nico verdrehte die Augen. Es war zum Haareraufen. Mit jeder Sekunde, die unnütz verstrich, stieg die Wahrscheinlichkeit, dass Henderson ihn aufspürte. Während der nächsten drei Stunden zuckte er in Erwartung des scheinbar Unvermeidlichen bei jedem noch so kleinen Geräusch zusammen.

Sein Gastgeber schien indessen die Ruhe selbst zu sein. Entweder war er sich der Gefahr nicht bewusst oder er hatte im Gegensatz zu ihm Nerven wie Drahtseile. Nico kam die Warterei jedenfalls endlos vor. Er fragte so oft nach, ob mittlerweile eine Antwort eingetroffen war, dass sich Dan irgendwann jede weitere Nachfrage verbat. Als es Abend wurde, hielt Nico es einfach nicht mehr länger aus.

»Ich muss mal raus«, sagte er. »Frische Luft schnappen.«

Auch wenn die Dämmerung bereits eingesetzt hatte, war ihm klar, dass er damit ein zusätzliches Risiko einging. Zum einen wusste er nicht, ob die Bleimanschette die Kommunikation seines Chips zu hundert Prozent unterband. Zum anderen befand er sich unter freiem Himmel im Sichtfeld der Satellitenkameras. Trotzdem, ihm fiel einfach die Decke auf den Kopf, und deshalb schlug er Dans Warnungen in den Wind und trat hinaus auf die Holzterrasse.

»Wurde ja auch Zeit …«

Nico fiel die Kinnlade herunter. In dem Schaukelstuhl saß Beta. Ihre Haare waren nicht mehr knallrot, sondern kastanienbraun, was in etwa ihrer natürlichen Haarfarbe entsprach. Sie hatte ihre Beine auf das Geländer gelegt und genoss seine Verblüffung.

»Hi, wie geht's?«, grinste sie. »Du siehst aus, als wärst du einem Gespenst begegnet. Ich hoffe, das liegt nicht an meiner neuen Frisur.«

»Wie … wie lange sitzt du schon hier?«, stammelte Nico.

»Nicht lange«, erwiderte Beta. Plötzlich wurde sie ernst: »Was ist los? Dan hat geschrieben, dass es dringend ist.«

»Das ist es wirklich«, sagte Nico, der seine Verblüffung überwunden hatte. »Ich habe das, was Davis euch geben wollte.«

Beta machte ein verständnisloses Gesicht. »Wer ist Davis?«

»Euer Informant! Der mit dem Pferdegesicht von dem Foto. Erinnerst du dich?«

»Du kanntest ihn?« Beta zog erstaunt eine Augenbraue hoch.

»Das ist eine lange Geschichte!«, erklärte Nico hastig. »Ist Michael auch hier?«

»Er wartet unten im Boot. Er hat mich rübergefahren.« Plötzlich wurde Beta misstrauisch. »Wie kommt es, dass du diesen … äh … Davis kennst?«

»Weil ich selbst FBI-Agent bin«, erwiderte Nico. »Das heißt, zumindest dachte ich es.«

53

In New Mexico saß Agent Oxlade vor seinem Überwachungsterminal. Er war hoch konzentriert.

»Was ist mit den öffentlichen Kameras?«, wollte Farley wissen, der neben ihm stand.

»Es gibt eine am Fähranleger«, erwiderte Oxlade. »Aber auf der ist nichts zu sehen. Mehr gibt es nicht.«

»Da ist nur *eine* Kamera?«, wunderte sich Farley.

Oxlade zuckte mit den Schultern. »Das ist ein verschlafenes Nest. Laut Datenbank sind in diesem Bayfield nicht einmal fünfhundert ständige Einwohner gemeldet. Wenn Sie mich fragen, gibt es da nichts, was interessant wäre. Ladendiebstahl gilt dort wahrscheinlich als Kapitalverbrechen.«

Farley stieß ein verärgertes Brummen aus. Solange sie Nicos genauen Aufenthaltsort nicht kannten, konnten sie auch nicht versuchen, sich in Personen in seinem Umfeld einzuklinken. Die einzige optische Übertragung, die ihnen im Moment zur Verfügung stand, war Agent Ramirez.

»Wo ist Ramirez jetzt?«, wollte Farley wissen.

»Noch vor Ort. Sie wartet auf neue Anweisungen. Soll ich ihr Blickfeld auf den Monitor holen?«

»Nein«, entschied Farley. »Sparen Sie sich das. Sie soll weiter warten. Henderson wird bald bei ihr sein.« Er deutete auf den Bildschirm, auf dem die Einwohner von Bayfield als bunte, bewegte Icons dargestellt wurden. »Haben Sie wirklich alle Personen überprüft?«

»Sogar als Allererstes«, bestätigte Oxlade. »Ich habe sämtliche Einwohner und Touristen, die sich zurzeit dort oben aufhalten, noch einmal durch unsere Datenbank gejagt. Kein Treffer. Nicht der kleinste Hinweis auf eine Verbindung mit Agent Stiller oder den Terroristen.«

»Also wissen wir letztendlich nicht einmal, ob er überhaupt auf die Insel wollte«, sinnierte Farley laut. »Vielleicht hat Ramirez recht, und die Geschichte mit dem toten Briefkasten dort war von Anfang an nur ein Vorwand, um bei der erstbesten Gelegenheit zu verschwinden. Ich an seiner Stelle würde mich jedenfalls nicht auf einer Insel verstecken, die nicht viel größer als ein Handtuch ist.«

»Und wenn es dort etwas gibt, was uns bislang entgangen ist?«, gab Oxlade zu bedenken. »Immerhin ist er auf der Insel zum ersten Mal mit den Terroristen zusammengetroffen. Deshalb habe ich mir erlaubt, etwas zu improvisieren.«

Während er redete, zauberte er das Bild einer kleinen Autofähre auf den Bildschirm. Sie war blau-weiß und an ihrem Heck wehte die amerikanische Flagge. »Da die meisten Leute dort oben Touristen sind und Touristen bekanntlich ausgiebig fotografieren, habe ich mir vom System die Bilder holen lassen, die aus der Region Bayfield unmittelbar nach dem Verschwinden von Agent Stiller ins Netz gestellt oder bei den Online-Fotoshops in Auftrag gegeben wurden. Viele sind es nicht – aber das hier ist interessant!«

Er zoomte das Foto der Fähre größer. Nun konnte man Menschen an der Reling erkennen. Oxlade markierte den Kopf eines Mannes, der in der zweiten Reihe stand und über die anderen hinwegblickte, dann vergrößerte er den Bildausschnitt ein weiteres Mal. Das Gesicht war zur Hälfte von dem Vordermann verdeckt und nicht sonderlich scharf.

»Das könnte er sein«, sagte Oxlade triumphierend. »Finden Sie nicht auch?«

Er blickte zu seinem Vorgesetzten hoch, aber wenn er erwartet hatte, dass dieser ihm lobend auf die Schulter klopfte, so wurde er enttäuscht.

»Ein bisschen weit hergeholt«, befand Farley, während er sich tief hinabbeugte, um die verpixelte Vergrößerung zu studieren. Plötzlich registrierte er im Augenwinkel ein kurzes Flackern. »Was war das?«

»Was, Sir?«

»Dort, auf dem Tracking-Monitor war ein Signal!«

»Ich sehe nichts«, meinte Oxlade, nachdem er den mit einer Karte unterlegten Bildschirm nach einem neuen Icon abgesucht hatte.

Dann erschien es wieder. Ein schwaches Aufflackern, es kam und war gleich wieder verschwunden. Farley und Oxlade starrten noch auf die Stelle auf der Karte, an der das Symbol aufgeleuchtet war, da wurde der schwarz-weiße Opto-Monitor aktiv. Für den Bruchteil einer Sekunde wurde Betas Gesicht sichtbar. Im Hintergrund waren trotz der schlechten Beleuchtung eine Holzveranda und ein altertümlicher Schaukelstuhl erkennbar.

»Er ist auf dieser Insel und hat Kontakt zu den Terroristen!«, platzte es aus Farley heraus, nachdem die Übertragung wieder zusammengebrochen war. »Verdammt, finden Sie heraus, wem das Haus gehört!«

Oxlades Finger hämmerten bereits auf die Tastatur ein. Sekunden später lag das Ergebnis seiner Datenbankanfrage vor.

»Das Haus gehört einem gewissen Daniel Morgan«, begann er seine Zusammenfassung. »Ehemaliger Highschool-Lehrer für Englisch und Biologie, seit sechs Jahren im Ruhestand, lebt seitdem auf der Insel. In dieser Zeit hat er diverse Umweltprojekte ins Leben gerufen. Wollen Sie auch medizinische Daten, Bankbewegungen, private Verbindungen und so weiter?«

»Nein, nicht nötig. Das ist unser Mann!« Farley schlug Oxlade auf die Schulter, sodass dieser aufkeuchte. »Stellen Sie mir eine Verbindung zu Henderson her! Sofort!«

54

Vor diesem Moment hatte sich Nico die ganze Zeit über gefürchtet. Beta musterte ihn, als könne sie nicht glauben, was er gerade gesagt hatte.

»Du bist beim FBI?«, wiederholte sie ungläubig.

»Ja und nein …«

Die Ohrfeige traf ihn völlig unerwartet.

Nico rieb sich seine glühende Wange. »Wo wir schon dabei sind: Du hast auch keinen Krebs.«

Noch eine Ohrfeige.

»Willst du mich auf den Arm nehmen?«, schrie Beta zornig. »Das ist nicht lustig!«

»Nein, ich …« Nico hielt sich weiter das schmerzende Gesicht. Als er zu einer Erklärung ansetzte, schwang sich Michael über das Holzgeländer auf die Veranda. Offenbar war er des Wartens überdrüssig geworden.

»Alles klar?«, fragte er in Richtung seiner Schwester.

»Er gehört zum FBI!«, schnaufte Beta und ballte die Fäuste.

Ihr Bruder war sofort in Alarmbereitschaft und schob sich vor seine Schwester. Gleichzeitig ging er in Angriffsstellung. Nico befürchtete, dass er jeden Moment auf ihn losgehen würde.

»Wartet!« Er hob abwehrend beide Hände. »Es ist nicht so, wie es aussieht. Ich habe die Dokumente, die euch euer Informant versprochen hat.«

Michael machte einen drohenden Schritt. Er hatte die improvisierte Manschette an Nicos Unterarm bemerkt.

»Was habt ihr mit ihm gemacht?«, schnaubte er. »Raus mit der Sprache!«

»Sie haben Davis eine chemische Keule verpasst«, erklärte Nico und ließ seine Hände wieder sinken. »Auf ihn könnt ihr nicht mehr zählen.«

Als Michael weiterhin in Angriffsstellung verharrte, fuhr Nico rasch fort: »Hört mal, ich weiß, dass es euch schwerfällt, mir zu vertrauen. Aber wir haben nicht die Zeit für lange Erklärungen. Sie sind unter Garantie hinter mir her, und ich weiß nicht, inwieweit das hier funktioniert.« Er zeigte auf sein selbst gebasteltes Bleiarmband. »Wir müssen hier weg. Und zwar schnellstens!«

»Warum sollten wir dir trauen?« Michael ließ ihn weiterhin keine Sekunde aus den Augen.

»Weil ich die Seite gewechselt habe«, sagte Nico ernst.

Er hatte sich lange gesträubt, diesen Satz auszusprechen, aber jetzt war er raus. Nun gab es kein Zurück mehr. Er wünschte sich, sein toter Vater würde ihm verzeihen, aber er konnte einfach nicht anders. Er hatte die letzten Stunden viel darüber nachgedacht. Henderson und die Leute, die hinter ihm standen, mussten gestoppt werden. Auch wenn er selbst dabei in größte Gefahr geraten würde.

Michael zeigte sich indessen noch immer nicht beeindruckt.

»Was willst du von mir und meiner Schwester?«, fragte er schroff.

»Ihr müsst mich mit über die Grenze nehmen«, erklärte Michael. »Ich kann nicht einfach in ein Flugzeug steigen.«

»Als FBI-Bulle dürfte das sicher kein Problem für dich sein«, giftete Beta. »Außerdem will ich auf der Stelle wissen, warum ich auf einmal keinen Krebs mehr haben soll. War das etwa deine Idee?«

»Du verstehst das nicht«, wand sich Nico. »Es ist ...«

»Zuerst will ich diese angeblichen Dokumente sehen«, unterbrach ihn Michael. »Wo sind sie?«

Nico zögerte, weil sie nicht die Zeit hatten, aber dann gab er seinen Widerstand auf. Er zog die Speicherkarte aus seinem Strumpf und reichte sie weiter.

»Sehen wir mal nach, was drauf ist«, meinte Michael. Dann begab er sich in das Haus.

»Habt ihr eure kleine Versammlung auf meiner Veranda beendet?«, scherzte Dan, als sie hereinkamen. Als er die angespannten Gesichter bemerkte, verzichtete er auf jeden weiteren Kommentar.

»Kann ich mal deinen Computer benutzen?«, fragte ihn Michael.

»Klar, dahinten auf dem Schreibtisch.« Dan deutete über seine Schulter.

Michael machte sich sofort ans Werk. Er fuhr den Laptop hoch, schob die Speicherkarte ein und begann, sich durch den Inhalt zu klicken. Dabei sagte er lange kein Wort mehr, sondern strich sich nur immer wieder in Gedanken versunken über seinen Pferdeschwanz. Währenddessen wollte Beta alles über ihre angebliche Krebserkrankung wissen. Nicht nur an der Art, wie sie ihn löcherte, konnte Nico ablesen, wie erleichtert sie trotz aller Empörung war. Dennoch konnte sie sich kaum beruhigen und Nico rechnete jederzeit mit einer weiteren Backpfeife. Doch die kam nicht. Vielmehr würdigte Beta ihn keines Blickes mehr. Wutschnaubend ging sie zu ihrem Bruder und sah ihm über die Schulter. Nachdem sie eine Weile in den Dokumenten mitgelesen hatte, drehte sie sich abrupt wieder um. Ihre Wut war wie weggeblasen.

»Ist das wirklich wahr?«, fragte sie fassungslos.

»Jedes Wort«, bestätigte Nico. »Das Programm existiert wirklich. Seit etlichen Jahren. Ich selbst war dort eingesetzt, nachdem man mich von der FBI-Academy geholt hat.«

»Und sie bringen wirklich Leute um?«

»Sogar die eigenen, wenn sie nicht mehr gebraucht werden.« Dass man ihm den Auftrag erteilt hatte, ihren Bruder zu eliminieren, erzählte er besser nicht. Bislang wusste nur Dan darüber Bescheid, aber der schien sich in derartige Dinge nicht einmischen zu wollen.

»Jetzt weißt du, warum wir nicht länger hierbleiben können«, sagte Nico. »Die Leute, die hinter dem Ganzen stehen, werden alles tun, um zu verhindern, dass diese Papiere an die Öffentlichkeit gelangen.«

Mit einer ruckartigen Bewegung klappte Michael den Laptop wieder zu. Auch er war sichtlich schockiert. Das, was er soeben zu Gesicht bekommen hatte, überstieg seine schlimmsten Befürchtungen.

»Sie haben das Ganze tatsächlich von Anfang an geplant«, sagte er kopfschüttelnd. »Bevor die neue Technik überhaupt so weit entwickelt war. Damals dachte noch niemand daran, Nanobots im Gesundheitswesen einzusetzen.« Er schüttelte erneut den Kopf. »Unglaublich! Und dann verdienen sie auch noch daran, weil ihnen Firmen wie NTEC gehören …«

»So finanziert sich das Ganze«, erklärte Nico ungeduldig. »Wo es kein offizielles Budget gibt, gibt es auch keine neugierigen Fragen. – Kann ich die Speicherkarte jetzt bitte wiederhaben?«

Michael rieb sich das Kinn. Er wirkte unentschlossen, doch dann nahm er die Karte wieder heraus und händigte sie ihm aus.

»Danke«, sagte Nico und stopfte sie zurück in seinen Strumpf. »Das ist meine Lebensversicherung.«

Beta baute sich demonstrativ vor ihm auf und blickte ihm tief in die Augen. »Sendest du jetzt?«, wollte sie wissen. »Ich meine, übertragen deine Augen im Moment das, was du siehst?«

»Ich weiß es nicht«, gestand Nico. »Anscheinend stört das Blei wenigstens die Signale von meinem Chip. Sonst hätten sie mich längst aufgespürt.«

Beta nagte an ihrer Unterlippe. Etwas schien ihr auf dem Herzen zu liegen. Schließlich holte sie tief Luft.

»Beantwortest du mir eine Frage?«

»Welche denn?«

»Warum hast du uns nicht verraten, als wir zum ersten Mal hier waren? Du hättest es doch gekonnt, oder nicht?«

»Weil ... wie soll ich sagen ...?«, stammelte Nico, während Beta ihn aufmerksam musterte.

Was sollte er jetzt antworten? Dass er zu feige gewesen war, seinen Auftrag auszuführen, weil er kein Mörder war? Oder dass er sich in die Schwester der Zielperson verliebt hatte? Denn seine Gefühle für Beta waren ihm endgültig klar geworden, als er sie vorhin auf der Veranda wiedergesehen hatte.

»Verschiebt das auf später!«, kam ihm Michael unverhofft zu Hilfe. »Dein komischer Freund hat recht: Wir sollten machen, dass wir hier verschwinden!«

Seitdem er sich einen Überblick über die Dokumente verschafft hatte, konnte er Nicos Nervosität und seine Angst nachvollziehen. Nico hatte sogar den Eindruck, als würde Michael ihm inzwischen vertrauen. Ganz im Gegensatz zu Beta, denn die schien ihm seine Lügen nur schwer verzeihen zu können. Ihr Bruder nahm darauf wenig Rücksicht, sondern drängte zum sofortigen Aufbruch.

Nachdem sie sich eilig von Dan verabschiedet hatten und in die Nacht hinausgetreten waren, trug der Seewind das leise Motorengeräusch eines Hubschraubers zu ihnen herüber. Michael war sofort beunruhigt und trieb Nico und seine Schwester weiter zur Eile an. Unter seiner Führung kletterten sie im Mondlicht die Uferklippen entlang. Als sie die kleine Bucht erreichten, in der Michael das Sportboot vertäut hatte, legte er den Finger auf die Lippen. Das PS-starke Boot lag noch immer an seinem Platz. Aber irgendetwas stimmte nicht. Das spürte auch Nico, der sich neben ihm auf den scharfkantigen Stein drückte und ebenfalls einen Blick riskierte. Dann entdeckten sie beide das Schlauchboot, das zwischen den Klippen im Wasser dümpelte. Es war kaum zu erkennen.

»Das ist eine Falle!«, flüsterte Nico.

»Ganz meine Meinung!«, zischte Michael.

Nachdem sie sich wieder in die Deckung zurückgezogen hatten, hielten sie leise Kriegsrat. Michael machte den Vorschlag, sich zu dem kleinen Flugplatz der Insel durchzuschlagen. Zu seiner Überraschung erfuhr Nico, dass sowohl Beta als auch ihr Bruder einen Pilotenschein besaßen.

»Und was ist mit Dan?«, wandte Beta ein.

»Dan ist alt genug, um sich um sich selbst zu kümmern«, erwiderte Michael. »Außerdem hat er auf der Insel jede Menge Freunde. Er wird schon irgendwie klarkommen. Also los, worauf wartet ihr noch?«

Während er die letzten Worte sprach, hatte ihn die Nacht bereits verschluckt.

55

Henderson gab dem Piloten ein Zeichen, dann lief er geduckt unter den schwirrenden Rotorblättern des unbeleuchteten Hubschraubers hindurch. Agent Johnson und Agent O'Brady folgten ihm. Für sie war es nicht der erste Job dieser Art, deshalb vertraute Henderson ihnen zu hundert Prozent. Als sie über den Zaun am Rand der Wiese sprangen und auf das Haus zuliefen, fühlte sich Henderson in alte Zeiten versetzt, in denen er als Kommandosoldat an allen möglichen Brennpunkten dieser Welt gekämpft hatte. Jetzt musste er sich eingestehen, dass er diese Art von Einsatz vermisst hatte. Er spürte, wie sich sein Herzschlag beschleunigte, je näher sie dem Haus kamen, gleichzeitig wurden seine Sinne glasklar und er selbst konzentriert und ruhig. Es war die Ruhe des Jägers.

Sowohl O'Brady als auch Johnson verstanden ihr Handwerk. Ohne dass eine Absprache nötig war, verteilten sie sich lautlos auf dem Grundstück. Erst danach stürmte Henderson mit gezogener Waffe in das Haus.

»Machen Sie wenigstens Licht, wenn Sie schon nicht anklopfen!«, empfing ihn eine heisere männliche Stimme. »Und schließen Sie bitte die Tür! Für die Jahreszeit ist es bereits empfindlich frisch.«

Henderson knipste das Licht an. In dem Ohrensessel neben dem erloschenen Kamin saß ein weißhaariger Mann und streckte die mit Pantoffeln bewehrten Füße von sich.

»Wo sind sie?«, herrschte Henderson ihn an. Er erkannte den ehemaligen Lehrer von den Fotos aus ihrer Datenbank.

»Wo ist wer?«, fragte Dan zurück. »Wie Sie sehen, bin ich allein. Oder bin ich schon so senil?«

In diesem Moment kam O'Brady herein und schüttelte den Kopf. Auch hinter dem Haus und dem angrenzenden Schuppen war niemand.

Henderson fluchte lautstark. Er steckte seine Automatic wieder weg, klickte das Funkgerät vom Gürtel und drückte die Sprechtaste. »Wie sieht es bei euch aus?«

»Bis jetzt ist die Zielperson nicht aufgetaucht«, meldete sich das zweite Team, das er zur Unterstützung angefordert hatte. »Das Boot liegt noch immer hier. Sollen wir weiter warten?«

»Ja, verdammt!« Henderson beendete das Gespräch und fluchte erneut. Voller Zorn wandte er sich an Dan.

»Ich frage Sie noch einmal: Wo ist er?«

56

Das Flugfeld war weder beleuchtet noch bewacht. Es gab nicht einmal einen Zaun, nur ein paar flache Gebäude und einen Hangar aus einfachem Wellblech. Daneben waren in der Dunkelheit die Silhouetten mehrerer privater Sportmaschinen zu erkennen, die aufgereiht neben der Piste standen.

»Und jetzt?«, wollte Nico wissen. Die Bleimanschette scheuerte allmählich sein Handgelenk wund.

»Meine Schwester und ich schnappen uns eine der Maschinen«, erklärte Michael. In seinem schwarzen Overall verschmolz er geradezu mit der Dunkelheit.

»Und was ist mit mir?«, stutzte Nico.

»Solange wir nicht sicher sein können, dass dein Chip keine Signale mehr sendet, kannst du nicht mit«, erklärte ihm Michael im Flüsterton. »In der Luft werden uns deine feinen Kollegen leicht orten können und dann werden sie uns unter dem Vorwand einer ›terroristischen Bedrohung‹ ruckzuck vom Himmel holen. Dieses Risiko will ich nicht eingehen.«

»Das kannst du nicht machen!«, mischte sich Beta ein. »Nico hat sein Leben riskiert, um uns die Dokumente zu bringen. Wir können ihn nicht einfach hier zurücklassen.«

»Was sollen wir denn tun?«, konterte ihr Bruder. »Mit ihm kommen wir nicht über die Grenze! Seine einzige Chance besteht darin, sich nach Montana durchzuschlagen.«

»Montana?« Nico glaubte, sich verhört zu haben. Montana war über zweitausend Meilen entfernt.

Michael blickte sich ungeduldig um. »Ethan ist dort und hilft gerade ein paar Freunden. Er hat das Gerät dabei, mit dem er die Chips deaktivieren kann. Danach könnte er dich zu Fuß über die Grenze bringen. Es gibt da oben in den Bergen einen kaum benutzten Trail.«

»Bis nach Montana schaffe ich es nie!« Nico war entsetzt. »Das ist unmöglich!«

Beta schien zu überlegen, dann fällte sie eine Entscheidung.

»Ich fliege dich hin!«, sagte sie.

»Kommt nicht infrage!«, widersprach ihr Bruder vehement. »Solange wir nicht wissen, ob sie ihn orten können, ist das Selbstmord. Vielleicht sitzen sie ja gerade in seinem Kopf und gaffen uns an! Überleg doch mal: Sie brauchen nur einen bedauerlichen Absturz zu inszenieren und schon sind sie alle Probleme los! Das ist geradezu eine Einladung!«

»Ich fliege trotzdem!«, entschied Beta. »Vielleicht funktioniert das Bleiding ja. Dann können wir es schaffen. Ich bin genauso oft mit Dad geflogen wie du, vergiss das nicht!«

Nico konnte seine Überraschung nicht verbergen. Dass Beta bereit war, ihr Leben für ihn aufs Spiel zu setzen, obwohl er sie belogen und hinters Licht geführt hatte, beschämte ihn zutiefst.

»Und was ist mit den Dokumenten?«, erregte sich ihr Bruder. »Wir müssen sie in Sicherheit bringen! Du weißt, dass wir unserer Bewegung damit über Nacht zum Sieg verhelfen können. Das, wofür wir jahrelang gekämpft haben, würde endlich wahr werden! Alles hätte ein Ende!«

»Du kannst ja ein anderes Flugzeug nehmen«, erwiderte Beta trotzig. »Wir kommen schon allein zurecht.«

Michael schimpfte leise, aber am Ende war er machtlos. Wenn sich seine kleine Schwester etwas in den Kopf gesetzt hatte, war es zwecklos, dagegen anzurennen. Also änderte er schweren Herzens seinen Plan.

»Okay, wir können nicht ewig hier herumstehen!«, flüsterte er. »Ich komme mit euch. Aber ich fliege!«

»Wenn du unbedingt darauf bestehst …«, entgegnete Beta. Nico bemerkte im Dunkeln, dass sie lächelte.

Nachdem die Sache geklärt war, verließen sie ihre Deckung und schlichen zu dem Wohncontainer, der als Büro diente. Michael fackelte nicht lange und hebelte mit einer Eisenstange das Fenster auf.

»Ihr wartet hier!«, entschied er, dann stieg er in das Büro ein. Kurz darauf tauchte er mit einem Schlüssel und einer Taschenlampe wieder auf. Dann liefen sie über die Piste zu den geparkten Flugzeugen. Vor einer knallgelb lackierten Cessna hielt Michael an.

»Das ist unsere«, sagte er leise, nachdem er im Schein der Taschenlampe die Nummer des Schlüsselanhängers mit der auf dem Flugzeug verglichen hatte. »Am besten, ihr haltet die Augen offen, während ich die Maschine startklar mache. Wenn ich so weit bin, gebe ich euch ein Zeichen!«

Nico und Beta versteckten sich hinter dem Fahrwerk eines Flugzeugs, von wo aus sie den größten Teil des dunklen Flugfelds überblicken konnten. Die Zeit verging quälend langsam, und Nico wollte bereits nachsehen, warum Betas Bruder so lange brauchte, als dieser den Motor startete und das lang ersehnte Zeichen zum Einsteigen gab. Kaum war Nico auf den Rücksitz geklettert, rollte Michael das Flugzeug mit laufendem Propeller in Position, dann gab er Gas. Das Sportflugzeug beschleunigte und raste immer schneller über die unbeleuchtete, holprige Piste. Nico umklammerte seine Knie und schloss die Augen. Er war heilfroh, als sie endlich in die sternenklare Nacht abhoben.

»Hast du Angst vorm Fliegen?«

Nico öffnete die Augen. Beta saß auf dem Kopilotensitz und drehte sich zu ihm um. Das diffuse Licht des Mondes verlieh ihrem Gesicht einen zarten Glanz.

»Angst? Überhaupt nicht«, widersprach Nico gekränkt. »Aber das hier ist etwas anderes. Normalerweise fliege ich nicht mit Piloten ohne gültige Lizenz. Und schon gar nicht mitten in der Nacht und ohne Licht!«

Betas Kichern ging in dem Lärm des Propellers unter. Sie schien sich in der Luft ausgesprochen wohlzufühlen. Wie sie ihm auf dem Weg zum Flugfeld erzählt hatte, war ihr Vater – und das sei die einzige gute Erinnerung an ihre Kindheit – ein Flugnarr gewesen, der sie und ihren Bruder schon als Kinder im Cockpit mitgenommen hatte. Und Michael schien tatsächlich zu wissen, was er tat. Er hatte sich einen Kopfhörer übergestülpt, und an seinen routinierten Handgriffen konnte Nico ablesen, dass er nicht zum ersten Mal ein Flugzeug steuerte. Also versuchte er, sich ein wenig zu entspannen. Soweit man davon überhaupt reden konnte, denn noch wusste er nicht, ob es ihnen gelingen würde, ihre Verfolger abzuhängen. Letztendlich gab es nur zwei Möglichkeiten, warum Henderson ihn so schnell aufgespürt hatte: Entweder hatte er ganz einfach richtig geraten, als er ihn auf der Insel bei dem ehemaligen Lehrer vermutete, oder aber das Blei an seinem Arm schirmte die Signale des Chips nicht wirklich ab. Er betete inständig, dass nicht Letzteres der Fall war.

»Du hast mir meine Frage noch nicht beantwortet«, sagte Beta laut, während sie nach vorn sah.

»Welche Frage?«, wunderte sich Nico.

Beta drehte sich zu ihm nach hinten. »Warum hast du mich und meinen Bruder nicht verraten?«

Nico überlegte lange, bevor er antwortete: »Sagen wir mal so: Ich habe zum Glück rechtzeitig gemerkt, mit wem ich es zu tun habe.«

»Und wenn nicht, hättest du Michael und mich dann verraten?«

Nico zögerte erneut. Schließlich entschied er sich für die Wahrheit: »Vielleicht. Vielleicht auch nicht. Ehrlich gesagt: Ich weiß es nicht.«

Betas gemurmelte Antwort ging im Dröhnen des Propellers unter.

Stattdessen stellte sie eine weitere Frage: »Wie ist das so, wenn man anderen Leuten durch die Augen schaut? Das hast du doch bei mir gemacht, oder nicht?«

»Nur ein paar Tage«, erwiderte Nico schnell. »Das war nicht lang. Ehrlich!«

Beta nickte. Sie suchte erkennbar nach den richtigen Worten. »Und in dem Steinbruch – du weißt schon – warst du auch dabei?«

»Ja«, gab Nico widerstrebend zu. »Und das war alles andere als angenehm.«

»Dann hast du die Killer geschickt, die den Widerling und den Jungen erschossen haben?«

»Davon wusste ich nichts!«, beeilte sich Nico zu versichern. »Aber wenn du es genau wissen willst: Ich hätte es auch getan.«

»Ach ja, und warum?«

»Um dich zu retten!«, erwiderte Nico heftiger als beabsichtigt. »Weshalb sonst?«

Beta warf ihm einen merkwürdigen Blick zu.

»Interessant«, sagte sie. Dann drehte sie sich wieder nach vorn und sah in die klare Nacht hinaus.

57

In der unterirdischen TROJA-Zentrale in New Mexico kämpfte Agent Oxlade gegen die aufkommende Müdigkeit an. Seine Vorgesetzten hatten darauf bestanden, dass er allein die Überwachung übernahm, solange Agent Ramirez noch nicht zurück war. Sie wollten unter keinen Umständen einen weiteren Agenten in diesen »internen« Fall mit einbeziehen. Und so langweilte sich Oxlade seit Stunden vor seinem Überwachungsterminal und wartete darauf, dass der Satellit ein weiteres Mal ein Signal von Nicos Bio-Chip auffing. Seitdem sie ihn auf der Insel geortet hatten, war dies nicht mehr geschehen, und er wusste, dass sich Henderson alle fünf Minuten bei seiner rechten Hand Farley meldete, um ihm Druck zu machen. Druck, den dieser natürlich eins zu eins an ihn weitergab.

Plötzlich begann der schwarze Bildschirm zu flackern. Gleichzeitig blitzte auf der elektronischen Karte Nicos Icon auf. Oxlade war sofort hellwach. Die Übertragung auf dem

Schwarz-Weiß-Monitor stand jeweils nur für den Bruchteil einer Sekunde, bevor das Bild wieder in sich zusammenfiel. Zuerst konnte er die kurzen Sequenzen nicht richtig deuten. Doch dann begriff er, dass es sich um eine Landschaft aus der Vogelperspektive handelte.

»Er ist in einem Flugzeug!«, schrie er Farley entgegen, den er sofort zu sich hinübergewinkt hatte. Aus den Parzellen rechts und links reckten sich neugierige Köpfe.

Oxlade zeigte seinem Vorgesetzten die Position der letzten Ortung, anschließend warteten sie gemeinsam darauf, dass sich die Übertragung noch ein weiteres Mal aufbaute. Als dies nicht geschah, spielte Oxlade seinem Chef die kurze Filmsequenz vor, die das System zuvor automatisch gespeichert hatte.

»Sie haben recht!«, stellte Farley fest. »Es ist ein Flugzeug! Finden Sie heraus, welche Maschinen derzeit dort oben unterwegs sind! Von mir aus kontaktieren Sie sämtliche Radarstationen oder die NASA. Das ist mir egal. Ich will wissen, wo sie landen!«

Plötzlich baute sich die Übertragung wie von Geisterhand wieder auf. Diesmal konnte man für einen kurzen Moment Betas Gesicht erkennen. Sie sagte etwas und deutete aufgeregt aus dem Fenster nach unten. Danach brach die Verbindung wieder ab.

»Er ist mit unserer verschwundenen Zielperson zusammen«, staunte Oxlade, als er Beta erkannte.

»Sieht ganz so aus!«, brummte Farley.

Schlimmer hätte es für ihn gar nicht kommen können.

Wenn es nicht gelang, Nico aufzuhalten, würde es ihnen allen an den Kragen gehen.

»Hier ist etwas!«, platzte Oxlade mit einem Mal heraus. »Sehen Sie, Sir! Hier! Bei der für Madeline Island zuständigen Polizei ist der Diebstahl eines Sportflugzeugs gemeldet worden. Ich habe die Transpondernummer der Maschine gerade vom System abfragen lassen, und sehen Sie: Eine Radarstation hat das Flugzeug vor etwa dreißig Minuten erfasst und identifiziert.«

»Und wo liegt diese Station?«

»In der Nähe von Great Falls, Montana.«

58

Nach einem anstrengenden Nachtflug saßen Nico und Beta in der Blackfoot Reservation mit Michaels indianischen Freunden und Ethan zusammen. Nico steckte die Landung noch immer in den Knochen. Naiv, wie er war, hatte er angenommen, Michael würde die kleine Maschine nach dem langen Flug auf einer halbwegs vernünftigen Piste landen. Aber er hatte sich getäuscht. Nach einem kurzen Probeanflug hatte er die Cessna kurzerhand auf einer Art Acker gelandet. Dass sie sich dabei nicht überschlagen hatten, grenzte an ein Wunder.

Ethan hatte sich über ihr unerwartetes Auftauchen natürlich einigermaßen überrascht gezeigt. Dann, nachdem ihn Michael im Schnelldurchlauf aufgeklärt hatte, war ihm der Ernst der Lage sofort bewusst geworden. Er riet Michael auf der Stelle zum Aufbruch.

»Der Bio-Chip von deinem Freund ist zwar jetzt deaktiviert, aber ich bin mir sicher, dass der improvisierte Bleiverband bis dahin nur ein unzureichender Schutz gewesen ist.« Er nahm seine Brille ab und setzte sie wieder auf. »Wahrscheinlich wissen sie längst, wo er ist. Dass ihr es überhaupt bis Montana geschafft habt, halte ich für pures Glück.«

»Und was schlägst du jetzt vor?«, bedrängte ihn Beta.

»Meiner Meinung nach bleibt nur der Weg über die Berge«, sagte Ethan. »In dem unzugänglichen Naturschutzgebiet könntet ihr eure Verfolger vielleicht abschütteln. Und wenn ihr Glück habt, lauft ihr irgendwann einem kanadischen Mountie in die Arme. Dann seid ihr vorerst in Sicherheit. Allerdings hat die Sache einen Haken: In den Bergen hat es einen überraschend frühen Wintereinbruch gegeben. Da oben liegt Schnee.«

Na prima!, dachte Nico.

»Warum stellen wir die Dokumente eigentlich nicht sofort ins Netz?«, schlug Beta vor. »Dann wäre die Katze aus dem Sack. Vielleicht lassen sie uns dann in Ruhe.«

»Weil das Internet seit etwa zehn Minuten nicht funktioniert«, sagte Ethan, der nebenbei immer wieder an seinem Laptop herumfummelte.

»Sie haben die ganze Region vom Netz abgeschnitten«, erklärte Nico. »Das ist eine übliche Maßnahme.«

»So etwas können die?«, staunte Beta.

»Das ist ein Kinderspiel. Besonders in ländlichen Gebieten wie diesem«, sagte Nico. Er wurde nervös. »Im Grunde kann das nur eins bedeuten: Sie wissen, wo wir sind.«

Wie zur Bestätigung donnerte ein Hubschrauber im Tiefflug über das Haus. Zur Überraschung aller entfernte er sich jedoch wieder.

Beta atmete hörbar aus.

»Offenbar wissen sie doch nicht so genau, wo wir sind«, stellte sie erleichtert fest.

»Um so mehr zählt jetzt jede Sekunde.« Michael war bereits beim ersten Rotorengeräusch aufgesprungen. »Wir müssen aufbrechen!«

»Und was ist mit der Ausrüstung?«, hielt ihn Ethan zurück. »Oder willst du erfrieren? Da oben liegt Schnee! Ich schlage deshalb vor, du fährst mit unserem Freund hier sofort hoch zu der alten Blockhütte. Du weißt, welche ich meine. Dort wartet ihr auf uns. Beta und ich kommen dann mit warmer Kleidung und Proviant nach, sobald die Luft rein ist.«

»Kommt nicht infrage!«, protestierte Michael. »Ich lasse meine Schwester nicht zurück. Das sind eiskalte Killer!«

»Ethan hat recht«, mischte sich Beta hastig ein. »Sie wollen dich, Nico und die Dokumente. Außerdem ist Ethan bei mir. Wir verstecken uns einfach, bis sie wieder weg sind.«

Michael war hin- und hergerissen. Ethan eilte aus dem Raum und kehrte mit einer Pistole zurück, die er seinem Weggefährten in die Hand drückte. Ihr Griff war mit auffälligen Perlmutteinlagen verziert.

»Sie gehörte meinem Bruder. Er ist in Pakistan gefallen«, erklärte er. »Sie hat uns damals, als wir das erste Mal über die Berge sind, Glück gebracht. Vielleicht tut sie das ja wieder.«

Nachdem er Michael umarmt hatte, drängte er erneut zum Aufbruch: »Die Welt muss von diesem geheimen Programm erfahren! Also haut jetzt endlich ab!«

Fünf Minuten später rasten Nico und Michael in einem

uralten Militärjeep in Richtung der Bergkette, die sich am Horizont aus der Prärie erhob. Michael, der auf dem Beifahrersitz saß, haderte noch immer mit sich selbst, weil er seine Schwester zurückgelassen hatte. Wie Nico aus ihm nach und nach herauskitzelte, kannte er den Trail durch den Nationalpark aus eigener Erfahrung, weil er sich auf diesem Weg vor Jahren mit Ethan zusammen nach Kanada gerettet hatte.

»Warum machst du das überhaupt?«, erkundigte sich Nico nach einer Weile. »Ich meine, du riskierst Kopf und Kragen, obwohl dich das Ganze eigentlich gar nichts angeht.«

»Ach ja, findest du?«, konterte Michael. »Ich bin der Überzeugung, dass diese Bevormundung uns alle etwas angeht. Wenn wir die Kontrolle über unseren Körper an Maschinen abtreten, und seien sie noch so klein, verlieren wir am Ende auch die Kontrolle über uns selbst. Und was bleibt dann noch übrig?«

»Und aus diesem Grund hast die NO-TEC-Bewegung gegründet?«

»Wenn du es genau wissen willst: Die Ärzte haben vor sechs Jahren bei meiner damaligen Freundin eine Erbkrankheit festgestellt«, erklärte Michael verbittert. »Aus diesem Grund wurde sie ohne ihre Einwilligung operiert. Dummerweise ist sie daran gestorben …«

Nico spürte, wie schmerzlich der Verlust gewesen sein musste.

»Ich bin erst im Nachhinein dahintergekommen, dass ihre Nanobots falschen Alarm ausgelöst haben«, fuhr Michael fort. »Und weißt du, was sie mir daraufhin gesagt haben? Dass es sich um ein bedauerliches ›technisches Versagen‹ und eine ›Verkettung unglücklicher Umstände‹ handelte.«

Allein die Erinnerung daran brachte ihn in Rage.

»Seitdem kämpfe ich darum, diesen Nano-Wahnsinn zu beenden und die Menschen wachzurütteln«, erregte sich Michael. »Die Existenz deines geheimen Spionageprogramms zeigt doch, dass es bereits fünf nach zwölf ist!«

Dem konnte Nico nichts hinzufügen.

»Außerdem will ich nicht, dass meiner Schwester das Gleiche passiert«, sagte Michael nach einer Pause.

»Beta ist nicht krank«, widersprach ihm Nico, während er den Jeep weiter querfeldein über die Ebene jagte.

Michael drehte sich zu ihm. »Wie meinst du das?«

»Beta hat keinen Krebs«, erwiderte Nico und durchbrach einen verwitterten Stacheldrahtzaun. »Die Diagnose war falsch. Sie diente nur dazu, deine Schwester zu dir zu treiben.«

»Weiß sie das?«

»Ja. Ich habe es ihr gesagt.«

»Und meine Schwester hat dir nicht die Augen ausgekratzt?«, staunte Michael.

»Wie du siehst, lebe ich noch«, lachte Nico.

Michael schüttelte ungläubig den Kopf. »Mann, darauf kannst du dir wirklich was einbilden«, befand er. Dann deutete er auf zwei markante schneebedeckte Gipfel, die aus der Kette vor ihnen hervorragten. »Du musst immer auf die beiden Berge da zuhalten. Zwischen ihnen gibt es eine Straße, die ins Naturschutzgebiet hochführt und nur wenig benutzt wird.«

Nach einer wilden Fahrt erreichten sie die Straße am Fuß der Berge. Auf ihr drangen sie immer tiefer ins Gebirge ein, und je höher sie kletterten, desto kälter wurde es. Hier hatte der Herbst schon begonnen, das erste Laub verfärbte sich bereits. Zudem mehrten sich die Anzeichen für einen Wetterumschwung. Die ersten Berggipfel waren bereits in Wolken gehüllt und der Wind frischte merklich auf. Nico begann, in seinem dünnen Anzug zu frieren. Er beneidete Michael um den warmen Parka, den er auf der Rückbank des Jeeps gefunden hatte und der vermutlich dessen Besitzer gehörte. Nach ein paar weiteren Serpentinen zeigten sich rechts und links die ersten Spuren von Schnee, und nachdem sie auf eine unbefestigte Forststraße eingebogen waren und noch höher kamen, fanden sie sich plötzlich mitten im Winter wieder. Alles um sie herum war weiß.

»Wenn das so weitergeht, müssen wir das letzte Stück zu Fuß gehen«, meinte Michael, während sich der Jeep durch den Schnee quälte. »Das wird sicher kein Spaß.«

»Ist es denn noch weit bis zu der Blockhütte?«, erkundigte sich Nico. Er hatte Mühe, den Wagen auf der Straße zu halten.

»Nein. Wenn wir …« Eine kleine Schneefontäne vor dem Wagen ließ ihn mitten im Satz verstummen. Dann spritzte der Schnee erneut auf, diesmal dicht neben ihrem Vorderreifen.

»Jemand schießt auf uns!«, schrie Michael.

Im gleichen Moment hörten sie den Hubschrauber. Er schwebte dicht hinter ihnen über der Straße. Im Seitenspiegel konnte Nico sehen, wie sich jemand hinausbeugte und mit einem Gewehr auf ihn zielte. Einen Wimpernschlag später durchschlug die Kugel das Autodach und zerfetzte die Rückbank.

»Dahinten!«, schrie Michael. Gleichzeitig zog er Ethans Pistole und öffnete das Fenster. »Schnell! Unter die Bäume!«

Nico riss das Lenkrad herum. Der Jeep geriet ins Schleudern und schoss über den Straßenrand hinaus. Nico versuchte, die Kontrolle zu behalten, aber der Wagen rutschte immer schneller durch die Nadelbäume abwärts. Sie rasten genau auf die Schneewehe zu. Neben ihm klammerte Michael sich mit einer Hand an das Armaturenbrett. Der Wagen machte einen Satz, dann bohrte sich die Kühlerhaube in den aufgetürmten Schnee und Nico schlug mit der Stirn auf das Lenkrad.

59

Als Nico wieder zu Bewusstsein kam, wusste er weder, wo er war, noch wie lange er schon im Schnee lag. Auf jeden Fall fror er erbärmlich. Als er aufzustehen versuchte, knickten ihm die Beine weg und er fiel zurück in den Schnee. Gleichzeitig begann das große Zittern. Seine Gliedmaßen ließen sich kaum noch kontrollieren, und seine Zähne schlugen so heftig aneinander, dass er befürchten musste, dass sie brachen. Er konnte sich einfach nicht daran erinnern, was geschehen war, und die Erinnerungslücke versetzte ihn erst recht in Panik. Sein Selbsterhaltungstrieb sagte ihm, dass er im Begriff war zu erfrieren. Er trug lediglich einen leichten Sommeranzug und Halbschuhe. Wenn er nicht bald ins Warme kam, würde es den sicheren Tod bedeuten.

Als Nico den festgefahrenen Jeep zwischen den schneebedeckten Ästen entdeckte, schöpfte er leise Hoffnung. Mit letzter Kraft schleppte er sich über die Lichtung, doch als er den Motor mit steif gefrorenen Fingern anlassen wollte, musste er feststellen, dass der Tank leer war. Nicht einmal eine Decke war zu finden, dafür war die Rückbank eigenartig zerfetzt. Erneut versuchte Nico sich zu erinnern, aber in seinem schmerzenden Kopf herrschte eine gespenstische Leere, sein Gehirn war wie eingefroren. In der Hoffnung, wenigstens im Kofferraum etwas zu finden, womit er sich warm halten konnte, ließ er sich zurück in den Schnee gleiten. Dann umrundete er auf seinen gefühllosen Füßen den Wagen. Mit einem Mal stutzte er. Zuerst nahm er an, seine Sinne würden ihm einen Streich spielen, aber die Erscheinung war real. Hinter dem Wagen lag ein Toter! Er lag mit dem Gesicht nach unten im Schnee, auf seinem Rücken hatte sich eine dünne Eisschicht gebildet. Plötzlich überfiel Nico eine dumpfe Ahnung. Er ließ sich neben dem Toten in den Schnee sinken, wobei er mit dem Knie gegen etwas Hartes stieß. Es war eine Pistole und anhand der Perlmutteinlagen in der Griffschale erkannte er sie sofort wieder. Mit einem Mal konnte er sich wieder erinnern und Fassungslosigkeit verdrängte die brutale Kälte. Er packte den Toten an der Schulter und drehte ihn auf den Rücken. Als er ihm in die leblosen Augen sah, spürte er, wie etwas in ihm zerbrach. Es war Michael.

Nico schrie seinen Zorn in die Stille des verschneiten Waldes hinaus. Mit einem Mal war alles wieder da. Der Hubschrauber, der sie verfolgt hatte, die Schüsse. Dass er selbst noch lebte, nachdem Michael getroffen worden war, verdankte er allein den Bäumen und dem aufziehenden Unwetter. Wie er annahm, hatte der stetig zunehmende Wind Hendersons Killer gezwungen, die Verfolgung abzubrechen, um in dem schroffen Gelände einen geeigneten Landeplatz zu suchen. Und sobald sie den gefunden hatten, würden sie die Verfolgung zu Fuß fortsetzen. Daran bestand kein Zweifel. Er konnte nur hoffen, dass der Hubschrauber nicht in der Nähe heruntergekommen war.

Mit steif gefrorenen Fingern tastete Nico nach der Speicherkarte in seinem nassen Strumpf. Zum Glück war sie noch da! Er zog sie heraus und manövrierte sie umständlich in seine Hosentasche, danach zog er Michael den Parka aus. Dabei bemühte er sich, nicht in sein Gesicht zu sehen. Als er den Parka hastig übergeworfen hatte, zögerte er, dann zog er Betas Bruder auch noch Schuhe, Hose und Pullover aus. Nachdem er die Sachen über seinen Anzug gezogen und die Halbschuhe gegen die warmen Boots getauscht hatte, steckte er auch noch die Waffe ein. Dann rappelte er sich mühsam hoch. Michael halb nackt im Schnee zurückzulassen, fiel ihm schwer. Nicht nur, weil er sich auf eine gewisse Weise für seinen Tod verantwortlich fühlte. Er hatte ihn gemocht. Gleichzeitig verlieh ihm seine Wut neue Kraft. Michael durfte nicht umsonst gestorben sein.

Nico überschlug zähneklappernd seine Situation. Bis zu der Blockhütte, in der sie auf Beta und Ethan hatten warten wollen, konnte es Michaels Worten nach nicht mehr weit sein. Wenn er es bis dahin schaffte, konnte er sich dort vielleicht verstecken. Also verließ er das Wäldchen und kroch auf allen vieren den kurzen Abhang bis zur Straße hinauf. Als er die Stelle erreichte, wo der Jeep über den Rand geschossen war, blickte er ins Tal zurück. Seine Verfolger waren noch nicht in

Sicht. Dafür schob sich die dunkle Wetterwand immer näher. Man brauchte kein Prophet zu sein, um vorherzusagen, dass es bald wieder schneien würde. Der einzige Trost war, dass Hendersons Killern die Verfolgung dadurch ebenfalls nicht leichter gemacht wurde. Entschlossen stülpte er sich die Kapuze des Parkas über den Kopf, dann begann er, mit unter die Achseln geklemmten Händen bergauf zu stapfen.

Die Bewegung verschaffte ihm zwar ein wenig Wärme, dennoch machte die schneidend kalte Luft jeden Atemzug zur Qual. Obwohl das Gefühl allmählich in seine Füße zurückkehrte, kam er auf der steilen, verschneiten Straße nur mühsam vorwärts. Nach dem kaltblütigen Mord an Michael bestand für ihn kein Zweifel mehr daran, dass Henderson und die Leute, die hinter ihm standen, alles daransetzen würden, um auch ihn zu töten. Je mehr er darüber nachdachte, desto mehr wuchs seine Entschlossenheit. Er würde sich nicht wie ein Hase abknallen lassen! Im Gegenteil. Er würde Michael und all die Agenten rächen, die der Geheimhaltung des TROJA-Programms geopfert worden waren, indem er die Dokumente publik machte. Auf diese Weise würde er dafür sorgen, dass die Verschwörer vor Gericht kamen. Das war er Betas Bruder und den Männern und Frauen schuldig, die ebenso wie er ihre Naivität hatten teuer bezahlen müssen.

Als Nico die Stelle erreichte, an der die Forststraße eine Kehre machte, um weiter bergauf zu steigen, erblickte er die Blockhütte. Sie drückte sich unterhalb von ihm in den Schutz einer Felswand und war nur über einen schmalen Pfad erreichbar. Offenbar hatte er die Abzweigung übersehen und war zu weit gegangen. Dennoch erfasste ihn eine Welle der Euphorie. Erleichtert ließ sich Nico auf die Knie sinken. Obwohl die Fensterläden der Hütte weit offen standen, wirkte sie unbewohnt. Als er sich jedoch wieder erheben wollte, fiel ihm etwas auf, was ihm bis dahin entgangen war. Auf einer kleinen Wiese unweit der Hütte war der Schnee zertrampelt, und wenn man genau hinsah, konnte man auch die Kufenabdrücke eines Helikopters erkennen.

Hendersons Killer warteten in der Hütte! Die Erkenntnis traf Nico wie ein Hieb in die Magengrube. Wenn er den Pfad unterhalb nicht verpasst hätte, wäre er seinen Verfolgern direkt in die Arme gelaufen. Er hatte einfach nur Glück gehabt! Anhand der Fußspuren versuchte er herauszufinden, wie viele es waren, aber der Helikopter hatte so viel Schnee aufgewirbelt, dass die Spuren nicht mehr eindeutig auseinanderzuhalten waren. Trotzdem nahm er an, dass sie zu zweit waren. Teams dieser Art arbeiteten seines Wissens immer zu zweit. Wahrscheinlich wartete ein Agent in der Hütte, während sein Partner irgendwo auf der Lauer lag. Als Nico vorsichtig über den Rand des Abhangs spähte, fand er seine Vermutung bestätigt. Nur wenige Meter unter ihm lag ein Mann mit einem Scharfschützengewehr im Schnee. Er trug einen dunkelblauen Anzug und blies unablässig in seine Hände, um sie warm zu halten.

Nico zog sich schnell wieder zurück. Damit befand er sich in einer bösen Zwickmühle. Wenn er sich nicht bald ins Warme rettete, würde er erfrieren. Zumal sich das Wetter kontinuierlich verschlechterte und bereits erste Schneeflocken fielen.

Auf der anderen Seite würde ihn der Agent, der unter ihm auf der Lauer lag, erschießen, sobald er sich der Hütte näherte. Fieberhaft überlegte Nico, was er nun tun sollte. Dabei wurde ihm schnell klar, dass er nur eine Überlebenschance besaß, wenn es ihm gelang, das Überraschungsmoment für sich zu nutzen. Er musste alles riskieren.

Nico nahm seinen ganzen Mut zusammen und kroch an den Rand des Abhangs. Das erste Stück rutschte er auf seinem Hosenboden, dann sprang er. Als er mit beiden Knien voraus auf dem Rücken des Mannes landete, stieß dieser einen klagenden Laut aus. Nico drückte sein Gesicht, so fest er konnte, in den Schnee, doch leider musste er sich schnell eingestehen, dass ihm der bullige Agent körperlich überlegen war. Er bäumte sich auf wie ein wilder Stier. Als Nico kurz davor war, abgeschüttelt zu werden, griff er in seiner Todesangst nach dem Gewehr und schlug mit dem Kolben zu. Der massige Köper unter ihm erschlaffte sofort. Erleichtert stellte Nico fest, dass der Mann noch atmete. Er zog ihm den Gürtel ab und band ihm die Hände auf den Rücken. Danach warf er sich der Länge nach in den Schnee und langte nach dem Gewehr. Als er durch das extrem starke Zielfernrohr blickte, rückte das Blockhaus scheinbar bis auf Griffweite an ihn heran. Er suchte das Fenster, und als er es gefunden hatte, konnte er im Inneren einen Mann erkennen. Er lehnte an der Wand und schüttelte gelangweilt den Kopf. Dann huschte eine weitere Person durch sein Blickfeld. Als sie zurückkam und kurz stehen blieb, glaubte Nico zuerst, er habe sich getäuscht. Aber das hatte er nicht: Beta befand sich mit dem zweiten Agenten in der Hütte!

Sie befand sich in seiner Gewalt. Wie konnte das sein? Nico ließ das Gewehr wieder sinken und rieb seine steif gefrorenen Finger. Es wäre ein Leichtes gewesen, den Mann durch das Fenster hindurch zu erschießen. Auf dem Schießplatz in Quantico hatte er zu den Besten gehört, und auch wenn der Wind inzwischen fast mit Sturmstärke blies, hätte er sich den Schuss zugetraut. Aber er war kein Mörder. Es musste eine andere Möglichkeit geben. Er sah erneut durch das Zielfernrohr. Der Mann stand noch immer da. Nico legte den Finger um den Abzug und bemühte sich, alles um sich herum auszublenden und seinen rasenden Atem zu kontrollieren. So wie es ihm seine Ausbilder beigebracht hatten. Er zielte, aber dann setzte er das Gewehr unvermittelt wieder ab. Er schlug seine gefühllos gewordenen Hände gegeneinander und zielte erneut.

Diesmal drückte er ab.

60

Durch das Zielfernrohr beobachtete Nico, wie der Mann herumgerissen wurde. Die Kugel hatte die Fensterscheibe durchschlagen und ihn in die Schulter getroffen. Mehr konnte er nicht erkennen, denn der Mann fiel zu Boden und verschwand. Nico schmiss das Gewehr fort und rannte die Straße zurück, bis er die verpasste Abzweigung gefunden hatte. Als er die Blockhütte erreichte, trat er die Tür auf und stürmte mit Ethans Pistole in der Hand hinein. Der angeschossene Agent wälzte sich stöhnend auf den Holzbohlen. Er war außer Gefecht gesetzt, wie Nico blitzschnell erkannte. Von ihm ging vorerst keine Gefahr mehr aus. Dafür wartete eine andere, weitaus unangenehmere Überraschung auf ihn: Henderson war ebenfalls in der Hütte!

Und er schien bereits auf ihn gewartet zu haben, denn er hielt Beta eine Waffe an die Schläfe. So wie es aussah, hatten Michaels Freunde sie nicht mehr rechtzeitig verstecken können. Das Gleiche galt für Ethan, denn auch er lag gefesselt und mit einem Klebeband über dem Mund in der Ecke. Vielleicht hatte Henderson durch sie von der Verabredung auf der Hütte erfahren, vielleicht auch nicht. Eine Rolle spielte es ohnehin nicht mehr. Nico zweifelte keine Sekunde daran, dass er Beta und Ethan in seinem Helikopter hier hochgeflogen hatte, um sie alle zusammen in der Wildnis verschwinden zu lassen.

»Gib mir deine Waffe!«, befahl der Ex-Soldat, während er Beta festhielt und ihr seine Automatic fester an die Schläfe drückte.

Nico stand wie angewurzelt auf der Stelle. Sein erster Impuls war, sich auf Henderson zu stürzen, um Beta zu befreien. Aber eine andere, vernünftigere Stimme hielt ihn gerade noch zurück.

»Ich sage es nicht noch einmal!«, herrschte ihn Henderson an. Um seiner Forderung Nachdruck zu verleihen, quetschte er Betas Oberarm so fest, dass sie ihre Augen aufriss und trotz des Klebebands über ihrem Mund hörbar aufjaulte.

Widerstrebend legte Nico die Pistole auf den Boden neben den stark blutenden Agenten.

»Und jetzt schieb sie rüber!«, zischte Henderson.

Nachdem Nico der Waffe einen Tritt versetzt hatte, entspannte sich der ehemalige Elitesoldat.

»Gut so«, sagte er. »Und jetzt will ich die Kopien.«

Als Nico keine Reaktion zeigte, nahm Henderson die Waffe von Betas Kopf und zielte stattdessen auf Ethan, der geknebelt in der Ecke lag.

»Stopp! Warten Sie!«, sagte Nico hastig.

»Wo sind die Kopien?«

»Unten im Wagen«, log Nico, um Zeit zu gewinnen. Wenn Henderson erst einmal hatte, was er wollte, würde er nicht zögern und sie alle umbringen. Sie wussten einfach zu viel.

»Verarsch mich nicht!« Henderson krümmte den Finger am Abzug.

»Halt!«, schrie Nico.

Er musste einsehen, dass ihm keine andere Wahl blieb. Also zog er die Speicherkarte aus seiner Hosentasche und legte sie auf den wackeligen Holztisch.

»Lassen Sie sie los!«, forderte er Henderson auf.

Henderson ignorierte ihn. »Woher weiß ich, dass das alles ist?«, meinte er stattdessen.

»Mehr gibt es nicht«, erwiderte Nico. Sein Herz raste. »Also lassen Sie sie endlich los! Bitte!«

Henderson überhörte die Aufforderung erneut. Aber er schien Nico zu glauben, denn er winkte ihn von dem Tisch weg und nahm die Speicherkarte an sich.

»Ich brauche einen Arzt«, stöhnte der angeschossene Agent plötzlich auf. Es gelang ihm nicht, die Blutung zu stoppen. »Du musst den Heli rufen! Sonst verrecke ich noch!«

»Der Helikopter ist unterwegs«, erwiderte Henderson kalt. Dann wandte er sich wieder an Nico.

»Wusstest du, dass ich deinen Vater gekannt habe?«, höhnte er. »Er war genauso ein unverbesserlicher Schlappschwanz wie du!«

Nico war irritiert.

»Lassen Sie meinen Vater aus dem Spiel!«, sagte er.

»Warum sollte ich?« Henderson schien die Situation auf

widerliche Weise zu genießen. »Ich finde, manchmal schließen sich die Kreise auf geradezu wundersame Weise. Erst der Vater, jetzt der Sohn – vielleicht gibt es ja tatsächlich so etwas wie göttliche Fügung.«

»Was wollen Sie damit andeuten?«, fragte Nico misstrauisch.

»Nun, anfangs waren dein Vater und ich sogar Partner. Wusstest du das? Aber dann hat er von unseren Plänen Wind bekommen und natürlich hat er gekniffen. Er hatte einfach nicht den Mumm, etwas wirklich Großes für sein Land zu tun.«

»Meinen Sie damit etwa dieses Verbrecherprogramm, das Sie aufgebaut haben?«

»Nenne es, wie du willst«, erwiderte Henderson gelassen. »Auf jeden Fall liegt das Schicksal der Nation dank des TROJA-Programms in den richtigen Händen. Und das wird auch in Zukunft so sein. Abgesehen davon könnte dein Vater noch leben, wenn er nicht so verdammt sturköpfig gewesen wäre. Er hätte auch einfach wegsehen können.«

Die Worte sickerten nur langsam in Nicos Bewusstsein. Es dauerte, aber schließlich begriff er ihre Bedeutung.

»Dann … dann waren es keine Terroristen, die die Bombe gelegt haben?«, stammelte er.

Henderson lachte: »Wie hätten diese Spinner das tun sollen? Niemand kannte die wahre Identität deines Vaters. Er war ein *Ghost*, schon vergessen?«

Nico war wie betäubt. Sein Leben lang hatte er gedacht, sein Vater wäre im Kampf gegen den Terrorismus gefallen.

Dabei war er in Wirklichkeit von den eigenen Leuten umgebracht worden. Und damit nicht genug: Jetzt stand er, Nico, sogar seinem Mörder gegenüber!

Während Henderson sich noch über Nicos Fassungslosigkeit amüsierte, stöhnte der verwundete Agent erneut auf. Sein Anzug war blutdurchtränkt.

»Ich brauche einen Arzt«, jammerte er. »Du musst den Hubschrauber rufen! Ich verblute.«

Henderson drehte sich zu ihm um und erschoss ihn, ohne auch nur mit der Wimper zu zucken. Nico und Beta waren schockiert. Ethan zappelte in der Ecke und bemühte sich verzweifelt, seine Hände freizubekommen.

»Bis der Sturm vorbei ist und der Helikopter wieder fliegen kann, wäre er ohnehin verblutet«, meinte Henderson lapidar. »Und nun zu euch!«

Er stieß Beta von sich und zielte zuerst auf Nicos Stirn. »Sorry, eine Abschiedsfeier ist leider nicht drin …«

Nico erwartete bereits sein Ende, als plötzlich die Tür aufflog und der zweite Agent in der Blockhütte stand. Er hatte sich befreien können und offenbar hatte er die Hinrichtung seines wehrlosen Partners durch das zerschossene Fenster beobachtet, denn er hob ohne Zögern sein Gewehr und drückte ab. Der Ex-Soldat wirbelte herum und schoss ebenfalls. Doch er war zu langsam. Die Gewehrkugel zerschmetterte sein Brustbein.

Henderson war auf der Stelle tot.

61

Die fröhliche Stimmung der vielen Menschen, die den Vergnügungspark bevölkerten, wirkte seltsam unwirklich. Kinder tobten zwischen den Fahrgeschäften umher und auch die Erwachsenen schienen das bunte Treiben in vollen Zügen zu genießen. Nico legte den Arm um Betas Schulter und drückte sie fest an sich. Sie hatte lange gebraucht, um die dramatischen Ereignisse in der Berghütte zu verarbeiten. Über den Verlust ihres Bruders kam sie jedoch nur schwer hinweg, und Nico bezweifelte, dass ihr dies jemals gelingen würde. Auch jetzt noch, über ein halbes Jahr später, schreckte sie manchmal schreiend aus dem Schlaf hoch.

»Wusstest du, dass Michael und ich als Kinder oft hier waren?«, fragte Beta.

»Nein«, gestand Nico.

»Damals gab es noch Zuckerwatte und gesüßtes Popcorn«, sinnierte Beta und schmiegte sich auf der Bank noch enger an ihn.

»Glaubst du, es war das alles wert?«, fragte sie plötzlich.

»Du meinst den Tod deines Bruders?«

»Ich meine alles.«

Die Frage hatte sich Nico auch schon gestellt. Und das nicht erst seit ihrer gemeinsamen Rückkehr in die Vereinigten Staaten. Nach Hendersons Tod hatten sie seinen ebenfalls verwundeten Komplizen notdürftig versorgt, dann hatte Ethan sie am nächsten Tag durch die Berge geführt. In Kanada hatten sie sich anschließend sofort drangemacht, die Geheimdokumente an jeden zu verschicken, der ihnen in den Sinn gekommen war. Zeitungen, Fernsehsender, Blogs, Radiostationen – am Ende waren alle auf den Zug aufgesprungen. Kein Wunder, denn die »TROJA-Papiere« hatten ein politisches Erdbeben ausgelöst.

Angesichts ihres hohen Rangs innerhalb der Nachrichtendienste hatte die Enttarnung der Verschwörer für große Bestürzung gesorgt. Die Mitglieder des selbst ernannten *Gremiums* waren auf der Stelle verhaftet worden und auch die unterirdische Basis in der Wüste von New Mexico hatte man sofort stillgelegt. Das heißt, dort lagerte Nicos Wissen nach jetzt irgendein Giftmüll. Auch NTEC, der einst milliardenschwere Konzern, war inzwischen in seine Einzelteile zerschlagen. Decroix, sein prominenter Gründer, wartete zusammen mit seinen Mitverschwörern auf seinen Prozess. Er hatte sich als Kronzeuge angeboten.

Und das war noch nicht alles gewesen. Angesichts der Massendemonstrationen, die nach Bekanntwerden des Spionageprogramms das ganze Land erschütterten, hatten Senat und

Kongress im Eilverfahren eine Gesetzesänderung beschlossen. Von nun an konnte jeder über den Einsatz von Nanotechnologie in seinem Körper selbst entscheiden. Wer dies nicht wollte, konnte sich die implantierten Chips und Nanobots kostenlos wieder entfernen lassen. Nico war froh, dass er die bereits in Kanada losgeworden war, denn die Wartelisten waren schon jetzt endlos.

»Michael ist nicht umsonst gestorben«, sagte er nach einer Weile. »Davon bin ich überzeugt. Ohne ihn wären diese Verbrecher nie gestoppt worden. Für die meisten Leute ist er ein Held.«

»Und für dich?«

»Für mich auch. Sogar der größte!«

Nico drückte Beta fest an sich. Er hatte vor, sie nie wieder loszulassen. Schweigend beobachteten sie das ausgelassene Treiben um sie herum.

»Sag mal, da ist etwas, das wollte ich dich schon immer einmal fragen«, fiel Nico ein.

»Was denn?«, erkundigte sich Beta neugierig.

»Was bedeutet eigentlich *Mangolia?*«

Beta löste sich mit einem Ruck aus seiner Umarmung.

»Woher weißt ...?«, fragte sie verblüfft. Dann verstummte sie empört, weil ihr eingefallen war, dass Nico sie mithilfe ihrer Augen heimlich beobachtet hatte.

»Es war nur ganz kurz!«, beschwichtigte Nico sie schnell. »Eigentlich habe ich es nur zufällig mitbekommen. Aber es würde mich einfach interessieren. Also: Wer oder was steckt dahinter?«

Beta zögerte. Schließlich lehnte sie sich wieder an ihn und wurde ernst.

»*Mangolia* ist nur ein Fantasieland«, erklärte sie tonlos. »Michael und ich haben uns immer dorthin geflüchtet, wenn es einem von uns nicht gut ging. Da waren wir noch Kinder. Als ich den Zettel in meinem Briefkasten gefunden habe, wusste ich sofort, dass Michael mich auf der Insel treffen wollte. Wir hatten das so verabredet. Warum interessiert dich das?«

»Ach, nur so.« Da hätten sie in New Mexico noch bis in alle Ewigkeit rätseln können, dachte Nico.

»Willst du eigentlich nicht wieder zurück zum FBI?«, erkundigte sich Beta.

»Ich war nie beim FBI«, stellte Nico richtig.

»Aber du hast die Academy absolviert.«

»Das stimmt. Trotzdem will ich mit dem ganzen verlogenen Geheimdienstmist nichts mehr zu tun haben«, versicherte Nico. »Mir ist klar geworden, dass man seinem Land auch auf andere Weise dienen kann.«

»Und wie willst du das anstellen?«

»Wir könnten eine Stiftung gründen und sie nach deinem Bruder benennen. Sie könnte Michaels Werk weiterführen und dafür sorgen, dass sich so etwas wie das TROJA-Programm nicht wiederholt. Die Geheimdienste müssen in Zukunft einfach noch besser überwacht werden«, erläuterte Nico. »Außerdem könnte die Stiftung dafür eintreten, dass es bald wieder gesüßtes Popcorn gibt!«

»Und Zuckerwatte!«

»Ich habe mit Ethan und Dan bereits darüber geredet«,

sagte Nico. »Das NO-TEC-Spendenkonto quillt langsam über, und sie sind ebenfalls dafür, mit dem Geld etwas Sinnvolles anzustellen. Sie würden beide mitmachen.«

Beta schien über seinen Vorschlag nachzudenken.

»Deinem Bruder hätte die Idee gefallen«, fuhr Nico fort. »Da bin ich mir sicher. Wenn man es genau nimmt, hätten wir uns ohne ihn niemals kennengelernt.«

Beta löste sich aus seiner Umarmung und musterte ihn. »Würde dir das denn etwas ausmachen?«

Nico verdrehte die Augen. »Ohne dich könnte ich nicht mehr leben.«

»Blödmann!«

Beta knuffte ihn in die Seite und kuschelte sich wieder in seine Arme.

»Ich meine es ernst«, sagte sie mit einem Schmunzeln. »Wie soll es jetzt mit uns weitergehen?«

»Am besten wie immer«, grinste Nico. »Wir heiraten, bekommen Kinder und danach sitzen wir in Vergnügungsparks wie diesem herum.«

Beta lachte aus vollem Herzen. Dann küsste sie ihn.